Lord of Freedom
프라드의 영주

현시창 판타지 장편 소설
FANTASY FRONTIER SPIRIT

프리든의 영주 2

현시창 판타지 장편 소설

초판 1쇄 찍은 날 § 2011년 7월 14일
초판 1쇄 펴낸 날 § 2011년 7월 21일

지은이 § 현시창
펴낸이 § 서경석

편집부장 § 권태완
편집책임 § 박우진

펴낸곳 § 도서출판 청어람
등록번호 § 제1081-1-89호
등록일자 § 1999. 5. 31
어람번호 § 제1-1258호

주소 § 경기도 부천시 원미구 심곡2동 163-2 서경B/D 3F (우) 420-822
전화 § 032-656-4452 팩스 § 032-656-4453
http://www.chungeoram.com
E-mail § chungeoram@chungeoram.com

ISBN 978-89-251-2570-1 04810
ISBN 978-89-251-2568-8 (세트)

2

현시창 판타지 장편 소설
FANTASY FRONTIER SPIRIT

Lord of Freedom
프라이든의 영주

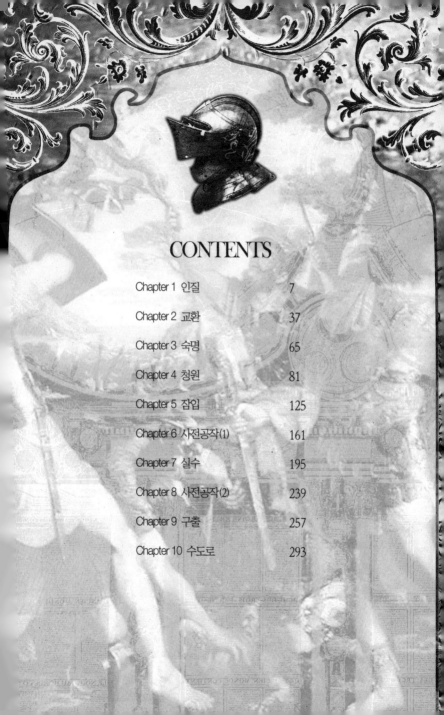

CONTENTS

Chapter 01

인질

CHAIN MAIL · ARMOR made from linked
was the main type of armor worn fro
in the 6th century B.C. (pp. 10-11) until t
then knights found mail armor not only
wear but also inadequate protection
such as war hammers and two-handed
first plate armor, which was gradually
in the 13th century, was simply added
armor. But from the 1400s until the co
firearms in the 1600s, knights went to
encased in suits of plate armor.

INCENDIARY (FLAMING) ARROWS
Incendiary arrows and bolts were
used in warfare until the 1600s. A wad of
hemp or flax was soaked in a flammable
substance, fixed beneath the
arrowhead, and then
lit just before the
arrow was shot

CHAIN MAIL · ARMOR made from linked iron or steel
was the main type of armor worn from the Celtic p
in the 6th century B.C. (pp. 10-11) until the 13th centur
then knights found mail armor not only uncomfortabl
wear but also inadequate protection against weapo
such as war hammers and two-handed swords. At
first plate armor, which was gradually introduced
in the 13th century, was simply added to mail
armor. But from the 1400s until the coming of
firearms in the 1600s, knights went to war entirely
encased in suits of plate armor.

INCENDIARY (FLAMING) ARROWS
Incendiary arrows and bolts were
used in warfare until the 1600s. A wad of
hemp or flax was soaked in a flammable
substance, fixed beneath the
arrowhead, and then
lit just before the
arrow was shot

Lord of Freedon
프라드의 영주

그룬터가 신전으로 떠나자 마차 옆 덤불에서 샌더슨이 뛰어나왔다.

몇 시간 전, 용의 보금자리를 폭파시키고 돌아온 그는 자연스레 자신이 떠났던 장소로 돌아왔다. 마침 그룬터가 마차로 오는 것을 보고 뛰어가 인사를 하려 한 그는 그룬터가 투구를 벗자 걸음을 멈추었다.

'가만, 지금 나갔다가 내가 얼굴을 보았단 사실을 들키면…….'

맨얼굴을 드러내는 것을 좋아하지 않는 사람이 아닌가? 지금 나가서 마주치는 것은 좋지 않다.

그리하여 샌더슨은 기다렸고, 그가 사라지자 덤불에서 나와 그가 숨겨둔 투구를 꺼냈다.

"오호!"

자신이 서 있는 곳이 적지라는 것을 알 리 없는 그는 마음껏 감탄사를 외치며 투구를 만지작거렸다.

"이 검은색… 아무리 봐도 용연강이란 말이야."

그는 투구를 만지고 두들기고 껴안고 비비고 이빨로 깨무는 등의 행동을 하다가 마침내 그것을 착용했다.

"오!"

그는 한동안 멍하니 하늘로 고개를 올렸다. 하지만 마을 분위기가 심상치 않은데다 영주도 투구를 벗고 어디로 간 상황이다. 그는 투구를 원래의 자리로 돌려놓고 신전으로 뛰어갔다.

신전을 지키고 있던 사제는 묘한 손님을 맞이했다.

악취가 풍기는 옷을 입은 이십대 후반의 사내였는데, 그가 입은 옷이 특이했다. 마을 사람의 복장도, 프리든 경비대의 복장도 아니었다. 그야말로 열심히 걸어 이 마을에 당도한 외지인. 그는 지친 기색으로 걸어오다 사제를 보더니 환한 얼굴로 뛰어왔다.

"사제님이십니까? 오, 신이여! 감사합니다!"

"누구시오?"

"저는 즈야의 그룬터라고 합니다. 다행입니다. 저주받은 마을이라 생각했건만……."

"저주 받았다니, 무슨 말이오?"

"여기까지 오는 동안 사람 한 명 못 만났지 뭡니까. 아아!"

그룬터는 사제의 손을 잡으며 자비를 구걸했다. 낮부터 아무것도 못 먹었다며 간곡히 애원했지만, 사제는 이 시간에 나타난 이방인을 경계했다.

"무슨 일로 온 건가? 타지 사람으로 보이는데."

"저는 용의 보금자리 탐험대에 속한 노비입니다. 오늘 낮 나리가 감히 크라시우스님의 보금자리에 폭탄을 설치하는 것을 보고 도망쳤습니다. 아무리 계약으로 묶여 있다지만 크라시우스님의 거처에 나쁜 짓을 하는데 어찌 가만히 있겠습니까? 당장 도망쳤지요."

"뭐라고? 탐험대?"

지나칠 수 없는 단어다. 그는 그룬터에게 잠시 기다리라 말하고 신전 안으로 들어갔다. 그리고 잠시 뒤, 굳은 표정으로 나온 그는 따라 들어오라고 말했다. 그룬터는 연신 고맙다고 말하며 그를 따랐다.

중심의 제단이 있는 홀을 지나 사제를 위한 휴게실에 도착한 그룬터는 자신이 목적지에 도착했음을 깨달았다. 손발이 묶여 바닥에 누워 있는 라이든이 있었기 때문이다.

"아니, 넌!"

일전에 그룬터의 얼굴을 본 적이 있는 라이든이 그를 알아보았다. 그룬터는 놀란 얼굴로 말했다.

"아니, 프리든 경비대장님 아니십니까! 왜 여기에 계신 거죠?"

사제들이 의심하는 표정을 짓자 그룬터는 재빨리 변명했다.

"프리든에 들렀을 때 만났습니다만……."

그렇게 말하며 겁먹은 목소리로 뒷걸음질을 친다. 하지만 사제는 그룬터의 행동을 이해하고 어깨를 붙잡았다.

"걱정할 필요 없소. 당신과는 상관없는 자이니."

"네? 하지만 경비대장님이 붙잡혀 계신데……."

어설프게 모른 척하거나 했다면 오히려 의심받았을 상황. 하지만 그룬터의 겁먹은 태도를 본 사제들은 그를 신뢰하게 되었다. 이 마을에 오기 위해 프리든을 지나는 것은 당연하니 오히려 만났다는 말이 이치에 맞는 것이다.

"저기 사제님, 저 그냥 나가보겠습니다. 배도 안 고프고……."

"앉게."

방 가운데의 탁자 주변에 앉은 세 사제는 빈 의자를 가리켰다. 그룬터는 쭈뼛대며 자리에 앉을 수밖에 없었다. 그런 그룬터가 딱했는지 사제 한 명이 일어나 딱딱한 빵을 가져다주었다.

"아… 감사합니다!"

그룬터는 허겁지겁 받아 들고 입에 넣었지만, 씹고 삼키는 행동은 천천히 했다. 침으로 부드럽게 하기 위한 것처럼 보이나 실은 라이든을 훔쳐보며 방안의 구조를 머리에 그리고 있었다.

'저 사제들의 체구를 보아 하니 제법 단련된 듯한데……'

실력을 알 수 없는 상대가 자신을 둘러싸고 있으니 섣불리 움직일 수는 없다. 라이든의 포박을 풀고 함께 상대하는 것이 정공법일 터.

한편 사제들은 그룬터가 빵을 먹는 동안 자기네들끼리 이야기를 시작했다.

"혹시 프리든의 마법사가 한 일이 아니라면 어떻게 해야겠소?"

"엎질러진 물은 담을 수가 없으니… 아니, 어차피 이리 될 일이었지 않은가? 크라시우스님의 보금자리에 일이 생기지 않았더라도."

사제들은 한숨을 내쉬었다. 영주를 붙잡고 경비대장을 포박한 지금 '착오가 있었습니다. 죄송합니다'라고 말하고 며칠 전으로 돌아갈 수는 없는 것이다.

"그만하지. 그 일은 마을 사람들이 돌아오면 다시 이야기해 보도록 하고, 그전에 할 일을 하세. 그룬터, 그 탐험대에 대해 이야기해 주게. 어떤 자들인가?"

사제가 묻자 그룬터는 먹던 빵을 내려놓고 호들갑을 떨며 대답했다.

　"하이고! 말도 마십시오! 극악무도하기 짝이 없는 놈들입니다요! 저는 즈야 출신인데 거기서 납치 당해 여기까지 왔지 뭡니까? 들르는 마을마다 노비를 팔고, 또 길에서 납치하며 여기까지 와선 이젠 크라시우스님의 보금자리까지 털겠답니다. 세상에!"

　"우두머리는? 또 규모는 어찌 되나?"

　"우두머리 말입니까? 탐험대라고 불리는 그 인신매매 조직 이름은 월로스단라고 하는데, 당연히 그 대장 놈인 월로스란 자의 이름을 딴 것이지요. 장정 두 명이 안아도 손끝이 닿지 않을 만큼 거구인데 힘도 장사입니다. 저 같은 놈은 그냥 한 손으로 멱만 잡아다 내동댕이치기도 하는데, 어휴! 당하면 그냥 하늘과 땅이 뱅글뱅글 돌다 별이 빡! 하고 보이지요. 그런데 그런 짓을 제가 화난다고 아무한테나 해대니 그 밑에 있는 놈들은 어떻겠습니까? 그놈보다 더하면 더했지 덜한 놈들이 아니죠. 똑같은 놈들이 또 다섯쯤 있단 말입니다. 팬드리치, 포그, 차발라, 쿠치마, 총이란 놈들인데 이놈들도 또 끔찍한 괴물들입니다. 팬드리치는 소나기라고 불리는데, 놈이 끼고 있는 장갑에 달린 갈고리 때문입니다. 그놈이 사람을 치면 비가 퍼붓는 것처럼 붉은 줄이 죽죽 그어집죠. 포그는 교수형의 포그라고 불리는데 내장을 다 빼내 목에 걸어버리기 때문입니다. 무시무시하죠. 저도 이전에 한 번 본 적이 있는데, 으휴! 차발라 이년은 그래도 착하지요. 네, 그렇고말고요. 눈알만 빼거든요. 눈알만 전리품으로 가져간다 이겁니다. 그래서 별명이 정의의 여신입니다. 쿠치마! 인형 제작자 쿠치마! 귀여운 이름이라구요? 말도 안 되는 소리 마십쇼. 이자가 왜 인형 제작자인지 아십니까? 이놈은 사지와 목을 꺾어버립니다. 그래서 놈에게 죽은 시체를 보면 인형처럼 팔다리가 따로 놀지요. 보자, 이제 총이 남았습니까? 이 총이라는 자가 또 걸작인데… 사람을 일도양단합니다. 머리에서 샅까지 칼로 잘라버리죠. 그래서 붙은 별명이 뭔지 압니까? 땔감 제조기 총입니다. 웃기죠. 장작을 패듯 사람을 분리한다고 이딴 별명을 붙였다 이 말입니다."

그룬터는 숨도 쉬지 않고 떠벌렸는데, 덕분에 사제들은 말의 내용보다 분위기에 휩쓸려 공포를 느끼게 되었다. 시골에서 용에게 제사나 지내는 이들이 받아들이기엔 충격적인 것들이기 때문이었다.

반면 누워 있던 라이든은 가만히 듣다가 어이가 없다는 듯 내뱉었다.

"어처구니가 없군. 저 비루한 놈의 말을 믿나? 허풍이 분명하잖아. 괴이한 별명이 붙은 놈들이 서로 뭉쳐 돌아다니는데 프리든 경비대장인 난 처음 듣는다고. 그러니 이 영감탱이들아, 어서 이거 풀어! 그러면 저런 병신 같은 말에도 속아 넘어가는 팔랑귀 가진 바보라고 생각하고 용서해 줄 테니까!"

풀어 주란 건지 말란 건지 있는 대로 욕을 붙이며 협박했다. 이미 몇 시간 동안 고래고래 외친 듯 목소리는 갈라져 듣기 거북할 정도였는데, 달리 말하면 사제들도 몇 시간 동안 듣고 있었단 뜻이었다. 그들은 익숙하게 라이든을 무시하며 말했다.

"정말인가? 자네 말이 정말이냔 말이야. 허풍이 아니라."

"진짜입니다요. 제가 왜 사제님에게 거짓부렁을 지껄이겠습니까?"

사제들은 대책을 의논했다.

지금이라도 마을 사람을 모두 돌아오게 하는 것이 좋지 않겠느냐, 그럴 수는 없다, 크라시우스님의 지시를 어길 수 없다, 등등이다. 어찌 되었든 이 상황에서 가장 현명한 방도는 사람들을 불러들여 정비시키고, 적에 대한 정보를 공유한 다음 다시 출발하는 것이다.

그러나 이 결론이 나올 때까진 시간이 걸릴 것이다. 경비대를 속여 제압할 계획을 가지고 사람을 내보냈으니 함부로 되돌아오라고 말할 수 없다. 경비대를 인질로 잡을 경우 그들을 감시할 인원이 필요한데, 이것은 영주나 라이든을 붙잡고 있는 것과는 다른 이야기였다. 그들은 훈련받은 다수이기 때문이다.

그들이 그렇게 혼란에 빠져 있는 동안 그룬터는 라이든을 바라보았다. 라이든은 '뭘 봐, 이 거지새끼야!' 라고 외치며, 그룬터와 한패가 아님을 사제들에게 확실히 각인시켰다. 유쾌하진 않지만 좋은 현상이었다.

'먼저 발을, 그다음엔 손을⋯⋯.'

동선을 그리고 사제의 눈치를 살피며 그룬터는 라이든의 구출을 계획했다.

그는 소매에 손을 넣어 칼을 잡았다.

"어르신들! 저 영주 보고 왔어요! 잘 있더라고요!"

변수가 발생했다. 영주의 숙소에서 막 올라온 엘린이 방에 들어왔다. 모두의 시선이 그리로 향했고, 그룬터는 잠시 행동을 멈추었다. 좀 더 상황을 살펴봐야 한다고 생각했기 때문이다.

하지만 그것은 실수였다.

엘린이 비명을 질렀다.

"우와! 영주님? 영주님 맞죠? 어떻게 벌써 여기에 들어와 있는 거⋯⋯?"

말을 한 직후 엘린이 아, 하고 자기 손으로 입을 막았지만 이미 늦었다. '거지새끼야, 눈알을 파버린다!' 라고 소릴 지르던 라이든도 마찬가지였다.

사제들이 그룬터를 둘러쌌다. 엘린이 그룬터를 알아본 것은 놀라운 일이 아니었다. 그녀는 왕의 자질을 볼 수 있다고 말했으니 투구를 쓰든 벗든 상관없는 것이다.

"그룬터, 아니, 영주님. 움직이지 마십시오. 아무리 당신이라도 넷을 동시에 상대할 수는 없을 거 아닙니까?"

"저기 경비대장도 인질이라는 것을 잊지 마십시오, 영주님."

그룬터는 소매 속의 칼을 놓고 양손을 들었다.

'얼빠진 여자라고 생각했지만……'

사제들은 그의 팔을 묶기 위해 밧줄을 들고 다가왔다. 라이든이 안타까운 얼굴로 물었다.

"저, 정말로 영주님입니까?"

쾅!

그룬터의 팔에 밧줄이 걸리기 직전이었다. 굉음과 함께 벽한쪽이 무너지며 먼지가 방안을 가득 메웠다.

방안의 인물들은 귀로 소릴 듣고 눈으로 현상을 보면서도 머리를 굴려 상황을 파악하는 것엔 실패했다.

이 상황에서 가장 먼저 이성을 되찾은 것은 그룬터였다.

이러한 사태로 발생한 혼란을 빠르게 회복하기 위해선 평정심이라는 극도로 단련된 강한 정신력이나 어떤 상황이든 이용하겠다는 집착이 필요하다. 그룬터는 후자였다.

폭음이 울리고 돌가루가 사방에 튀며 흙먼지가 시야를 가리는 그 상황에서 그룬터는 몸을 굴렸다.

어깨부터 땅에 닿게 구르며 그사이 소매에서 칼을 꺼낸 그는 라이든의 끈을 풀고 일어났다. 그리고 아직도 어안이 벙벙한 라이든을 끌고 벽으로 몸을 날렸다. 어째서 벽이 무너졌는지, 누가 무너뜨렸는지, 왜 이런 짓을 했는지는 중요하지 않다. 그저 퇴로가 열렸을 뿐이었다.

"영주님, 받으십시오!"

"샌더슨!"

밖에서 그를 기다리고 있는 자는 샌더슨 스탠먼.

이렇게 될 것을 알고 있었다는 듯 신전을 날려 버린 이 대담무쌍한 마법사는 투구를 내밀었다. 그룬터는 그를 잠깐 노려보다 투구를 빼앗았다.

"썼나?"

"…죄송합니다."

짧은 질타와 어색한 사과. 그룬터는 더 이상 추궁하지 않고 투구를 눌러썼다.

그동안 라이든은 얼어붙어 있었다. 벽이 무너져 생긴 혼란에서 깨어나지 못한 것이 아니었다. 투구를 쓴 그룬터를 보고 그가 영주임을 재차 확인했기 때문이었다.

"여, 영주님, 아까 그 말은 본심이 아니라……."

"성 근처에서 본 인물이 여기 나타났다면 바로 눈치챘어야 하는 것 아닌가?"

"네? 어떻게 그렇게 생각할 수 있단 말입니까?"

잡담은 여기까지였다. 방안에 있던 사람들이 일어나기 시작했다. 이렇게 멋지게 탈출해 놓고 다시 잡힐 수는 없는 노릇이었다. 프리든의 셋은 달리기 시작했다.

체력이 뒤쳐지는 샌더슨은 달리는 동안 입도 뻥긋 못했지만, 그에게 발을 맞추는 라이든은 여유가 있었다. 그는 그룬터에게 물었다.

"이제 어떻게 하지요?"

"용의 보금자리로 간다. 정확하게 말하면, 보금자리에서 돌아올 자들을 마중 나간다."

"네?"

"신전을 저 모양으로 만들었으니 사제들은 사람들을 불러들일 수밖에 없어. 입구에서 기다렸다가 경비대와 합류한다."

"그다음은 어떻게 합니까? 마을 사람들도 돌아올 텐데……. 전투가 일어날 수밖에 없습니다. 수에서 워낙……."

"이길 필요는 없다. 정오가 넘으면 본대가 올 것이다. 그때까지만 버티면 돼."

어느새 마을의 경계가 보였다. 셋은 방책을 넘어 숲에 몸을 숨겼다.

샌더슨이 더 이상 못 뛰겠다며 쓰러지자 그룬터는 일단 쉬자고 제안했고, 라이든도 동의했다.

그렇게 일행이 쉬는 동안 체력적으로 여유가 있는 라이든은 나무 위로 올라가 마을의 동태를 살폈다. 신전에서 신호탄이 오르고 있었다. 라이든은 잠시 끊긴 대화를 이었다.

"본대가 온단 말입니까? 어떻게 알고요?"

"헤스티아를 보냈다."

"아! 헤스티아가 보이질 않는다 했더니……."

라이든은 안도의 숨을 내쉬었다. 하지만 그것만 기다릴 수는 없단 생각에 다른 작전을 제안했다.

"영주님, 그렇다면 프리든으로 출발해야 합니다. 그리고 본대와 함께 돌아와야 합니다!"

"그럼 아무것도 모르는 경비대는 인질로 잡히게 된다."

"영주님이 위험을 무릅쓰는 것보단 낫습니다!"

라이든의 항변은 설득력이 있었지만, 그룬터의 생각이 뒤집힐 만큼 절대적이진 않았다. 그것을 알아챈 라이든이 한 번더 설득해 보려 했지만 샌더슨이 끼어들어 방해했다.

"으이구. 부대장님, 설득하려 하지 마세요. 그냥 시키는 대로 하면 되잖아요."

"뭐라고? 넌 가만히 있어! 네가 보금자릴 박살 내지 않았으면 이런 일도 생기지 않았잖아!"

"어떻게 알았어요?"

"뭐, 뭘 어떻게 알아. 뻔한 거지. 흠!"

라이든은 그룬터의 눈치를 살피며 말했다. 그사이 그룬터는 숨 고르기를 마치고 나무에 올라 신전을 살피고 있었다. 벽만 부서진 것이 아니었다. 신전의 외형이 눈에 띄게 무너졌고, 근처 풀밭에서 연기가 피어오르고 있었다.

"돌아가자."

나무에서 내려온 그는 앞장서 걸었다. 라이든은 프리든으로 갈 거라 생각하고 있었지만, 그룬터의 발걸음이 신전을 향하는 것을 보고 깜짝 놀라 그의 곁으로 따라붙었다.

"프리든으로 가는 것이 아닙니까?"

"내 숙소를 지키던 자들과 신전의 사제들을 인질로 잡는다. 마침 수도 딱 열 명. 한 명씩 교환하면 돼."

"네? 무녀와 사제를 인질로 잡는단 말입니까? 그랬다간 마을 사람들이 미쳐서 날뛸 겁니다."

"저들은 나를 인질로 잡았다."

그룬터의 목소리는 낮았으나 묘하게 날카로워 라이든을 서늘하게 만들었다. 결국 라이든은 그룬터의 위압감에 눌려 더 이상 토를 달지 않고 그의 뒤를 따르기로 했다.

'평민 출신이든 뭐든 결국 지금은 귀족이라는 건가? 자기 생각이 무조건 옳다는 거지.'

라이든은 그렇게 생각하면서도 슬쩍 미소 지었다. 비록 그의 고집이 마음에 들지는 않았지만, 부하들을 생각하는 마음 때문이니 말이다.

셋은 다시 달렸다. 목적지는 방책 너머 숙소.

그들은 숙소에서 조금 떨어진 담벼락에 멈춰 모퉁이 너머를 살폈다.

"하나… 둘?"

엘린이 말했던 숫자와 차이가 있었다. 일행의 눈엔 단 두 명의 청년만 보였다. 마당을 지키는 사람이 둘, 건물을 지키는 사람이 둘, 뒷마당을 지키는 사람이 하나라고 하지 않았던가?

하지만 그룬터는 마당을 지키는 사람이 없는 이유를 깨달았다. 신전의 벽이 무너졌는데 확인하러 가지 않았을 리가 없다. 지금이 기회였다.

"건물 앞에 두 명이 있습니다. 하지만 순찰하는 자도 있을 테니……."

"없을 것이다. 샌더슨… 은 도움이 안 될 것 같고. 라이든, 어떤가? 제압 가능하겠나?"

"네? 전 빈손이고 저쪽은 무장을 하고 있어서……. 일대일은 어떻게 될 것 같지만 둘은 좀 힘듭니다."

라이든은 얼굴을 붉혔다. 허세를 부려볼 수도 있다. 하지만 훈련이 아니다. 실패하면 그 즉시 문제가 생긴다. 그룬터는 고개를 끄덕였다.

"알겠다."

그룬터는 투구를 벗어 샌더슨에게 넘겼다.

"쓰지 말고 얌전히 들고 있어."

단단히 지시한 그는 허름한 거지꼴로 돌아가(투구를 벗었을 뿐이긴 하지만) 벌떡 일어났다. 그리고 라이든에게 '날 뒤쫓도록'이라고 명령한 다음 뛰기 시작했다.

"사람 살려!"

거지꼴의 사내가 숙소를 향해 뛰어온다. 숙소 앞을 지키던 청년 둘은 놀라 무기를 들다 그룬터 뒤의 라이든을 발견했다. 그룬터가 누구인지 알 리 없는 청년들은 그룬터를 자신들의 뒤에 세우고 한 발짝 앞으로 나섰다.

"이놈! 신전을 부순 게 네놈이냐!"

"글쎄다……."

라이든은 자세를 잡으며 청년들을 노려보았다. 아무리 경비대장이라지만 자신은 맨손, 상대는 무장을 하고 있다. 신중하게 상대해야 할 터. 거리와 타이밍을 재며 라이든은 자세를 낮추었다.

한편 청년들도 상대가 경비대장인지라 덤비지는 못하고 쭈뼛거리며 망설이고 있었다. 그룬터는 뒤에서 그 광경을 지켜보았다.

"흠."

대치가 빨리 끝날 모양새가 아니다. 시간을 지체해 봐야 좋을 것은 없었다. 그룬터는 오른쪽 청년의 오금을 발로 차버렸다.

"으악!"

비명과 함께 상대는 주저앉았다. 다른 청년이 놀라 반사적으로 칼을 휘둘렀지만, 그룬터는 상체만 슬쩍 뒤로 움직여 피한 다음 그의 품 안으로 파고들어 복부에 주먹을 꽂았다. 상대는 숨이 멎는 소릴 내며 쓰러졌다. 라이튼은 그 광경을 멍 청하게 지켜보다 황급히 그에게 다가갔다.

"여, 영주님!"

그룬터는 떨어진 칼을 잡고 청년들을 제압했다. 그리고 그들의 혁대를 풀어 손을 묶은 다음 샌더슨을 불렀다.

"히야! 영주님! 정말 대단하십니다!"

샌더슨은 손을 비비며 골목에서 뛰어나왔다.

"그런데 영주님이 주목을 끌고 몸 쓰는 건 경비대장님이 하시는 건 줄 알았는데 거꾸로 됐군요?"

샌더슨은 아무렇지도 않게 라이튼의 얼굴을 붉게 만들었 다. 그룬터는 칼을 라이튼에게 던져 주고 숙소 뒤를 가리켰 다.

"뒤에도 한 명 더 있을 것이다. 샌더슨은 여기서 이 둘을 감시하도록."

그룬터와 라이튼이 숙소 뒤로 가보니 보초는 벽에 기대어 졸고 있었다. 경비대장 라이튼은 직업병에 기인한 분노를 담 아 그놈을 후려친 뒤 제압했다. 그룬터는 뒤에서 그 모습을 보다 샌더슨에게 돌아왔다.

"안에서 침대보로 밧줄을 만들어 와라."

"네? 전 머슴이 아니라 마법사입니다만… 영주님이 시키신 다면……"

자존심이 상하는 일이라 샌더슨은 항의했지만, 그룬터의

명령에 거역할 수는 없었다. 샌더슨은 입을 쭉 내밀고 속으로 투덜거리며 그룬터로부터 칼을 받아 안으로 들어갔다.

"재래드는 어디에 있나?"

바닥에 엎어져 있는 청년들에게 묻자, 그들은 서로 눈치만 살피며 입을 열려 하지 않았다. 라이든은 재래드가 누구인지 생각하다 빈사 상태에 이른 사내임을 깨닫고 청년들에게 칼을 겨누었다.

"그렇군. 네놈들이 이런 반역을 저지른 것은 고작 마을 놈 하나가 자리에 누웠기 때문이냐? 고작 그런 이유로 이딴 짓을 저지른 거냐?"

라이든은 버럭 화를 내며 청년을 걷어차려 했지만, 그룬터 가 손을 들어 말렸다.

"시간이 많지 않다."

그룬터는 그렇게 말하며 쓰러진 청년 하나를 일으켜 세웠 다. 그리고 그를 끌고 방안으로 들어갔다. 남은 세 사람이 기 다리고 있자 잠시 뒤 그룬터가 혼자 나왔다.

"라이든, 위치를 알아냈다. 가자. 그놈은 주모자이니 목을 베어야 한다."

"뭐라고? 블로트 네 이 자식! 배신을 하다니!"

그와 조를 이루어 경비를 서고 있던 청년이 목에 핏대를 세 우며 외쳤다. 그러더니 벌떡 일어나 신전을 향해 달렸다. 라 이든은 그를 막아 세우려 했지만 그룬터가 붙잡자 그 자리에

멈췄다.

"왜······?"

라이든이 놀란 눈으로 묻자 그룬터는 말없이 문을 열었다.

"어?"

문을 열자 샌더슨이 만든 재갈을 물고 있는 청년이 억울한 표정으로 서 있었다. 그는 벌게진 얼굴로 그룬터에게 달려들다 바닥에 쓰러졌다.

"라이든, 지금부터 쫓아가라. 팔이 묶인 놈과 숨도 제대로 못 쉬는 병자이니 이번엔 내 도움이 필요없겠지?"

"아, 네! 알겠습니다!"

팔이 묶여 전속력으로 뛰지도 못하는데다 마음이 급해 자취를 감추는 행동도 않는 상대다. 늦게 출발해도 잡지 못할 리가 없다. 라이든은 칼을 허리춤에 차고 달리기 시작했다.

"샌더슨, 저기 다른 놈도 묶어두도록."

"옙!"

샌더슨은 그룬터의 생각대로 일이 진행되는 것을 보니 신기하여 재빨리 명령에 따랐다. 잠시 뒤 그룬터는 서로 묶인 두 청년을 집 안에 던져 놓았다. 샌더슨은 그들이 아무것도 못하도록 기둥에 묶고 문을 닫으며 말했다.

"영주님, 이제 경비대장님을 기다립니까?"

"그렇다. 그리고··· 혹 신전에 간 놈들이 돌아오면 그놈들도 제압을 해야 하니······."

그룬터는 남은 칼 하나를 샌더슨에게 주었다. 그는 어안이 벙벙한 얼굴로 그것을 받아 들다 손사래를 쳤다.

"아이고, 영주님! 전 마법사입니다!"

"들고만 있어. 라이든이 했던 것처럼."

영특한 샌더슨은 그룬터가 하려는 행동을 이해했다. 방금 전 청년들을 제압했을 때처럼 하겠다는 것이다. 샌더슨은 새파래진 얼굴로 라이든이 먼저 돌아오길 기도했다.

하지만 마법사의 기도는 효과가 없었다. 골목 저편에서 무장한 마을 청년 둘이 돌아오고 있었다.

"살려주십쇼!"

그들이 시야에 들어오자 그룬터는 달리기 시작했다. 방금 전의 근엄했던 목소리와는 딴판이라 샌더슨은 웃음이 나왔지만, 자신이 해야 할 일이 생각나 마음 놓고 웃진 못했다. 그는 그룬터를 쫓았다.

"저놈 저거 프리든의 마법사 놈 아니야?"

청년 한 명이 샌더슨을 알아보았다. 그들은 신전이 파괴된 것을 본지라 분노가 머리끝까지 치솟아 있었다. 때문에 라이든 때처럼 대치 상황은 이루어지지 않았다. 그들은 흥분하여 샌더슨에게 달려들었다.

"히익! 이게 뭐야! 이야기가 다르잖아요, 영주님!"

그들의 기세에 놀란 샌더슨은 칼을 던지며 뒤로 돌아 달리기 시작했고, 그룬터는 한숨을 내쉬며 자신의 곁을 지나치고 있는 청년의 목덜미를 잡아 바닥에 처박았다.

"악!"

불안정한 자세에서 당한 일격에 대응 못한 청년은 바닥에 나뒹굴었고, 곁에서 같이 달리고 있던 다른 이는 상황을 이해하지 못해 그룬터를 바라보기만 했다.

"상황 파악이 안 되나?"

그런 적의 빈틈을 봐줄 그룬터가 아니다. 그는 먼저 칼등으로 상대의 머릴 공격했다. 청년은 반사적으로 칼을 들어 그 공격을 막아냈지만 애초에 그룬터는 그곳을 노린 것이 아니었다. 그룬터는 왼발로 상대의 무릎을 밟았다.

"크윽!"

그의 자세가 무너지자 그룬터는 칼을 빼 반대편 뺨을 갈겼다. 플렉스와 싸움할 때 보여준 것처럼 그의 칼은 상처없이 상대를 기절시켰다. 달리다 쓰러졌던 청년은 그제야 일어나 벌벌 떨다가 칼을 던지고 항복했다.

"사, 살려주십시오!"

"…샌더슨!"

그룬터는 청년을 무시하고 멀리 도망친 샌더슨을 불렀다. 샌더슨은 헐레벌떡 뛰어와 허리춤에 찬 끈으로 청년들을 묶었다.

"영주님, 이젠 어떻게 하지요?"

"라이든을 기다린다."

그룬터는 숙소 안에서 의자를 가지고 나와 앉은 다음 벽에 몸을 기대었다. 이때는 샌더슨으로부터 투구를 돌려받은 뒤였으므로 그의 얼굴은 투구로 가려져 있었다. 샌더슨은 청년들 근처에서 감시 아닌 감시를 해야 했다.

'아이고, 이런 일은 나한테 어울리지 않는데.'

그는 투덜거리며 어서 빨리 라이든이 돌아오길 기다렸다. 잠시 뒤, 골목 저편에서 밧줄에 묶인 남자 둘이 천천히 걸어오는 것이 보였다. 샌더슨은 그들이 마을 청년임을 알고 깜짝 놀라 그룬터에게 고갤 돌렸다.

"여, 영주님!"

"허둥대지 마라. 라이든이잖느냐."

샌더슨이 다시 고갤 돌리자 그 청년들 뒤로 라이든의 모습이 보였다. 그제야 샌더슨은 안도의 숨을 내쉬었다. 그룬터는 앞서 걷고 있는 두 청년 중 재래드를 발견하고 샌더슨을 불렀다.

"샌더슨, 저자를 치료해 주어라."

샌더슨이 재래드를 유심히 살펴보니 가슴에 붕대를 감고 있는데다 안색도 좋지 않았다. 샌더슨은 재빨리 그에게 다가가 부축하여 돌아왔다. 그 행동 때문에 그룬터는 살짝 인상을 찌푸렸지만 딱히 뭐라 말하진 않았다.

라이든은 가슴을 당당하게 펴고 그룬터의 앞에서 고개를 숙였다.

"경비대장 라이든, 영주님의 명에 따라 주모자를 붙잡아 왔습……."

완벽하게 일을 처리하고 왔단 생각에 기뻐 자신도 모르게 나선 것인데, 묶여 있는 청년들을 보니 아까와 얼굴이 다른 놈들이었다. 라이든은 의아한 얼굴로 그룬터를 바라보았고, 그룬터는 설명했다.

"순찰하던 놈들이다."

라이든은 얼굴을 붉히며 물러났다. 순찰하던 놈들을 영주가 잡는 동안 자신은 손이 묶인 도망자와 병자 한 명을 잡아왔을 뿐이니까.

"쿨럭! 다시 당신이 내려다보는 형세가 되었군요."

샌더슨이 가슴의 붕대를 풀고 약을 바르는 동안 바닥에 누운 채로 재래드는 희미하게 웃었다. 그룬터는 담담한 눈으로 그를 내려다보긴 했으나 대답하진 않았다. 그사이 샌더슨은 상처 부위에 연고를 바르고 붕대를 갈아주었다.

"와, 상처가 정말 깔끔하군요! 이건 전문가의 솜씨인 것 같은데……."

샌더슨은 혹시 하는 표정으로 그룬터를 보았다. 하지만 그룬터는 대답 않고 기다리다, 샌더슨의 응급처치가 끝나자 자리에서 일어났다.

"신전으로 향한다."

"네에에?"

샌더슨이 고개를 갸웃거리자 라이든이 '이젠 사제들도 잡아야지'라며 숙소 안으로 들어가 인질들을 끌고 나왔다. 샌더슨이 앞장서고 그룬터와 라이든이 뒤에서 인질들을 살피며 움직이기 시작했다. 그렇게 걷는 동안 라이든이 걱정스러운 얼굴로 말했다.

"영주님, 사제들에겐 이 방법이 통하지 않을 겁니다. 정신을 차리고 한번 탈출하려 해봤는데 그들의 실력은 압도적이어서⋯⋯."

라이든은 말을 맺지 못했다. 그룬터는 그들의 실력을 예상하고 있었으므로 놀라지 않았다.

"협상할 거니 상관없다. 그러니 인질들이 뭐라 말하려고 입을 열면 몽둥이로 패서 막도록."

"네?"

웬 협상? 그러나 그런 잡담을 하는 동안 인질 한 명이 탈주를 시도하는 바람에 대화가 더 이어지지 않았다. 그룬터와 샌더슨은 다른 인질이 허튼짓 못하게 자리를 지켰고, 그를 붙잡은 라이든은 다시 도망칠 수 없도록 다섯 명을 한데 묶었다.

그렇게 일행이 신전에 도착하자 언덕에서 일행이 오는 것을 보고 있던 사제 셋과 엘린이 입구에 서 있었다. 그룬터는 라이든에게 인질을 맡기고 사제 앞으로 걸어갔다.

"일단 대화를 할 기회를 줘서 고맙단 말부터 해야겠군."

이때 라이든의 한 손엔 몽둥이, 다른 손엔 칼이 들려 있었다. 신전 앞 작은 화로 덕분에 사제들도 그 칼을 볼 수 있었고, 그 때문에 수로 우위를 점하는 사제와 엘린일지라도 함부로 덤비지 못했다.

상대는 영주다. 그것도 이미 인질로 붙잡힌 적이 있는 영주. 그가 이번엔 인질을 잡아 돌아온 것이다. 그룬터는 욕과 함께 네놈들을 쳐죽이겠다고 말하진 않았지만 사제들은 긴장했다.

"단도직입적으로 말하지. 인질이 돼라."

"뭐라고요?"

이야기를 들은 사제뿐만이 아니라 같은 편인 라이든, 샌더슨도 어이가 없었다. 미치지 않고서야 어떻게 스스로 인질이 된단 말인가?

영주가 권위주의에 빠져 자신의 말이라면 누구든 굴복할 거라 착각하고 있는 건 아닌지, 그런 자를 아무 생각 없이 따라온 건 실수가 아니었는지 샌더슨은 고뇌에 빠졌다. 그러나 그것은 그만의 문제가 아니었다. 상대인 사제도 라이든과 비슷한 반응이었다.

"영주님이 인질을 잡고 계시지만 따를 수는 없군요. 우리는 넷이고 영주님은 셋입니다. 거기다 언제든 가세할 수 있는 인질들은 우리 편입니다. 우리가 아무리 세상물정 모르는 사제라지만 그리 어리석어 보입니까?"

"잘못 생각하는 건 너다. 우리는 셋이지만 저들을 제압하면서 아무런 피해도 입지 않았다. 지금 서 있는 너희에게도 똑같이 적용되는 말이지."

그 말을 하는 순간 인질 중 하나가 '웃기지 마라! 우리는 그저 각개격파 당했을 뿐이다!' 라고 소리치려 했으나, 입을 여는 순간 라이든이 몽둥이로 머리를 후려쳐 다물게 했다. 곁에 있던 샌더슨이 소릴 지르며 창백해질 정도였으니 같은 편인 사제의 얼굴이 어떻게 되었는지는 말할 필요도 없다.

"영주, 이제 곧 사람들이 몰려올 거요. 신전을 무너뜨린 것이나 사람을 대하는 것이나 이제 보니 막가자는 모양인데, 그때도 이렇게 할 수 있나 봅시다."

"흠, 인질이 될 생각이 없단 말이지?"

애초에 인질이 되라는 말 자체가 무리한 부탁이었다. 사제들은 당연히 고개를 끄덕였고, 그룬터는 한숨을 쉰 다음 명령했다.

"라이든, 할 수 없이 싸워야 할 모양이다."

구체적으로 명령한 것은 아니지만 라이든은 따를 수 없는 명령이란 생각에 주체적으로 움직이지 않았다. 그저 작은 목소리로 '인질을 내버리지 않는 이상 저들과 싸우긴 힘듭니다' 라고 대답하는데, 그룬터는 기다렸다는 듯 그 말을 크게 되풀이했다.

"뭐라고? 인질을 데리고 있는 상태에선 싸울 수 없다고? 그렇군. 이대로 시간을 보내면 마을 사람들이 몰려올 테니 가만

있을 수도 없고, 그렇다고 저들이 항복하여 인질이 되는 것도 아니고. 하는 수 없지. 라이든, 인질을 모조리 죽여라. 죽이고 저 네 명을 새 인질로 삼아야겠다."

명령을 받은 라이든은 물론이거니와 사제들도 파랗게 질렸다. 그러나 그룬터의 말은 자신의 처지를 완벽하게 설명하고 스스로의 행동에 타당성을 부여하는 선언이었다.

라이든이 머뭇거리자 그룬터는 서두르라고 다그쳤다. 결국 라이든은 굳게 마음을 먹고 칼을 든 손에 힘을 주었다.

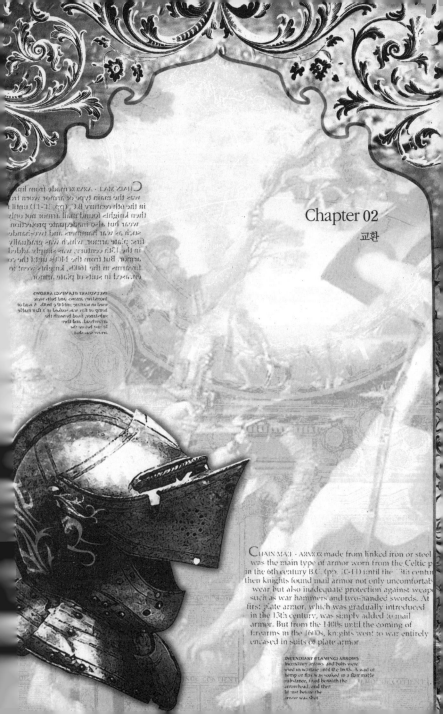

Chapter 02

교환

CHAIN MAIL - ARMOR made from linked iron or steel was the main type of armor worn from the Celtic p in the 6th century B.C. (pp. 1C-11) until the 13th centu then knights found mail armor not only uncomfortab wear but also inadequate protection against weapo such as war hammers and two-handed swords. At first plate armor, which was gradually introduced in the 13th century, was simply added to mail armor. But from the 1400s until the coming of firearms in the 1600s, knights went to war entirely encased in suits of plate armor.

INCENDIARY (FLAMING) ARROWS
Incendiary arrows and bolts were used in warfare until the 1600s. A wad of hemp or flax was soaked in a flammable substance, fixed beneath the arrowhead, and then lit just before the arrow was shot

Lord of Freedom
프리든의 영구

"그만둬요!"

일촉즉발의 상황. 그 상황에 끼어든 것은 무녀 엘린이다. 그녀는 재빨리 뛰쳐나와 그룬터 앞에 섰고, 그룬터는 라이든에게 멈추란 신호를 보낸 뒤 차분한 목소리로 말했다.

"무녀, 나는 최대한 양보했다. 인질에게 칼을 꽂지도 않았고, 본보기로 한 명을 죽이고 시작하지도 않았다. 이보다 신사적인 협상이 또 어디 있나?"

"그래도 그만두세요! 대체 무슨 말을 하고 계신 거예요? 이런 짓이 용서될 거라 생각하세요?"

"내가 악인인 것처럼 말하는군. 지금 이게 인질을 붙잡아

몸값을 요구하는 삼류 악당의 행동으로 보이나? 아니면 처지 파악도 못하는 어리석은 자의 발악으로 보이나? 나는 자신을 보호하고 부하를 지킬 의무가 있다. 이런 상황을 만든 것은 바로 너희라는 것을 잊은 모양이군."

사제들은 그렇다고 사람을 죽이겠다는 게 제정신이냐고 항의했고, 라이든은 죽지 않으려고 발버둥치는 인질에게 몽둥이질하느라 여유가 없었다.

'반항하지도 못하는 이놈들을 죽이는 것은 못할 짓이지만 영주의 말이 맞다. 저들은 반란을 일으켰고, 자칫하다간 우리가 죽을지도 모르는 상황이다.'

라이든은 마침내 결심하고 칼을 쥐었다. 머뭇거리던 그의 표정에 살기가 깃들었고, 인질과 사제들은 모두 그 표정을 읽었다. 결국 엘린이 손을 내밀었다.

"인질이 될 테니 그만둬요!"

그녀의 목소리는 효과가 있었다. 인질들은 깜짝 놀라 발버둥을 멈추었고, 라이든도 행동을 멈추었다. 사제들은 당황했다.

"무녀님, 우리마저 인질로 잡히면 안 됩니다!"

"어차피 인질로 잡혀도 마을 사람이 도착하면 이들은 포위될 수밖에 없어요. 지금은 우리가 고작 다섯이니 이딴 짓이 가능하지만 백 명이 넘는 마을 사람 앞에서도 이런 짓을 할 수 있을까요? 괜찮아요. 우리도 경비대를 인질로 잡고 있을 테니까. 저와 어르신들이 몸 보중만 고집하다 인질들이 죽게 된다면……. 안 돼요, 그렇게 할 수는 없어요."

옳은 판단이다. 마을 사람이 돌아오면 이길 수 있는 싸움이다.

그러나 헤스티아가 원군 요청을 위해 떠났다는 것을 알고 있는 프리든의 세 사람은 속으로 웃었다. 기다리면 이긴다는 논리는 그대로 프리든의 일행에게도 적용되는 말이니까.

하지만 사제들은 그 사실을 모른다. 그들은 망설였으나 무녀의 말이 옳음을 인정하고 손을 내밀었다.

그룬터가 이들의 항복을 거절할 이유는 없다. 그는 허리에서 천을 풀어 사제들을 하나씩 묶었고 마지막으로 엘린 앞에 섰다. 그는 그녀의 팔에 끈을 두르며 작은 목소리로 말했다.

"왜 이리 늦게 나선 거지? 저항 못하는 인질을 두들겨 패는 영주라는 소문을 내고 싶었나?"

그룬터가 이 계획을 세울 수 있었던 것은 엘린 덕분이다. 적 내부의 아군보다 강력한 카드는 없다. 그룬터는 자신이 자리를 마련하면 그녀가 알아서 행동해 줄 거라 믿었고, 또 실제로 그런 일이 일어났다.

혹시 이 협상을 가장한 협박이 실패할 경우, 그룬터는 그녀를 같은 편으로 계산하여 싸울 수 있을 거란 생각도 하고 있었다. 그러나 엘린은 아니었던 모양이다.

"신전을 부쉈잖아요."

"자신을 인질로 삼아달라고 할 정도이니 개의치 않을 거라 생각했는데."

"그것과는 다른 이야기예요."

그룬터가 팔을 묶자 냉큼 사제에게 뛰어가 사나운 눈으로 그를 째려봤다. 그는 시선을 피했다.

"라이든! 샌더슨! 저들은 풀어서 한 명씩 기둥에 묶도록!"

세 명이 인질을 계속 지켜볼 수는 없어 허튼짓 못하게 한 사람씩 기둥에 묶었다. 라이든이 몽둥이를 들고 감시하고, 샌더슨이 진땀을 빼고 있는데 사제 중 하나가 갑자기 밧줄에 묶인 채로 샌더슨을 걷어찼다.

"악!"

숙소 앞에서 가져온 칼이 샌더슨의 허리춤에 꽂혀 있었다. 사제는 칼을 빼앗아 밧줄을 풀고 외쳤다.

"이렇게 손 놓고 자유를 구속당할 겁니까!"

"히익! 영주님!"

샌더슨이 바닥을 기다시피 해서 그룬터 곁으로 가는 동안 라이든은 재빨리 칼을 들고 사제에게 달려갔다.

"이놈! 어딜 감히!"

라이든은 사지 중 하나를 자를 각오로 공격했다. 그러나 사제는 당황하지 않았다. 그는 노호성과 함께 주먹을 내밀었다. 주먹과 칼날이 부딪쳤다.

쩡!

귀에 거슬리는 쇳소리가 나며 칼이 크게 흔들렸다. 라이든이 놀라 눈을 부릅뜬 사이, 사제의 몸이 잔상을 남기듯 이동했다.

"엇!"

깜짝 놀란 라이든이 몸을 뺐지만, 사제의 몸이 라이든의 거리 안으로 파고든 뒤였다. 그는 짧은 기합과 함께 라이든의 가슴을 가격했다. 북 치는 소리가 들리며 라이든의 몸이 밀쳐지는 그 순간 다른 주먹이 그의 복부를 찔렀다.

"우웩!"

라이든의 입에서 토사물이 튀어나오는 그사이에도 사제는 번개처럼 다음 주먹을 내질렀다. 세 번, 네 번, 다섯 번, 일곱 번째 주먹이 라이든의 명치에 파고들었을 때에야 그는 입에 거품을 물고 앞으로 쓰러졌다. 그렇게 라이든을 쓰러뜨린 사제는 숨도 돌리지 않고 그룬터에게 달려갔다.

"영주, 각오하는 게 좋을 거요!"

사제의 공격은 위협적이다. 그룬터는 방심하지 않고 칼을 꺼내 휘둘렀다. 그러자 놀랍게도, 사제는 휘두르는 칼에 주먹을 가져갔다. 그 어느 무기보다도 자유로운 주먹으로, 찰나의 순간 손목으로 궤도를 바꿔 칼등을 치는 흘리기.

사제는 이번에도 문제없이 그룬터의 공격을 막을 거라 생각했다. 하지만 그룬터는 칼과 주먹이 부딪치는 순간 칼을 놓아버렸다.

"아닛?"

그의 이차 공격이 빠른 것은 칼과 부딪친 순간의 반동을 이용하기 때문이다. 하지만 그룬터가 칼을 놓아버림으로써 그의 한 팔은 칼을 따라 크게 원을 그렸다. 사제는 반사적으로 반대편 주먹을 내밀면서도 경악했다.

'이자는 그 짧은 순간에 내 공격을 파악했단 말인가?'

그러나 사제는 자신의 주먹이 적의 가슴에 박힐 것임을 믿어 의심치 않았다. 기사란 본디 맨손 겨루기에 약한 법이니까. 하지만 그룬터는 자세를 낮춰 이마로, 아니, 투구로 그의 주먹을 받아냈다.

캉!

투구의 요철과 부딪친 손가락이 부러지는 그사이, 그룬터는 사정없이 상대의 고간을 향해 주먹을 찔렀다.

"으악!"

사제는 비명과 함께 바닥에 나뒹굴었고, 그룬터는 곁에 쓰러진 라이든의 칼을 주워 사정없이 사제의 팔을 잘랐다.

"으아아아아악!"

한쪽 팔이 잘린 사제는 고통에 신음하며 더 이상 일어나지 못했다. 잔인해 보이지만 어쩔 수 없는 선택이었다. 라이든이 쓰러진 지금은 손이 너무 부족했다. 저항하는 자를 배려할 여유는 없었다.

아니, 이런 실용적인 목적은 둘째 치더라도, 경비대장과 영주에게 주먹질을 한 자다. 곱게 내버려 두는 것은 물러터진 행동이었다.

그룬터는 샌더슨을 불렀다.

"치료해 줘라. 라이든부터."

"네? 네!"

샌더슨은 벌벌 떨며 라이든에게 다가갔다. 샌더슨은 라이든이 편히 숨을 쉴 수 있도록 똑바로 눕힌 다음 맥을 짚어보고 안도의 숨을 내쉬었다. 곧 깨어날 것 같았기 때문이다.

샌더슨은 사제의 겨드랑이 부근을 끈으로 묶어 지혈하고 상처 부위를 천으로 감쌌다. 사제는 샌더슨의 치료를 거부하다 영주가 차가운 눈으로 자신을 내려다보는 것을 깨닫곤 고개를 들었다.

"차라리… 죽여라. 이 영주 놈, 잘라놓고 치료하라 하다니 이 무슨 장난질이냐!"

"내가 목숨을 파리처럼 여기는 그런 놈으로 보이나?"

"틀렸나? 아깐 인질을 죽이라고 했잖느냐!"

"여기가 집성촌인 걸 아는데 어떻게 사람을 죽이고 협상을 하지? 가족을 잃어 이성이 날아간 사람과 대화가 불가능한 건 상식 아닌가?"

"처음부터 저들을 죽일 생각은 없었다는 말인가?"

그룬터는 대답하지 않고 고개를 돌렸다.

"이런 사기꾼 자식!"

사제는 거품을 물며 외쳤다. 그러나 그룬터는 더 이상 그에게 시간낭비할 생각이 없었다. 그는 라이든이 일어나기 전까지 인질들을 감시해야 했다.

"영주님……."

엘린은 이빨을 딱딱 부딪치며 떨고 있었다. 그룬터는 속으론 쓰게 웃었으나 변명하고픈 마음은 없었다. 하지만 다른 사내는 달랐다. 그룬터의 변명을 듣고 싶어하는 자가 그를 불렀다.

"하하, 역시 영주님은 피도 눈물도 없군요."

재래드 크라시우스. 그는 아까보다 한결 나아진 안색으로 그룬터를 올려다보고 있었다.

"자신을 거스르는 자에게 무조건적으로 칼을 휘두르는 것. 정말 영주님 자신에게 그럴 권리가 있다고 생각하는 겁니까?"

"샌더슨, 이놈들 입에 재갈을 물리도록."

샌더슨은 식은땀을 흘리며 그러겠다고 대답했지만 바로 행동에 옮기지는 못했다. 사제의 상처가 컸기 때문이다. 덕분에 재래드는 자유로운 입으로 그룬터를 귀찮게 할 수 있었다.

"사제님의 팔을 잘라 버렸으니 그를 죽여 시체를 숨기는 것만 못한 짓을 한 겁니다. 사람들은 당신의 잔혹함을 깨달을 것이고, 당신을 곱게 내보냈다간 엄청난 보복을 하리라고 생각할 테니 말입니다!"

"샌더슨! 아직 멀었나?"

그의 도발에 아랑곳 않고 그룬터는 샌더슨을 불렀다. 결국 샌더슨은 하던 것을 멈추고 재빨리 뛰어와 재래드의 입에 재갈을 물렸다.

"아이고! 뭔 입이 이렇게 가볍습니까?"

"마법사……!"

재래드는 으르렁거리듯 샌더슨을 노려보았다. 마법사 샌더슨이 이런 상황에 익숙할 리가 없다. 그는 새파래진 얼굴로 한 발자국 뒤로 물러났다. 그러나 그보다는 투구 아래에서 차갑게 빛나는 그룬터의 살기가 더 두려웠다.

'대체 내가 왜 이런 걸 해야 하는 거야?'

울상인 채로 다른 사람들의 입에도 재갈을 물린 샌더슨은 다시 사제에게 달려가 치료를 마무리했다. 그쯤 라이든이 기침과 함께 일어났다.

"어, 여, 영주님?"

아직 정신을 차리지 못한 듯 몇 번이나 주변을 둘러보던 라이든은 팔이 잘린 사제와 재갈이 물린 인질들을 보고 상황을 깨달았다.

"라이든, 일어났으면 움직여야겠다."

"아, 넵!"

라이든은 서둘러 일어나 그룬터의 명령에 따랐다. 인질 교환을 위한 표식을 세우고, 인질들이 허튼짓을 못하도록 감시

하는 일 말이다.

그렇게 프리든의 세 사람이 준비하는 동안 동녘이 밝아오고 마침내 한 무리의 마을 사람들이 돌아왔다.

여덟 명의 마을 사람이 언덕에 올라왔다.

무너진 신전의 모습과 인질을 본 그들은 뛰어오다 그룬터를 보고 멈추었다. 투구를 뒤집어쓴 자가 영주라고 알고 있기에 그룬터가 남루한 옷을 입었다 해서 의심하는 일은 없었다.

그들은 붙잡혀 있을 거라 생각했던 영주가 되레 인질을 붙잡고 있다는 것에 놀라 전진하지 못했다. 그룬터는 그들 사이에서 경비대원을 발견했다. 붙잡히면서 몸싸움이 있었던 듯 얼굴이 심하게 부어 있었다. 그룬터는 예상한 일이라 살짝 인상을 찌푸리는 정도였으나, 라이든은 그렇게 하지 못했다. 그는 대번에 고함을 질렀다.

"이 자식들! 당장 스트룹을 놓아줘!"

그의 심정이 이해되지 않는 것은 아니지만 그룬터는 그를 저지하고 앞으로 나섰다.

"누가 대장인가?"

"접니다."

중년의 남자가 입을 열었다. 영주인 것을 알면서도 인사하지 않는 것은 적의를 드러내는 방법 중 하나일 것이다.

"일대일의 교환을 원한다."

"우린 조금만 기다리면 더 많은 이들이 모여 신전을 포위

할 수 있습니다. 그런데 왜 영주님의 말에 따라 포로를 내던 지겠습니까?'

'이젠 대놓고 포로라고 말하는군.'

신전을 부수고 사제와 무녀를 인질로 잡은 것 때문이다. 그 룬터는 쓰게 웃으면서도 어쨌든 차분히 말했다.

"우린 수가 적은 대신 인질이 많아."

"어차피 모든 사람이 모이면 인질 수도 같지 않습니까?"

"자네는 붙잡힌 사람을 앞에 두고 숫자놀음을 하는군."

신전을 점거하고 사제와 무녀를 인질로 잡은 사람치곤 참 으로 점잖다.

영주 앞에 맞선 마을 사람들은 자기네끼리 회의를 시작했 다. 사람이 많아지면 자연히 언덕을 둘러 쌀 테고, 그러면 저 인원 전부를 인질로 잡을 수 있다. 포위되고 마음을 바꾸는 일이 벌어지기 전에 인질 수를 줄이는 것이 좋지 않을까?

그들은 영주의 제안에 따르기로 했다.

"교환은 어떻게 합니까?"

"저기에 표식을 세워두었다. 보다시피 공터 한복판에 세웠 고 양측의 거리도 적절하지. 각자의 인질을 자유롭게 한 다음 저 지점을 돌아오게 했으면 하는군."

속임수만 없다면 괜찮은 방법이다. 마을 사람은 고개를 끄 덕여 경비대원의 몸을 묶고 있던 밧줄을 풀었다. 그룬터도 지 시하여 마을 청년 한 명을 풀었다.

두 인질은 적 무리에서 벗어나 반환점에서 만났고, 스쳐 지나 일행에게 돌아갔다. 인질로 잡혀 있던 사람이나 그를 기다리던 사람이나 모두 마음을 졸였지만 우려한 일은 없었다. 첫 인질 교환이 그렇게 끝났다.

"저자가 사제님의 팔을 잘랐습니다!"

하지만 문제는 교환이 끝난 후였다. 풀려난 청년이 큰 소리로 사실을 전하자 마을 사람들은 즉시 분노했다.

"이 자식들! 감히 사제님을!"

그들은 당장에라도 달려들 것처럼 한 걸음 내디뎠다. 놀란 라이든이 엘린의 목에 칼을 갖다 대지 않으면 전투가 일어났을 것이다.

"멈춰라, 이놈들!"

"이놈! 사제님에게 죄를 지은 것도 모자라 이젠 무녀님의 목에 칼을 갖다 대느냐!"

마을 사람 중 한 명이 안타까워하다 마침내 큰 소리로 외쳤다. 라이든이 반사적으로 칼을 든 것까진 좋았지만 그들의 모습이 워낙 난폭해 나설 수 없었다. 그는 그룬터를 바라보았다.

그러나 입을 연 사람은 그룬터가 아니라 엘린이었다. 그녀가 눈짓으로 재갈을 풀어줄 것을 요청하자 그룬터는 고개를 끄덕였다.

라이든이 그녀의 재갈을 풀어주자, 그녀는 날카로운 목소리로 외쳤다.

"모두 멈추세요!"

"무녀님?"

"영주가 원하는 대로 해주세요! 어차피 인질 교환이 끝나면 이들에겐 아무것도 남지 않으니까!"

그 말이 결정적이었다. 사람들은 이를 갈면서 그때를 기다리기로 했다.

그 뒤로 비슷한 일이 되풀이되었다. 첫 인질 교환이 무사히 끝났고 무녀의 말도 있다 보니 뒷사람들은 고민하지 않았다.

덕분에 그룬터는 조금씩 교환 조건을 늘릴 수 있었는데, 음식을 요구하거나 경비대의 무장을 돌려달라고 하는 것이 그것이다. 처음부터 그랬다면 당연히 거절했을 조건이지만 이미 달리는 호랑이 위였다.

"약속을 지켜주셨으면 좋겠군요."

재래드 크라시우스의 차례였다. 그는 그룬터에게 인사한 후 힘겨운 걸음으로 경비대원과 자리를 바꾸었다. 라이든은 긴장하여 언제든 달려나갈 준비를 했지만, 재래드는 기대와는 달리 얌전히 사람들 사이로 사라졌다. 라이든은 안도의 숨을 내쉬었다.

하지만 그는 곧 불안함을 느꼈다. 순조롭다. 지나치게 순조롭다.

'아니, 이런 생각은 그만하자. 이건 무슨 일이 생기길 바라

는 놈 같잖아.'

그가 그렇게 불안한 것도 무리는 아니었다. 시간은 이미 정오 무렵인데 헤스티아가 올 기미는 보이지 않았기 때문이다.

'그것도 그렇지만 저놈들, 너무 순순히 시키는 대로 하고 있잖아?'

인질 교환이 끝나면 마을 사람 전체가 덤비는 건 아닐까? 그렇게 걱정하고 있는데 아홉 번째 일행이 도착했다. 라이든은 분노를 느꼈다.

"다이니 아저씨!"

마흔이 넘은 수염이 덥수룩한 중년인은 인질로 잡힐 때 제법 반항한 모양이었다. 얼굴이 붓고 멍들어 눈도 제대로 뜨지 못하고 있는 이 아저씨는 라이든이 외치자 씩 웃었다. 걱정할까 봐 자신은 괜찮다는 표현을 한 것이지만, 그의 한쪽 팔은 부러져 덜렁거리고 있었다.

"이 개자식들!"

"뭐라고? 너희야말로 사제님의 팔을 어떻게 했는지 기억 못하는 모양이구나!"

마을 사람도 참고 있었을 뿐이다. 신전을 박살 내고 사제와 무녀를 인질로 잡은 영주 일행에게 욕을 먹고도 가만히 있을 리가 없다.

그들은 수적 우세에 취해 당장에라도 신전으로 뛰어들 듯 고함을 질러댔고, 이미 풀려난 병사 여덟 명은 돌려받은 무장을 쥐며 주춤거렸다.

그룬터는 인질인 사제, 팔이 잘린 그 사제의 뒷덜미를 잡고 앞으로 내밀었다.

"너희의 바람은 무엇이냐? 나와 싸우는 건가, 아니면 내가 서류에 도장을 찍게 만드는 건가? 목적을 잊지 마라!"

그는 상대가 잊은 것을 강조했다. 비록 신전이 부서지는 참사가 일어났지만 어쨌든 인명 피해는 없다. 그들이 성난 폭도로 변해 목숨을 걸고 싸울 필요까진 없는 것이다.

사제를 험하게 다룬 것은 마을 사람들의 분노를 살 만한 일이었지만, 그만큼 그룬터에게 집중하게 만들기도 했다. 그들은 그룬터의 말을 듣고 흥분을 가라앉혔다. 인질 교환이 이어졌다.

여기서 라이든의 불안이 적중했다. 밧줄을 풀고 반환점으로 가던 사제는 비틀거리며 걷고 있던 경비대원 다이니를 스쳐 지나다 갑자기 그를 들쳐 메고 마을 사람 편으로 뛰어갔다. 팔이 잘려 고열에 시달리고 있는 사람으론 보이지 않는 민첩함이었다.

라이든이 놀라 앞으로 뛰어나갔지만 이미 마을 사람이 공터에 침범할 만큼 불어나 있어 사제는 금방 인파 속으로 섞였다. 그는 반환점에 도착한 뒤 더 들어갈 수 없다고 판단, 뒤로 물러났다.

라이든이 분노한 목소리로 외쳤다.

"무슨 짓이냐, 네놈들!"

사제는 경비병을 사람들에게 맡긴 뒤 앞으로 나섰다.

"투구를 벗고 딴사람 행세를 하지 않나, 인질을 교환할 상황을 만들기 위해 거짓말을 하지 않나! 이렇게 인질을 교환하고 그다음에 무슨 짓을 꾸밀지 모르는데 어떻게 영주의 말을 믿겠느냐!"

아직 그의 상처가 나은 것은 아니다. 하지만 그는 초인적인 인내력으로 버티고 있었다. 사람들이 그런 그의 모습과 행동에 감탄하여 환호성을 질렀음은 말할 필요도 없다. 그 환호성은 마을 사람들의 사기를 높였고, 경비병들을 주눅 들게 만들었다.

그룬터는 묵묵히 상대를 노려보았다.

대치 상황. 하지만 누가 봐도 그룬터 일행이 불리해 보였다. 이런 상황을 견디지 못한 라이든은 떨리는 목소리로 그룬터에게 물었다.

"영주님, 괜찮겠습니까? 저쪽은 인질이 둘이고… 이쪽은 한 명……."

"여왕이 우리 손에 있다. 무엇을 걱정하는 거지?"

"아!"

라이든은 자신감을 되찾았다. 그는 엘린의 목에 칼을 갖다 대며 큰 소리로 외쳤다.

"방금 전 일은 무효다! 경비대원을 넘겨라!"

그룬터는 이런 일이 일어나리라는 것을 충분히 예상하고 있었다. 지금 이 상황은 다른 인질 교환과는 달리 인질에게 정보를 제공하고 있는 비정상적인 상황이었기 때문이다. 그룬터는 인질 중 한 명이 이런 일을 벌일 거라 예상했고, 그래서 엘린을 마지막으로 남겨둔 것이다.

그러나 그런 그룬터의 계획과는 관계없이 그룬터가 이런 일을 벌인 이유를 깨달은 자가 저쪽에 있었다. 재래드 크라시우스. 그는 의자에 앉은 채로 사람들 사이에서 나타났다.

"허풍이 심하시군요, 영주님. 영주님에게 남겨진 인질은 한 명뿐입니다. 설마 무녀님에게 허튼짓을 할 생각은 아니시지요?"

"그러는 너희야말로 경비대원 둘 따위에 집착하다 마을의 무녀를 잃을 셈은 아니겠지?"

"허허, 영주님. 이젠 속지 않습니다. 정말 경비대원 따위라고 생각했다면 프리든으로 돌아가셨을 테지요. 지금 이 자리에서 억지스런 인질극을 펼치는 것은 경비대에 대한 영주님의 애정을 나타내는 거라 생각하는데, 틀렸습니까?"

경비대원들이 감동할 말이다. 이런 상황이 아니었다면 말이다. 재래드는 웃으며 말을 이었다.

"그러니 영주님은 무녀님에게 손을 댈 수 없을 겁니다. 그랬다간 여기 인질로 잡혀 있는 병사는 물론이거니와 앞으로 올 병사의 목숨도 장담할 수 없으니까요."

그룬터는 대답하지 않았다. 하지만 라이든과 샌더슨은 그의 침묵 덕분에 재래드의 말이 사실임을 깨달았다.

'역시 그냥 영주님을 프리든으로 데리고 갔어야 했는데…….'

라이든은 속으로 후회했지만 이미 늦었다. 그런 라이든의 표정을 읽은 재래드는 빙긋 웃으며 말을 이었다.

"영주님, 방금 전처럼 일대일의 교환을 합시다. 영주님이 마지막 인질인 무녀님에게 감히 허튼짓을 하리란 생각은 하지 않습니다만 서로 좋은 게 좋은 거 아니겠습니까?"

카드를 한 장 더 가지고 있는 자의 여유다. 그룬터는 이 어처구니없는 제안을 받아들일 생각은 결단코 없었다. 심지어 그룬터에게 인질이 둘이 있더라도 그렇게 하지 않을 것이다. 상대는 약속을 어겼다. 이것을 덮고 다음 일을 진행하는 일은 결코 바른 선택이 아니다.

그룬터는 말도 안 되는 소리 그만하라고 말하려 했다. 엘린이 그를 부르지 않았다면 말이다.

"영주님."

그룬터는 천천히 그녀에게 걸어갔다. 마지막 남은 인질. 가장 값어치있는 카드. 그녀는 영주가 다가와 몸으로 마을 사람들의 시선을 차단하자 작은 목소리로 말했다.

"영주님, 조건을 받아들이세요. 제가 저리 간 다음 남은 사람도 꼭 돌아오게 만들 테니까."

"그러도록 하지."

그룬터는 일 초의 망설임도 없이 끈을 풀었다. 그러자 놀란 것은 곁에 서 있던 라이든이었다.

"영주님, 대체 무슨 생각이십니까?"

"그녀는 사실 우리 편이야. 내가 숙소에서 나갈 수 있도록 도와주었지."

하지만 라이든은 여전히 미심쩍은 얼굴이었다.

"그녀는 밤새 묶여 있었고, 신전을 부순 것에 대해 원한도 가지고 있을 텐데 믿을 수 있습니까?"

"믿지 못할 건 또 뭔가?"

"지금 상황이 상황인지라……."

"경비대장님, 불쾌하네요. 사람을 못 믿겠단 말을 면전에서 하는 것은 실례이지 않아요?"

이러다 서로 감정싸움이 될지도 모르겠다. 그룬터는 손을 들어 중재했다. 라이든은 하다못해 교환 방법을 바꾸자고 의견을 냈으나 엘린이 거절했다.

"당신의 상관이 날 믿으니 당신도 날 믿어줘요."

경비대장으로서 자기 생각을 가지고 있는 라이든이 납득할 말은 아니다. 라이든은 그룬터만 들릴 정도의 크기로 목소리 낮춰 말했다.

"영주님, 이미 정오가 넘었습니다. 본대가 언제 올지 알 수 없는 지금, 인질을 함부로 내줄 수는 없습니다."

그의 말대로다. 헤스티아가 도착할 거라 생각한 정오가 지났는데 기미가 없다. 이 상황에서 인질을 모두 잃는 행동을 할 수는 없다.

그러나 그룬터는 손을 들어 그를 진정시킨 다음 엘린을 데리고 앞으로 나섰다. 라이든은 불쾌한 표정을 지었으나 어쨌든 이 자리의 결정권자는 그룬터다. 그는 입을 다물었고, 그룬터는 말했다.

"네 말대로 하지. 한 명이라도 더 건지는 게 이득이니까."

"정말입니까?"

재래드는 믿을 수 없다는 투로 답했다. 원하는 대로 해주겠다고 한 것인데, 오히려 상대가 당황한다.

그룬터는 그저 고개를 끄덕였다. 재래드는 사제들과 머릴 맞대고 이야길 시작했다. 그룬터에게 불리한 조건인데 그것을 받아들인 의중을 알 수 없었다. 그사이 엘린은 정면을 바라본 상태로 작게 말했다.

"경비대장님 말대로 제가 배신할 거라는 생각은 없나요?"

"없다."

"왜요? 무엇을 근거로?"

"한번 믿은 사람은 끝까지 믿기 때문이지."

"그래요? 의외네요. 당하고 나서야 우는 사람이었다니……."

대화를 할 시간은 충분했지만 그룬터는 대답하지 않았다.

"하긴, 그런 생각을 하는 분이니 남으신 것이겠지요. 역시 영주님은 좋은 사람이에요."

그녀는 들릴 듯 말 듯한 목소리로 중얼거렸다.

그러는 사이 상대는 '다이니 아저씨'를 앞세우고 있었다. 그룬터는 상대와 동시에 인질을 놓았다.

엘린이 반환점까지 가는 데는 특이한 점이 없었다. 보통 사람의 보통 걸음. 그러나 경비대원 다이니는 제압 과정에서 생긴 부상 때문에 비틀거리고 있었다. 방금 전에도 한번 본 것이지만 이 광경이 라이든과 인질에서 풀려난 경비대원을 자극했다. 그들은 이글거리는 눈동자로 사제와 마을 사람, 엘린을 노려보았다.

경비대에 있어 마을 사람은 비겁하게 인질을 잡고 약속도 제대로 지키지 않는 자들에 불과하다. 하지만 엘린의 행동 때문에 그들은 야유를 멈추었다.

"어? 저 무녀, 무슨 짓을 하는 거야?"

반환점에 도착한 엘린은 더 이상 걷지 않고 '다이니 아저씨'를 기다렸던 것이다. 단지 그뿐이면 그런가 보다 하고 넘어갔을 텐데, 그녀는 갑자기 '다이니 아저씨'를 부축해 돌아오기 시작했다. 경비대의 야유는 환호성으로 바뀌었다. 재래드는 입만 벌리고 있다가 엘린이 그룬터 곁에 서자 제정신을 차렸다.

"무녀님, 무슨 짓입니까?"

"너무 심했어요. 우리가 하려는 것은 싸움이 아니라 투쟁. 속임수로 이득을 취한들 무슨 소용 있겠어요?"

"하, 하지만 속이고 거짓말하는 것은 저 영주의……."

"똑같은 수준이 될 필요는 없어요."

재래드는 입을 다물었다. 그는 눈을 가늘게 뜨고 그룬터와 엘린을 보더니 알겠다는 듯 빙긋 웃었다.

"그렇군요, 무녀님. 그날 밤 왜 영주와 함께 있는지 의아했습니다만… 영주와 한패가 된 것이군요."

"무슨 말을 하는 건가, 재래드!"

곁에 있던 사제들이 당황하여 그를 책망했으나 엘린의 행동은 의심을 사기에 충분했다. 인질 교환을 종용한 것, 그리고 마을 사람에게 유리한 상황을 스스로 포기하는 행동들 말이다.

"홀로 프리든에 갔다 오고, 상처 이야기도 쉬쉬하는 걸 보면 영주와 거래를 한 것 아닙니까?"

엘린의 얼굴이 굳었다. 그녀는 변명하려 했지만, 마을 사람들의 눈엔 의혹이 자리 잡기 시작했다. 이런 분위기에서 해명을 하기란 쉬운 일이 아니다.

그룬터는 깨달았다. 지금 엘린은 사실상 인질로서의 가치를 잃었다.

"신전 안에서 농성한다."

그룬터는 짧게 말했고, 일행은 천천히 신전 안으로 들어가기 시작했다. 그것은 자신들이 불리함을 광고하는 꼴이었다. 마을 사람들이 허락할 리가 없었다.

"놓치지 마라!"

마을 사람들은 함성과 함께 일행에게 달려들었다. 그때 그들을 막아선 자는 다름 아닌 그룬터였다.

"아!"

경비대는 당황했다. 다른 이들도 아니고 영주가 직접 전투에 참가할 거라곤 생각도 못했으니까.

하지만 그룬터는 단순히 부하를 아끼는 마음에서 앞에 나선 것이 아니었다. 얻어맞고 인질로 잡혀 있던 녀석들이 제 힘을 발휘할 리가 없지 않은가. 그는 그저 합리적인 선택을 했을 뿐이었다.

그것을 눈치챈 라이든은 큰 소리로 부하들에게 외쳤다.

"이놈들! 영주님 말 못 들었냐! 아저씨 데리고 빨리 안으로 들어가!"

라이든도 칼을 뽑아 들었다. 비록 수적으로 열세지만 신전 벽을 등지고 싸우니 농민들 상대로 쉽게 밀리진 않았다.

"영주를 잡으십시오! 영주만 잡으면 우리의 승리입니다!"

앉은 채로 재래드는 외쳤다. 몸만 움직일 수 있었다면 최전선에서 영주에게 달려갔을 텐데 말이다. 마을 사람들도 수장을 잡는 것의 중요성을 알고 있어 라이든을 무시하고 그룬터 쪽으로 달려가기 시작했다.

그때, 신전 안에서 샌더슨의 목소리가 들렸다.

"영주님! 조심하십시오!"

문 안에서 날아온 것은 불이 붙은 폭탄. 그룬터는 앞에 사람들이 있든 없든 일단 몸을 숙였고, 라이든은 그룬터의 행동을 보고 느끼는 것이 있어 바로 따라 했다.

"피, 피하십시오! 저건 폭탄입니다!"

멀리서 재래드가 당황하여 외쳤지만 이미 늦었다. 폭탄은 굉음과 함께 폭발했고, 마을 사람 십여 명이 허공을 날다 떨어졌다.

"으아악!"

비명 소리와 신음 소리가 섞인 연막 속에서 그룬터는 벽을 짚어 더듬으며 신전 안으로 몸을 날렸다. 라이든도 얼얼한 가운데 그룬터를 놓치지 않고 안으로 들어갔다. 샌더슨이 안절부절못하고 있다 둘을 맞이했다.

"히유, 괜찮으십니까?"

"괜찮다."

그룬터는 옷의 먼지를 털고 난 후 신전 밖을 향해 외쳤다.

"경고한다! 더 가까이 왔다간 방금 전보다 더 큰 폭탄을 던질 것이다! 이것은 무녀를 죽인다는 협박과는 다르다! 우리의 목숨을 지키는 일인만큼 사정을 봐주진 않을 것이다!"

그의 외침엔 서릿발 같은 살기가 어려 있었다. 마을 사람들이 깨닫지 못할 리가 없다. 더군다나 폭탄은 둘째 쳐도 저 좁은 입구로 들어가려면 일렬로 줄을 설 수밖에 없고 그랬다간 경비대의 칼과 창에 꼬챙이처럼 꿰일 것이다.

'제기랄.'

재래드는 혀를 찼다. 신전을 무너뜨리는 수가 있으나, 그런 극단적인 수는 취할 수가 없다. 그러니 남은 수는 한 가지밖에 없다.

"저들이 나올 때까지 기다릴 수밖에 없나."

그는 한숨을 내쉰 다음 사람들을 불렀다.

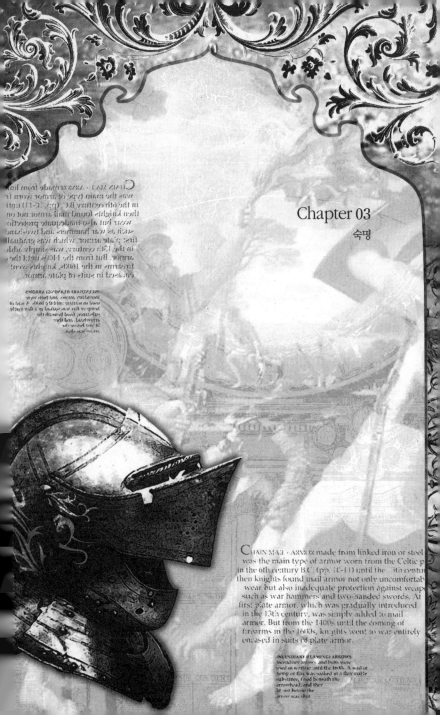

Chapter 03

숙명

CHAIN MAIL · ARMOR made from linked iron or steel
was the main type of armor worn from the Celtic p
in the 6th century B.C. (pp. 4C–4D) until the 5th centur
then knights found mail armor not only uncomfortab
wear but also inadequate protection against weapo
such as war hammers and two-handed swords. At
first plate armor, which was gradually introduced
in the 13th century, was simply added to mail
armor. But from the 1400s until the coming of
firearms in the 1600s, knights went to war entirely
encased in suits of plate armor.

INCENDIARY (FLAMING) ARROWS
Incendiary arrows and bolts were
used in warfare until the 16th. A wad of
hemp or flax was soaked in a flammable
substance, tied beneath the
arrowhead, and then
lit just before the
arrow was shot

Lord of Freedom
프라든의 영주

그룬터는 입구 근처에서 바깥 상태에 귀를 기울이고 있었다. 무녀와 마법사를 내놓으라고 마을 주민들이 소리치고 있었지만 그룬터의 협박이 먹힌 듯 더 이상 접근은 없었다. 일행은 숨을 돌렸다.

"영주님."

조금 숨을 돌리자 라이든이 그룬터에게 다가왔다.

"너무 늦습니다. 정말 헤스티아에게 지원을 요청하셨습니까?"

"물론이다. 날 믿지 못하나?"

"아뇨. 영주님을 못 믿는다기보다는… 헤스티아는 영주님을 살해하려 했던 조직의 암살자였잖습니까."

그룬터는 라이든의 생각을 이해했다. 그 자신도 헤스티아
는 불안정하여 고민하지 않았던가.

하지만 그룬터는 헤스티아를 믿기보단 그녀가 배신할 이
유가 없다는 자신의 판단을 신뢰했다. 그녀가 그룬터를 해칠
생각이었다면 새벽에 그룬터가 묶여 있을 때 해치웠을 테니
까.

그렇기에 그룬터는 대답하지 않았으나 라이든도 포기하지
않았다.

"영주님, 헤스티아를 신뢰하는 근거를 말씀해 주실 수 있
습니까? 물론 몸종으로 부리고 계시니 총애가 남다름은 이해
하지만……."

그룬터는 라이든의 질문이 그만의 것이 아님을 깨달았다.
한 번의 경고를 받고도 다시 답을 얻으려는 것은 이 자리에
있는 경비대원들이 모두 그와 같은 생각을 하고 있기 때문이
었다.

헤스티아가 전령으로 떠났단 사실은 그들의 유일한 희망
이다. 그것을 믿을 수 있는 이유를 설명해 주지 못한다면 지
도자로서 실격이다.

그룬터는 그들이 납득할 만한 대답을 고르기 위해 고심했
다.

최면? 그룬터는 헤스티아에게 '내게 목숨을 바쳐 복종해

라' 따위의 명령을 한 적이 없다.

그룬터는 제이미로부터 다크문이 상벌이 엄한 조직이라는
정보를 얻었다. 때문에 헤스티아가 일에 실패하면 버림받을
것이라는 추측을 할 수 있었다. 그렇다면 이것을 이용할 수는
없을까? 그룬터는 열여섯 살짜리 암살자가 의지하던 곳을 잃
었을 때 그를 떠올리길 바랐다.

영주의 침대라는 그 편안한 장소를 자신과 연관 지어 생각
하도록 암시를 심었다. 그룬터가 했던 행동은 단지 그뿐, 암
살 대상에 불과한 자신을 따르라는 헤스티아의 상식에 반하
는 일을 명령한 것이 아니었다.

그러니 헤스티아가 자신을 따르는 것은 전적으로 그녀의
선택이다. 이것을 어떻게 라이든에게 설명해야 한단 말인가?
그렇게 고민하는데 엘린이 불쑥 얼굴을 내밀며 물었다.

"어서 말해주세요!"

기습 공격이다. 그룬터는 자신도 모르게 말했다.

"그 아이는 나에게 반했다."

"꺄아악!"

폭발적인 반응이었다. 엘린은 입을 다물지 못하고 웃었고,
라이든과 경비대원들도 당황하여 묘한 표정을 지었다.

"역시 그 사람, 자신을 그냥 몸종으로 생각하지 않는 것 같
더라니!"

엘린은 분위기에 어울리지 않게 상기된 표정으로 그룬터

에게 더 많은 정보를 캐려 했지만, 실수는 한 번으로 족했다. 그룬터는 낮은 목소리로 그녀의 망상을 끊었다.

"지금은 장난이나 치며 시간을 허비할 때가 아니다. 전령은 떠났고 소식은 전해졌다. 경비대는 이곳으로 오고 있다. 조바심을 가지지 마라. 남은 인질 한 명을 되찾고 이곳에서 버티는 것만 생각하도록."

그렇게 말한다 한들 엘린이 멈출 리가 없다. 그것은 라이든도 마찬가지. '혹시 그게 영주님 혼자만의 착각이라면 어떻게 합니까?'라고 말하고 싶어 미칠 지경이었지만, 차마 묻지는 못했다.

일행이 그렇게 서로 할 말을 미루는 사이, 밖에서 영주를 부르는 소리가 들렸다.

"마지막 인질이 지금 도착했습니다! 영주님, 이제 나와 보시죠!"

재래드의 목소리였다. 그룬터는 칼을 쥐고 천천히 밖으로 나갔다. 사람이 꽤 줄어 있었다. 혹시나 멀리 돌아 다른 통로로 쳐들어오는 것은 아닌가 싶었지만, 그보단 교대로 일행을 감시할 모양인 듯했다. 입구를 사이에 두고 있다는 것은 그룬터나 마을 사람이나 양쪽 모두 최소한의 인원으로 최대의 효과를 볼 수 있단 말이다. 마을 사람 전체가 그들을 감시하며 생업을 포기할 이유가 없었다.

"자, 이쪽은 인질이 한 명, 그리고 영주님은… 아무것도 없군요. 어떻게 하실 생각입니까?"

재래드의 곁은 마을 청년들과 마지막 경비대원이 서 있었다. 경비대원은 두려워하는 얼굴로 그룬터와 라이든을 바라보았다. 라이든은 그 눈빛을 외면할 수가 없었다.

"무슨 헛소리냐, 이놈들! 여기 너희들의 무녀가 보이지 않나!"

"하하! 저항도 없이 당신들을 따라간 그녀가 우리 편이겠습니까?"

재래드는 일부러 크게 웃으며 라이든을 도발했다. 당황한 라이든의 안색이 변했다. 하지만 투구 아래 가려진 그룬터의 표정은 그대로였다.

'허세일 뿐이다.'

그 짧은 순간 무녀에 대한 존경이 사라질 리가 없다. 더군다나 사제들이 그녀를 보호하려 했다. 갑자기 이렇게 태도를 변화시킬 수는 없는 것이다.

그룬터는 신전 안에 있는 엘린의 팔을 자르는 행동이라도 해야 할까 하고 고민했다. 극단적일수록 효과가 좋으니까. 하지만 그리 했을 때 마을 사람들의 반응은 어떨까? 그룬터는 냉철하게 계산을 시작했다.

그러나 곁에 서 있던 라이든은 그렇지 못했다. 부하가 붙잡혀 있는데 자신에겐 아무 패도 없다고 생각하자 답답했던 것이다.

"이놈들, 베레스의 손끝 하나라도 건드렸다간 다 죽여 버릴 줄 알아! 베레스! 조금만 기다려라! 반드시 구해줄 테니까! 아니, 차라리 내가 너와 자리를 바꾸어……!"

"라이든!"

그룬터는 황급히 라이든의 말을 잘랐다. 그러나 늦었다. 재래드는 피식 웃다가 결국엔 큰 소리로 웃음을 터뜨렸다.

"역시 그렇군요, 영주님! 어떻게 했는진 모르겠지만 무녀님은 당신의 편이 된 것이로군요. 그 여자가 인질로서 가치가 없다고 저 경비대장님이 보증을 했으니……. 자, 이제 어떻게 요리를 한다?"

"어?"

재래드의 말을 들은 라이든은 그제야 사태를 파악했다. 재래드는 그저 떠보기 위해 한 말일 뿐, 영주와 무녀의 관계에 대해선 확신이 없었던 것이다. 라이든은 눈알을 굴리며 그룬터의 눈치를 살폈다.

그룬터는 라이든에겐 시선도 주고 있지 않았다. 그는 라이든의 말은 그저 그의 실수일 뿐이라는 듯 조금도 당황한 티를 내고 있지 않았다. 하지만 속으론 중대한 결정을 내리고 있었다.

'원래 열 명이 되었어야 할 인질이 한 명으로 줄어든 거라고 생각해야 하나? 이걸로 충분한가, 아니면 겨우 이 정도인가?'

짧은 순간 그룬터는 결정을 내렸다. 포기할 것인지 매달릴 것인지를 말이다. 그리고 그 마음속의 결정을 입 밖으로 내려는 순간, 엘린이 신전에서 튀어나왔다.

"재래드, 제가 인질 가치가 없다고요? 그럼 이건 어때요?"

그룬터가 살짝 고개를 뒤로 하니 엘린이 손에 조각을 쥔 채 걸어나오고 있었다. 그룬터는 낯익은 그 조각이 신전 중앙에 박혀 용의 목소리를 전달했던 것임을 깨달았다.

"무, 무녀님! 아니, 엘렌 크라시우스! 대체 무슨 짓을 하는 것이냐!"

그는 의자에서 벌떡 일어났다가 가슴을 붙잡고 다시 쓰러졌다. 그러나 곁에 서 있던 청년 중 누구도 그를 부축할 여유가 없었다.

재래드가 무녀는 배신했다고 말했을 때 믿지 않았던 그들이다. 그런데 지금 크라시우스를 상징하는 보석을 들고 나서는 모습을 보니 자신들의 눈으로도 그 사실을 믿을 수 없었던 것이다.

그 주변에 서 있던 마을 사람들도 그것은 마찬가지였다. 믿을 수 없다는 듯 그들은 얼빠진 얼굴로 뺨을 꼬집고 있었다.

"자! 어서 인질을 교환해요! 어서 그 사람을 이리 보내줘요!"

재래드는 안면을 실룩거리며 거절하려 했다. 방금 전까진 그래도 사람과 사람이 걸어 교환하는 방식이었다. 하지만 지금은 발이 달려 있지 않은 보석. 어떻게 해야 안전하게 돌려받을지 생각이 나지 않았다.

"어서요! 그 사람을 보내주면 던져줄 테니까! 크라시우스님께 맹세해요!"

엘린은 큰 소리로 외쳤다. 라이든은 말도 안 되는 소리 하지 말라고 하려 했다. 엘린이, 영주가 절대적으로 유리한 교환 방식이 아닌가. 저들이 받아들일 리가 없다고 생각한 것이다. 하지만 재래드와 마을 사람들은 다행이라는 듯 고개를 끄덕였다.

"자! 어서 가라!"

그들은 마지막 남은 인질의 등을 밀어 풀어주었다. 그 광경에 놀란 것은 영주 일행이었다. 저들에게 그 보석은 무녀보다도 훨씬 값어치가 있는 물건이었던 것이다.

"왜 그 보석에 대해 이야기해 주지 않았지?"

그룬터는 경비병이 도착하기 전에 살짝 물었다. 그러자 엘린은 어두운 표정으로 대답했다.

"하고 싶지 않은 최후의 수단이라는 것이 있잖아요?"

그룬터는 고개를 끄덕였다. 그사이 인질이 되었던 병사가 라이든의 품으로 돌아왔다. 재래드는 다급한 목소리로 외쳤다.

"무녀님, 어서 보석을 돌려주십시오!"

그 말에 엘린은 앞으로 나서며 보석을 던질 자세를 취했다.

그 광경을 본 라이든은 깜짝 놀라 앞을 막아섰다.

"그럴 수는 없다!"

"네? 경비대장님?"

어리둥절한 얼굴로 엘린이 부르자 라이든은 험악한 얼굴로 엘린의 어깨를 붙잡았다.

"무슨 생각을 하는 거지? 이것은 전략적으로 매우 중요한 물건이다. 저들이 거역도 하지 못하고 인질을 풀어줄 정도야. 그런데 이것을 그냥 버릴 셈인가?"

"네? 약속했잖아요. 인질을 풀어주면 돌려주겠다고."

당황한 엘린이 대답하자 라이든은 세상물정 모르는 이 아가씨로부터 보석을 뺏을 생각으로 손을 뻗었지만 엘린이 그것을 피했다. 그 광경에 재래드와 마을 사람들은 분노했다.

"대체 무슨 짓인가, 경비대장? 약속을 어길 셈이냐?"

"네놈들은 범죄자다! 영주님의 권위를 우습게 여기고 반란을 일으킨 놈들이란 말이다! 그런 놈들과 한 약속이 의미가 있을 것 같으냐!"

라이든은 더 큰 목소리로 되받아쳤다. 인질은 모두 풀려나고, 자신은 상대방을 압박할 수 있는 카드를 가지고 있었다. 이긴 것이나 다름없는 상황이었다. 그가 굽히고 들어갈 이유는 없었다.

그렇게 라이든과 마을 사람들이 대치하는 가운데 엘린은 그룬터를 올려다보았다. 그는 아무 말도 하지 않고 이 상황을 지켜보고만 있었다.

"영주님, 영주님도 경비대장과 같은 생각이신가요?"

"경비대장의 선택은 매우 합리적이다."

"그렇군요."

엘린의 음색엔 실망이 가득했다. 그녀 자신이 생각해도 그룬터가 이런 선택을 하는 것은 자연스러웠다. 하지만 그녀는 방금 전에 어떤 행동을 했던가. 사제가 업고 간 인질을 탈환하며 마을 사람들에게 뭐라고 말했던가? 그룬터는 고개를 숙인 엘린을 보다가 던지듯 물었다.

"내가 경비대장의 의견에 따라 그 보석을 가지고 있겠다고 하면 어떻게 하겠느냐?"

"저는… 보통 사람이에요. 영주님이 힘으로 절 제압하시겠다면, 가만히 있는 것이 서로에게 득이 되겠지요."

맞는 말이다. 지난밤 그룬터의 솜씨를 본 엘린은 자신이 아무리 발버둥 쳐도 그룬터를 이길 수 없음을 알고 있었다. 하지만 그녀가 기분 좋게 받아들일 수 있는 상황이 아님은 분명하다. 그래서 그녀는 짧게 덧붙였다.

"그러니 그저 실망하는 수밖에요."

엘린은 감싸고 있던 손을 풀어 그룬터에게 보석을 내밀었다. 그룬터는 그것을 잡으며 짧게 말했다.

"그렇군."

그리고 그는 보석을 재래드가 받을 수 있도록 느리게 던졌다.

"어?"

받아 든 재래드도 엘린도 놀라 동시에 목소리를 내었다. 라이든도 마찬가지다.

"여, 영주님!"

"나는 그녀의 의견을 존중한다. 그녀가 기지를 발휘하여 다이니라는 병사를 데려온 것도 잊지 마라."

"하지만……."

라이든은 승복할 수 없다는 표정이지만 엘린은 아니었다. 그녀는 얼굴을 활짝 피며 웃었다.

"역시 영주님은 좋은 분이에요!"

"글쎄……?"

엘린은 말을 하고 난 직후 헛소리 말라는 그룬터의 약속된 반응을 기다렸다. 그러나 이번엔 달랐다. 그룬터는 한쪽 입꼬리를 올리며 앞을 가리켰다. 그 행동에 의아함을 느낀 사람들은 그의 손가락 끝으로 시선을 돌렸고, 한결같이 놀란 목소리로 외쳤다.

"프리든 경비대!"

언제 나타난 것인지 수십 명의 무장한 병사가 함성과 함께 달려오고 있었다. 그들을 확인한 마을 사람들은 행동이 굳어 버릴 만큼 놀랐지만 경비대장 라이든은 반대였다. 그는 두 주먹을 불끈 쥐고 그룬터를 바라보았다. 방금 전까지 하고 있었던 불만스러웠던 표정은 이미 사라졌다. 그는 명령을 기다렸고, 그룬터는 기대에 부응하듯 큰 소리로 외쳤다.

"들어라, 프리든 경비대! 지금부터 반란을 일으킨 용의 마을 주민 제압을 시작한다!"

상징적인 선언이었다. 아직 병사들이 당도하기 전이라 수적으론 마을 사람이 훨씬 많음에도 단지 영주가 선언했단 이유만으로도 사람들은 공황에 빠졌다.

"모두 정신 차리십시오! 영주! 영주를 인질로 잡으면 끝입니다!"

한가운데에 앉아 있던 재래드가 핏대가 터져 나가라 외쳤지만 그의 음성은 마을 사람들에게 닿지 않았다. 지금 그들은 앞뒤로 포위당한 꼴이라고 생각하며 무기를 던지고 주저앉아 항복하기에 바빴다.

"우와아! 진짜로 왔네요!"

신전 안에서 나온 샌더슨이 가장 먼저 소감을 말했다. 그사이 병사들은 환호성을 지르며 앞으로 전진했다. 방금 전까지 신전 안에 가둬놓고 말려 죽일 생각으로 기세당당했던 마을 사람들은 벌벌 떨며 뒷걸음칠 뿐이었다.

"영주님!"

반항할 의사를 잃은 마을 사람을 헤치고 낯익은 얼굴이 등장했다. 헤스티아는 피곤한 얼굴로 영주 앞까지 걸어와 인사했다.

"수고했다."

그룬터는 짧게 칭찬했고, 헤스티아는 만족한 얼굴로 그 자리에 쓰러졌다. 체력의 한계까지 달려왔기 때문이다. 그룬터는 그녀를 그 자리에 눕힌 다음 사태를 지휘했다.

"이럴 수가……."

재래드는 넋이 나간 얼굴로 중얼거렸다. 손엔 소중한 크라시우스의 상징이 쥐어져 있지만, 그것을 놓칠 것만 같았다. 그는 보석을 놓치지 않도록 품에 넣다가 자신의 발치에 그림자가 나타난 것을 발견했다.

"무녀, 아니, 엘린 크라시우스."

재래드는 일그러진 얼굴로 상대를 노려보았다. 그녀는 기쁘지도 슬프지도 않은 표정을 한 채 내려다보고 있었다. 재래드는 질문할 수밖에 없었다.

"대체 왜 배신을 한 거지? 너의 직계 조상이 세운 마을이 아닌가? 이 마을에 아무런 애정도 없었단 말이냐?"

"그럴 리가요, 재래드. 전 당연히 이 마을을, 사람들을 좋아해요. 그래서 영주님에게 선처를 부탁했고요."

"선처? 선처라고? 아무리 선처를 해도 이 마을은 지도에서 지워질 것이다! 영주의 구속에서 벗어나 자유롭게 살 수 있는 기회를 네가 걷어차 버렸어! 사람들의 자유를 네가 빼앗은 거란 말이다!"

말을 마친 그는 기침 소리와 함께 피를 토해냈다. 그런 그를 싸늘하게 내려다보던 엘린은 물었다.

"자유요? 당신들은 숙명에서 벗어나겠죠. 그런데 용의 무녀는요?"

재래드는 단숨에 엘린의 말뜻을 이해했다.

마을의 자존을 위해선 크라시우스가 필요하고, 크라시우스를 모시기 위해선 용의 무녀가 필요하다. 정해진 운명이 싫다고 발버둥친 재래드지만, 용의 무녀가 가지는 숙명은 생각하지 못했던 것이다.

"몸 관리 잘해요. 영주님에게 말해서 목숨은 건질 수 있도록 할 테니까."

그녀는 그렇게 말하고 그룬터 쪽으로 걸어갔다. 그런 그녀의 뒷모습을 지켜보던 재래드는 고개를 폭 숙였다. 그의 손에서 떨어진 보석이 풀밭 위에 뒹굴었다.

Chain Mail · Armor made from linked iron or steel was the main type of armor worn from the Celtic p in the 6th century B.C. (pp. 10-11) until the 18th centur then knights found mail armor not only uncomfortab wear but also inadequate protection against weap such as war hammers and two-handed swords. At first plate armor, which was gradually introduced in the 13th century, was simply added to mail armor. But from the 1400s until the coming of firearms in the 1600s, knights went to war entirely encased in suits of plate armor.

Chapter 04

청원

INCENDIARY (FLAMING) ARROWS
Incendiary arrows and bolts were used in warfare until the 1600s. A wad of hemp or flax was soaked in a flammable substance, fixed beneath the arrowhead, and then lit just below the arrow was shot.

‘용의 마을 반란’이라고 기록될 사건은 관대하게 처리되었다.

　그룬터는 엘린의 청을 받아들여 주모자들을 추방하고, 마을 사람들을 모두 프리든 내의 정해진 구역에서 살도록 했다. 세이린은 황당한 얼굴로 ‘그런 반역자들을 추방으로 끝낸 전례는 없다’고 말했지만 그룬터가 결정한 일이었다.

　더군다나 경비대장도 엘린의 편을 들어 강력하게 찬성했다. 병사들도 민원을 넣듯 엘린의 의견을 지지하니 세이린도 한 발자국 물러설 수밖에 없었다.

　"다들 제멋대로라니까!"

집무실에 앉아 있던 세이린은 한숨과 함께 작성 중인 문서를 내려다보았다. 백여 명이 갑자기 이주해 온 꼴이었다.

머물 집을 마련해 줘야 하고 당분간은 식량도 배급해야 할 것이다. 반역을 저지른 사람들인데 말이다.

그렇게 그녀가 투덜거리고 있는데 집무실 문이 열리며 하인 한 명이 들어왔다.

"청지기장님!"

기운 넘치는 목소리로 세이린을 부르는 사람은 얼마 전 갑작스레 고용된 하녀였다. 성에서 일할 사람을 뽑는 것이라 제법 엄정한 심사를 통과해야 하건만 병사들의 지지에 힘입어, 그리고 영주의 명령에 의해 단번에 채용되었다. 세이린이 신용할 수 없는 사람이었다.

"무슨 일이지, 엘린?"

며칠 전까지 무녀로서 살고 있던 그녀가 바로 새 하인이다. 그녀는 꾸벅 인사한 다음 손에 든 편지를 세이린에게 전했다.

"제이미 스트로라는 분이 보낸 편집니다!"

"알았어. 그리고 그렇게 웃으면서 다니지 마. 성에서 일하는 하인이라면 그에 맞는 언행을 갖춰야 해."

"네."

아무리 말해도 지켜지지 않는 명령을 내린 다음 세이린은 그녀를 밖으로 보냈다.

"영주님이 아끼는 것 같으니 뭐라 말도 못하고……."

그는 한숨을 내쉬며 편지를 뜯었다. 편지는 유지인 제이미 스트로의 품위를 느낄 수 있는 정중한 문장이 가득했다. 하지만 그 내용을 읽어 나가던 세이린의 얼굴은 굳어졌다. 그녀는 편지를 다 읽자마자 자리를 박차듯 일어나 그룬터의 침실로 달려갔다.

영주의 침실 앞에서 숨을 고른 그녀는 옷매무새를 가다듬고 자신이 왔음을 알렸다.

"영주님, 세이린입니다."

안에서 인기척이 나더니 문이 열렸다. 세이린은 몸종인 헤스티아가 문을 열었으려니 생각하고 안으로 들어가다 깜짝 놀랐다.

"에, 엘린?"

"방금 전에 뵙고 또 뵙네요, 청지기장님."

그녀는 방긋 웃으며 인사하더니 책상에 앉아 있는 그룬터에게 인사하곤 방을 쪼르르 나갔다. 세이린은 황당한 얼굴로 그룬터를 바라보았다.

"저, 저기 영주님? 설마 대낮부터……?"

"무슨 생각을 하는 건지 모르겠군. 용무나 말하게."

괜히 얼굴이 붉어진 세이린은 편지 내용을 읊었다.

"영주님, 주민이 민원을 신청했습니다. 영주님의 취임식 때 세율 등을 전과 같이 유지한다고 발표를 했는데, 그 때문에 할 말이 있다고……."

"내가 알기로 프리든의 세율은 근처 영지보다 낮을 텐데? 더 낮춰달란 건가?"

교통이 나쁘고 땅도 척박하며 위험하기까지 한 곳이 프리든이다. 그래서 세금은 다른 곳보다도 낮았고, 결국 돈이 없어 관리가 떠나는 일까지 생겼다. 그런데 거기서 더 낮춰달라니, 그룬터는 어이가 없는 표정으로 세이린을 바라보았다. 세이린은 말을 덧붙였다.

"일주일에 삼 일 있는 노역을 이틀로 줄여주고, 제분소 이용을 무료로, 세금은 2퍼센트 낮춰달라는 요구입니다."

"뭐라고? 내가 알기로 지금 세율은 12퍼센트인데, 2퍼센트를 더 낮춰달란 말이야? 그러니까 11.76퍼센트로 말이야."

"아닙니다. 10퍼센트로 해달라는 요구……."

그룬터는 어이가 없어 웃었다. 세이린은 속으로 안도했다. 이 말을 하면 영주가 불같이 화를 낼 거라 생각했었기 때문이다. 하지만 그룬터가 웃은 것은 이 상황이 재미있어서 그런 것이 아니었다. 그는 차분히 물었다.

"청지기장, 주민의 대표는 누군가? 대체 누가 이런 얼토당토않은 제안을 하는 거지?"

"제이미 스트로라는 상인 길드의 주인입니다. 일단 내일 영주님과 대화를 하고 싶다며 면담 신청을 하긴 했습니다만……."

"제이미 스트로?"

제이미 스트로. 그룬터를 이 땅에 불러들인 장본인이다. 지역 유지이며 상권을 지배하고 오랜 기간 존경을 받아온 스트로 가문의 가주. 그룬터는 그 이름을 몇 번이나 되뇌며 생각했다.

'재미있군. 영주 노릇을 하다 보면 언젠가는 부딪칠 거라 생각했지만……'

그는 손을 저었고, 그것이 나가보라는 신호임을 아는 세이린은 인사를 한 후 물러났다.

"다행이다. 그래도 크게 화가 나진 않은 것 같으시니."

이런 문제에서 무작정 화를 내면 될 것도 안 되니 시작은 나쁘지 않은 셈이다. 그렇게 그녀가 안도의 숨을 내쉬는데, 옆에서 갑자기 엘린이 머리를 내밀었다.

"뭐가 다행이에요?"

"꺅!"

먼저 나가 있던 그녀가 다른 곳엘 가지 않고 문 앞에 있었던 것이다. 세이린은 놀란 가슴을 진정시킨 다음 화를 내려다 영주의 침실 앞에서 할 행동은 아니란 생각에 숨을 골랐다.

"엘린, 넌 본래 용의 마을의 무녀라고 하지 않았어?"

"네. 왜 갑자기 지금 생각난 것처럼 말씀하세요? 제가 여기 온 첫날 제가 배를 찌르는 걸 바로 앞에서 보신 분이?"

"그 이야기는 하지 마. 그때 일을 생각하면 지금도 속이 안 좋으니까. 어쨌든 넌 사회적으로 지위를 가지고 있었잖아. 그런데 이렇게 하인 일을 해도 되는 거야? 그래도 괜찮아?"

"네, 물론이에요. 전 제가 그 굴레를 깨버린 것에 자부심을 가지고 있는 걸요. 무녀로서 인생을 강요당하는 삶은 제가 마지막이에요. 이 얼마나 멋진 일이에요? 아, 그리고 전 하인이지만 계급은 자유민이에요. 무녀로 살았을 때보다 좋으면 좋아졌지 나빠지진 않았단 말이에요."

하인이라는 직업이 어디 가서 자랑하고 다닐 만한 것은 아니다. 하지만 그것은 엘린이 선택한 일이다. 그녀는 그것을 자랑스러워했다.

"청지기장님, 안녕하십니까!"

지난번 영주 암살 건 이래로 성안의 복도에도 순찰병이 오가게 되었다. 2인 1조로 순찰 중이던 병사들은 세이린에게 인사를 한 다음 엘린에게도 살짝 눈으로 인사했다. 엘린도 웃으며 그들에게 손을 흔들어주었다.

"병사들에겐 왜 인기가 많은 거야?"

병사들이 복도 모퉁이를 돌아 사라지자 세이린은 자신도 모르게 인기의 비결을 물었다. 자신은 그저 지위에 의해서, 자신의 뒤에 있는 그룬터 덕분에 병사가 따르고 있을 뿐이니까.

"글쎄요? 그날 다이니 아저씨를 구했을 때 되게 멋있었다고 하더라구요. 고마웠다고도 하고. 뭐, 어쨌든 그래요."

사실 그것만은 아니다. 무녀의 굴레를 벗은 그녀는 하루하루 새로 태어난 듯한 기쁨을 얻었으며, 그것이 그녀의 행동을 밝게 이끌었다. 그런 그녀가 병사들에게 높은 점수를 얻은 것은 당연한 일이었다.

엘린은 말을 마치고 다시 영주의 방으로 들어갔다. 제집 드나들 듯 행동하는 그녀를 보자 세이린은 경악했지만, 방안에선 꾸짖는 소리가 없었다. 세이린은 인상을 찌푸리고 닫힌 문을 바라보았다. 그리고 작은 목소리로 투덜거리다 집무실로 돌아갔다.

그룬터의 방안.

그룬터는 엘린을 보고 있었다. 그녀는 안에 들어와 문에 귀를 갖다 대고 세이린의 반응을 살피고 있었다. 그런 그녀를 한심하게 보고 있던 그룬터는 마침내 입을 열었다.

"정말 괜찮나?"

"네?"

"하인이 된 것 말이다. 존경받던 자에서 명령받는 자가 되었다. 괴롭지 않나?"

"어? 영주님답지 않은 질문이네요."

그녀의 말대로 이런 질문은 평소의 그답지 않았다. 자신도 그것을 알기에 그룬터는 입을 다물었고, 엘린은 멋쩍은 표정으로 인사하고 방을 나왔다.

'그냥 공손히 대답할 걸 그랬나?'

비아냥거리는 것이 아니라 정말 놀라서 물은 말이었다. 그녀는 지금이라도 들어가서 '괴롭지 않다'고 대답할까 생각했지만 이미 늦은데다 하고 싶은 일이 있었다. 바로 세이린의 뒤를 쫓아다니는 것.

사실 그녀는 하인이지만 맡은 일은 없었다. 거취 문제 때문에 고용했을 뿐, 그룬터는 그녀를 하인으로 부려먹을 생각은 없었던 것이다. 때문에 그녀는 자유롭게 성안을 오가며 부족한 일손을 돕거나, 자신이 정한 일을 하기로 했다.

세이린에겐 불행한 일이지만, 오늘 아침 그녀가 정한 일은 세이린의 일과를 캐는 것이었다. 그 보상인지 그녀는 놀라운 광경을 보게 되었다.

"경비대장님?"

그녀가 세이린을 쫓아 뒤뜰로 가는 복도 모퉁이에 몸을 숨겼을 때.

뒤뜰엔 라이든이 미리 와 세이린을 기다리고 있었다.

"안 오시는 줄 알았습니다."

"영주님에게 보고할 것이 있어서 늦었어요. 무슨 일이죠?"

엘린이 슬쩍 살펴보니 라이든은 극도로 긴장한 모습이었다. 그는 우물쭈물하다 주먹을 불끈 쥐며 말했다.

"세이린."

시험 삼아 불러본 이름이었다. 세이린은 하극상이나 다름없는 그의 행동에 당황했지만, 어차피 언젠가는 겪을 일이라고 생각하고 있었다. 그녀와 그는 소꿉친구다. 계속 어색한 관계로 있는 것은 세이린 자신도 원하는 일이 아니었다. 그녀는 눈을 감았다 뜨며 예전처럼 편하게 대답했다.

"왜?"

"그냥 뭐……."

그녀가 아무 일도 없다는 듯 대답해 주자 라이든은 안도의 숨을 내쉬었다. 그 광경을 훔쳐보던 엘린은 그 둘 사이에 무엇이 있음을 눈치챘다.

'샌더슨이 저 둘이 심상치 않다고 이야기했는데……'

이 성에 온 첫날 사람들을 소개하며 샌더슨이 했던 말 중의 하나가 그것이었다. 엘린은 마른침을 삼키며 둘의 대화에 집중했다. 그들은 서로 옛이야기를 하며 간간이 웃곤 했다. 훈훈한 분위기라 엘린이 오늘 계획은 포기하고 자리를 뜨려는데, 라이든의 짧은 말이 그녀의 발걸음을 잡았다.

"세이린, 좋아한다."

고백을 받은 세이린도, 몰래 숨어 듣던 엘린도 표정이 굳었다. 그동안 라이든은 변명하듯 말을 덧붙였다.

"사실 예전부터 이 말을 해야겠다고 생각하고 있었어. 그런데 도련님 때문에 너랑 대립하게 되면서 이야기하기 힘들어졌고……."

엘린은 세이린의 표정을 볼 수 없었다. 하지만 그녀가 아무런 대답도 하지 않고 있다는 점, 그것 하나로 라이든을 응원하기 시작했다. 마음속으론 저 고백은 실패라고 생각하고 있었지만.

"지금부터라도 친구 관계가 아니라……."

애써 말을 이어 나가는 라이든이 가엾다. 엘린은 주먹을 쥐며 그가 말을 끝까지 잇길 응원했지만, 이런 경우 제3자의 응원은 부질없는 법이다. 세이린은 라이든의 말을 자르며 자신의 비밀을 밝혔다.

"미안. 나, 약혼자가 있어."

세이린은 품에서 목걸이로 만든 구리반지를 꺼냈다. 니첸과 세이린이라고 적혀 있는 그 반지를 본 라이든은 눈만 깜빡였다.

그런 라이든에게 미안함을 느낀 세이린은 도망치듯 그 자리를 벗어났고, 필연적으로 통로에서 엘린과 마주쳤다.

"어?"

두 여자는 어색한 시선을 교환했다.

"다른 사람에겐 말하지 마."

세이린은 불쾌한 표정으로 경고하고 그 자리를 벗어났다.

'경비대장님, 울려나?'

엘린은 라이든을 훔쳐보려다 차마 사람이 할 짓이 아닌 것 같단 생각에 그 자리를 떠났다.

라이든은 한참을 멍하니 그 자리에 서 있다가 힘없이 병영으로 돌아왔다.

생각 같아선 대낮부터 취하여 자신이 한 행동을 잊고 싶었지만 경비대장이 그럴 수는 없었다. 그는 바람이라도 쐴 생각으로 순찰을 나섰다.

대충 성벽 근처를 오가다 돌아오며 상점가에 들른 참이었다. 라이튼은 사람들이 모인 곳을 발견하고 그쪽으로 걸음을 옮겼다. 한복판엔 잘생긴 청년이 서점 여직원과 말싸움을 하고 있었는데, 대화 내용이 라이튼의 발걸음을 붙잡았다.

"어딜 도망치려는 거야, 이 변태 자식아!"

"거참, 닳는 것도 아니면서 되게 그러네."

"닳는 것도 아니야? 닳는지 안 닳는지 한번 맞아볼래? 응? 한번 해보잔 말이야, 이 변태 놈아!"

옷을 붙잡고 늘어지는 여직원과 승강이를 벌이고 있는 자를 보니 한눈에 봐도 이방인이었다. 그는 귀찮다는 표정을 하고 있었지만, 사람들이 모이자 그 자릴 벗어나기 위해 여직원을 밀쳤다.

이야기를 듣고 있자니 저 이방인이 여직원을 성추행한 모양이었다. 아무리 실연을 당한 라이튼이라도 그냥 지나칠 수는 없는 일이었다. 그는 사람들을 밀치고 들어가 이방인의 팔을 붙잡았다.

"어이, 여자의 적. 닳는 것도 아니라고? 대체 무슨 짓을 한 거지?"

"사정을 모르면 가만히 있으라고. 걷고 있다가 칼집이 스친 것일 뿐이야."

그는 불쾌한 얼굴로 라이든의 팔을 뿌리치고 상황을 설명하기 위해 자신의 칼, 월인(月刃)을 툭툭 쳤다.

그의 키만큼이나 긴 칼은 등에 메여져 있었는데 꽤 길게 몸 바깥으로 튀어나와 있었다. 여직원 근처를 지나가다 그 나온 부분이 그녀를 불쾌하게 만든 모양이었다.

그러나 당사자가 납득할 만한 변명은 못 된다.

"스쳐? 스치는 게 그렇게 내 허벅지 사이로 기어 들어온단 말이야? 말이 되는 소릴 해!"

"다리를 타고 거기로 기어 올라간 거지. 이거야 원, 칼집 끈을 헐렁하게 해서 다니는 것도 죄가 되나?"

사실 여직원이 처음 비명을 질렀을 땐 그도 사과를 시도했다. 하지만 그의 사과는 시작부터 부정당했고, 여직원은 그를 치한으로 몰았다. 아무리 우연이었다고 설명을 해도 상대가 화만 내니 부아가 치밀었고, 마침내 폭발해 이렇게 비아냥거리는 지경에 이르른 것이다.

그러나 라이든이 그런 사실을 알 리는 없었다.

"뒤로 돌아."

"뭐?"

"프리든 경비대장의 명령이다. 옷차림을 보아하니 이방인 같은데, 다른 동네에서 하던 짓이 여기서도 통할 거라고 생각하면 큰 오산이야."

라이든의 얼굴을 아는 사람들은 이제 일이 끝났다는 것을 알고 슬슬 제자리로 돌아가기 시작했다. 희롱을 당했다는 아가씨도 이제 일어나 몸에 묻은 먼지를 털며 이방인을 쏘아보았다.

진퇴양난 속에서 이방인은 아주 잠깐, 정말 찰나에 가까울 만큼 짧은 시간 동안 고민하고 말했다.

"싫어."

그는 말을 마치자마자 허릴 숙여 라이든의 곁을 스쳐 지나갔다. 놀란 그가 뒤로 돌아 손을 뻗었지만, 그는 이미 간격을 벗어난 뒤였다.

"이놈이?"

라이든은 몸을 날려 이방인의 허리를 잡았다. 아니, 잡으려 했다. 그러나 이방인은 마치 고양이처럼 제자리에서 뛰어오르더니 사람의 키를 훌쩍 넘는 높이에서 라이든의 머릴 밟고 멀어졌다. 믿기 어려운 신체 능력에 라이든은 머릴 밟히면서도 경악할 뿐이었다.

"이봐, 아가씨! 제대로 오해를 풀어줄 테니까 나중에 보자고!"

공중제비를 돈 이방인은 처마를 붙잡아 반동을 이용, 지붕 위로 올라가 건물을 타고 사라졌다. 어이가 없지만 라이든은 평범한 경비대장이라 그런 묘기를 따라 할 수는 없었다. 그는 여직원에게 저놈을 꼭 붙잡겠다고 약속한 뒤 병영으로 돌아왔다. 되는 일이 없는 하루였다.

*　　　*　　　*

　다음날 오전, 그룬터의 성에 두 명의 손님이 찾아왔다.

　한 명은 제이미 스트로이며, 다른 한 명은 수도승 복장으로 얼굴을 가린 수행원이었다. 그들은 예의 바르게 영주의 집무실에 들어왔고, 그룬터도 일단은 부드럽게 인사를 받았다.

　집무실 안엔 몸종인 헤스티아, 청지기장인 세이린, 그리고 경비대장 라이든이 있었는데 라이든까지 이 자리에 함께하는 것은 만에 하나 있을 일을 대비하기 위함이었다. 다르게 이야기하면 제이미가 허튼수작 못 부리게 하기 위함이기도 한데, 의도를 읽은 제이미는 경비대장을 묘한 표정으로 훔쳐보았다.

　제이미 스트로가 이곳에 온 것은 당연히 전날 보낸 서찰과 관계가 있었다. 그는 싸우러 온 것이지만 먼저 고개를 숙여 인사했다.

　"안녕하십니까, 영주님. 취임식 때 잠간 뵈었지요?"

　예를 갖춘 듯한 말이나 제이미는 고갤 숙이지도 않았다. 자신이 사는 영지의 주인에 대한 존경심이라곤 티끌도 보이지 않았다. 영주로서는 불쾌하지만 협상인으로서는 나쁘지 않았다. 빙빙 돌려 말하며 탐색전을 하는 시간을 줄일 수 있으니까.

"그래, 기억나는군. 앉게, 제이미 스트로."

그룬터가 손짓하자 제이미는 그의 말에 따랐다.

본론에 들어가기 전에 가볍게 담화를 주고받는 시간이었다. 제이미가 먼저 입을 열었다.

"영주님은 참 다정다감하신 분인가 봅니다?"

"흠?"

"단둘이서 해도 될 가벼운 이야기에 온 가족을 다 끌어들이니 말입니다. 특히 저 라이든 스트로는 한낱 경비병일 터인데……."

그룬터와 제이미를 제외한 모든 이들이 라이든을 바라봤다. 그의 말이 그룬터에게 향한 것이었음에도 라이든에게 시선이 집중된 것은 그 둘의 관계가 특별하기 때문이었다.

그러나 전날 더한 일을 겪은 라이든에게 이 정도는 도발 축에도 들지 않았다. 고백했다 차이고, 어느 떠돌이에게 비웃음만 받았으니 말이다. 그는 시선을 돌리며 제이미를 외면했다.

한편, 그룬터는 둘의 신경전을 자르듯 친근한 목소리로 말했다.

"오해하지 말게. 주민과 마주하는 첫 자리라 모든 이를 데려왔을 뿐, 경비대장의 칼로 자네를 위협할 생각은 없네."

"그렇군요. 그럼 화기애애한 분위기 속에서 이야기할 수 있겠군요. 세율 말입니다."

제이미는 수행인에게 눈짓하여 문서를 전했다. 그룬터는 문서를 받아 세이린에게 넘겼다. 자신이 직접 상대할 만큼 중요한 사안이 아니라는 의미였다. 제이미는 살짝 웃으며 문서의 표지를 넘겨 요약본을 읽었다.

"프리든의 주민 일동이 요청하는 것은 다음과 같습니다. 노역의 의무를 삼분의 이로 줄일 것, 주민의 가계에 큰 부담을 주고 있는 제분소 이용을 무료로 할 것, 또한 신흥도시 오라클의 세율과 같게 현 세금을 십분의 일로 할 것. 이렇게 세 가지입니다."

"재미있군. 일단 내가 거절하기 전에 그 금액이 대체 얼마인지, 계산은 했는지 물어봐도 되겠나?"

"계산?"

"이 문서를 그대로 따르면 영주인 내가 입는 피해 말이야. 노역의 의무를 줄이면 연 2,444은화, 제분소 이용료를 없애면 1,008은화, 세율을 2퍼센트 줄이면 104은화. 자, 그럼 묻지. 대체 주민은 내가 일 년에 벌어들이는 돈이 얼마라고 생각하기에 저런 어마어마한 금액을 줄여달라는 건가?"

그룬터의 계산은 실재 파악이 불가능한, 주민 일만여 명을 기준으로 한 금액이다.

장부를 쓴다고 쓰곤 있지만 매년 그 수가 달라져 정확한 인구수도, 농민의 연 수입도 파악할 수 없다. 그나마 평균을 내어 농민의 일 년 수입을 2은화 20동화라고 정한 뒤 낸 금액이었다. 여기서 5∼10동화 차이가 있지만 그룬터는 무시했다.

한편 제이미는 그가 말한 수치가 자신의 계산과 큰 차이가 없다는 것을 확인하고 고개를 끄덕였다.

"적지 않음은 알고 있습니다만… 저는 영주님에게 이 조건이 무리가 아님을 알고 있습니다. 프리든은 매년 총수입의 절반에 달하는 돈을 수도에 송금하고 있습니다. 그러나 이 비율은 다른 영지와 비슷하거나 오히려 높은 것으로, 영지가 재정난에 허덕이는 가장 큰 이유가 이것입니다."

제이미는 영주의 수입이 약 100금화이며, 국왕에게 바치는 상납금, 수도의 귀족에게 바치는 금액이 약 50금화에 달함을 알고 있었다. 영지의 총수입은 세금으로 얻는 금액이 808은화, 영주령에서 얻는 곡식과 생산품을 돈으로 환산하면 약 73금화, 둘을 합하여 약 82금화다.

한편 시설 이용료, 그중 제분소는 한 가구당 36동화를 내고 있는데, 이것은 제법 큰 금액이라 10금화가 조금 넘는다. 제빵소 및 공공 수도 시설비 등을 제외한 금액이므로 이것들을 모두 합칠 경우 100금화가 조금 넘는 금액이 영주의 손에 들어간다.

반면 영주의 지출도 적지 않다. 하인 삼십여 명, 그리고 경비대의 유지비가 년 17, 18금화(하인과 세이린의 급료는 모두 합쳐야 2금화가 채 되지 않는다), 영주로서의 의무인 성의 증축 보수에 들어가는 비용이 약 30금화, 그리고 수도에 송금하는 금액이 50금화. 물론 제이미는 관계자가 아니기에 정확한 수치는 알지 못하나 총수입의 근사치는 계산할 수 있다. 그는 다른 누구도 아닌 이 땅의 유지다.

그래서 이 영지의 1년 예산이 매우 빠듯하다는 것도 알고 있다. 40~50금화나 수도에 들어가는 것이 거품이라 뺄 수 있다 해도, 자신이 제시한 조건이 그대로 받아들여질 경우 영주가 매년 손해를 보게 됨을 아는 것이다. 그러나 그럼에도 이런 조건을 내건 이유는 무엇인가?

'목표를 높게 잡아야 더 많은 것을 얻을 수 있는 법이지.'

상인 길드의 주인답게 그는 협상에 익숙한 사내다. 사실 그의 목표는 제분소 이용비의 1/3, 세율의 0.5퍼센트 인하다. 하지만 영주는 결코 '알겠네. 자네 말대로 하지'라며 순순히 양보하지 않을 것이다. 자신의 이득이 줄어드는 것은 누구나 원하는 바가 아니니까.

그러니 노역을 미끼로 협상을 이어가다가 최후의 순간에 온갖 생색을 내며 그 조건을 포기할 것이다. 그리고 대신 원하는 바를, 아니, 그 이상을 얻을 계획이다.

그러나 그 사실을 알지 못하는 그룬터는 당연히 그의 제안에 의문을 표했다.

"상납하는 돈 말인데… 비록 내가 정한 것은 아니지만 이 영지의 전통이거늘, 그것을 깨부수라고 말하는 건가?"

"그렇습니다. 왜냐하면 그것은 악습이니까요. 전 영주님은 수도에 연줄을 만들고 싶어 하셨지요. 하지만 지금 영주님은 검은 기사 클라우츠 베이른 경이십니다. 왕비마마를 팬으로 거느린 구도하는 기사님이시죠. 수도에 연줄을 만들기 위한 돈 따위로 환심을 사는 하수는 필요없지 않습니까? 돈으로 사람의 마음을 사는 것, 이보다 더 천박한 짓이 어디 있습니까?"

그 말대로다. 평민인 검은 기사가 이 자리에 오르게 된 데엔 실적도 실적이지만 그의 인기 때문임을 부정할 수는 없다. 그 인기는 보통 귀부인들로부터 얻은 것인데, 가면을 쓴 기사라는 독특한 개성 때문이다.

특히 왕비가 그의 열렬한 추종자였는데, 그가 왕비와 정을 통하고 그 대가로 영지를 받았단 소문도 있을 정도였다. 그러니 제이미의 말도 영 엉뚱한 건 아니었다. 그러나,

"맞는 말이군. 하지만 내가 그 돈을 왜 주민에게 써야 하지? 그 돈으로 가신을 고용하여 주민을 돕는 것이 더 현명한 방법 아니겠나?"

그룬터는 되물었다. 그는 거만한 몸짓으로 말을 꺼낸 다음 슬쩍 라이든에게 눈짓했다.

"그러니 이런 어리석은 협상은 집어치우지. 내가 이 어이없는 조건을 보고도 당장 자네 집으로 병사를 보내지 않은 것은 좋게 타이르기 위함이야."

신호를 받은 라이든은 일부러 소리 나게 칼을 꺼냈다. 쇠로

된 칼이 귀에 거슬리는 소릴 냈다. 그룬터는 침묵의 위협을 취했고, 제이미는 조금 전에 한 말을 손바닥 뒤집듯 바꾸는 이 영주를 속으로 비웃었다.

빤히 이렇게 될 거라 예상했다. 이 턱없는 조건을 보고도 순순히 입성을 허락했을 때, 아니, 그전에 이 협상을 계획할 때 이미 이런 상황을 예상했다.

그는 마치 영주가 했듯 눈으로 신호를 보냈다. 그러자 수행인이 기다렸다는 듯 후드를 벗으며 앞으로 나섰다.

"결국 이렇게 추가금을 받게 되는군요."

예의 바르게 말한 이 청년은 소매 속에서 한 뼘 길이의 작은 막대기를 꺼냈는데, 그것이 형태를 바꾸더니 2미터의 기다란 막대기로 변했다. 그 광경을 보고 놀라지 않을 자가 어디 있겠는가마는 라이튼과 세이린은 각각 칼이 아닌 사람에게 반응했다.

"넌 어제……!"

"니첸?"

그룬터는 위협을 가한 순간 모습을 드러낸 자라는 점으로 미루어 그가 경호원이라 판단했다. 더군다나 그가 꺼낸 막대기의 변화. 그룬터는 그 장면을 처음 본 것이 아니었다.

'샌더슨이 연구하고 있는 그 칼이로군.'

그룬터는 슬쩍 사람들을 둘러보았다. 특히 그룬터가 주의하여 본 것은 라이튼의 얼굴이었는데, 그의 표정이 그룬터의 행동을 결정했다.

"재미있군. 서로 안면이 있는 것 같은데 자기소개를 부탁해도 될까?"

소개고 뭐고 당장 저 불손한 놈을 잡으라는 명령을 내리는 것이 정석일 것이다. 그러나 말하지 않아도 먼저 나서야 할 경비대장이 주먹만 쥐고 달려들지 못하고 있으니 자폭할 수는 없었다. 그룬터는 곁에서 긴장하여 단검을 꺼내 든 헤스티아를 물리며 온화한 목소리로 그의 이름을 요구했다. 그러자 경호원은 막대기를 허공에서 한 바퀴 돌린 다음 대답했다.

"제 이름은 니첸 미네스덴. 떠돌이 검사이나 지금은 스트로가의 경호원으로 일하고 있습니다."

'미네스덴? 대영주 미네스덴?'

투구를 쓰고 있어 그룬터의 표정이 드러나지 않는 것이 다행이었다. 그는 미네스덴이라는 성을 이미 알고 있었다. 대영주. 대장군. 이 나라의 왕보다 더한 부와 권력을 가지고 있다는 바로 그 가문이었다.

상반되는 생각이 떠올랐다. 대영주, 대장군 가문의 장자가 이곳에 있을 리가 없다는 생각과, 그러나 그가 들고 있는 물건은 증거가 되기에 충분하다는 생각이 그것. 그러나 여기서 그의 정체를 묻는다면?

'사실이든 아니든 답은 그렇다겠지. 적어도 이 자리에선.'

이렇게 당황하게 한 것만으로도 합격이다. 그룬터는 그로부터 시선을 돌려 제이미를 노려보았다. 그는 만족스러운 웃음을 짓고 있었다. 다른 이들은 몰라도 영주라면 미네스덴이라는 성에 반응을 보일 거라 예상했고, 실제로 그런 반응을 보이고 있으니까.

그러나 그가 웃는 모습을 그룬터가 내버려 둘 리가 없었다.

"경비대장! 뭣 하고 있나!"

더는 가만히 있을 수는 없다. 그룬터는 명령했고, 라이든은 잠깐 갈등하다 기합과 함께 진검을 들었다. 그는 니첸을 공격했다.

"어제 그 멍청이로군."

이미 상대해 본 자다. 니첸은 표정 변화 없이 막대기를 휘둘러 그를 제압했다. 제자리에서 한 발짝도 움직이지 않고 단한 번 칼을 내려쳐 경비대장 라이든의 손목을 쳤다.

그 뒤는 말할 것도 없었다. 라이든은 칼을 떨어뜨리며 물러났고, 니첸은 그가 든 무기를 바닥에 소리가 나게 내려찍었다.

기합도 독기 서린 말도 없이 그는 사람들에게 알린 것이다. 자신은 제이미 스트로를 지킬 실력을 갖춘 자라는 것을. 그리고 이 자리를 제압할 실력을 갖춘 검사임을.

그룬터는 라이든이 재차 덤비지 않는 것을 보고 그의 기가 꺾였음을 깨달았다. 이 상태에선 어떤 명령을 하더라도 좋은 결과를 볼 수 없을 터. 대화로 상황을 반전시켜야 할 것이다.

그러나 그룬터가 선택한 행동은 호전적인 선전포고였다.

"놀랍군. 지금 검은 기사라고 불리는 내 앞에서 무력시위를 할 셈인가? 도가 지나친 어리석음이다!"

그는 말을 마치자마자 의자에서 벌떡 일어났다. 당연히 세이린과 헤스티아 등이 그의 앞을 막아섰다. 체통을 지키라며 필사적이었다. 제이미도 그녀들의 말엔 동감했다. 그가 경호원을 데리고 온 것은 무력에 굴복하지 않을 거라고 말하기 위해서였지 역으로 영주를 협박하겠단 것이 아니었다. 제이미는 당황하며 말했다.

"아닙니다, 영주님. 어찌 그런 짓을……. 그저 의지를 보이고 싶었을 뿐입니다."

제이미는 서둘러 사과했고, 니첸은 칼을 숨기고 다시 후드를 뒤집어썼다. 제이미는 머릴 숙였으나 그룬터는 여전히 선채로 분노를 드러내고 있었다.

영주 그룬터라는 사내가 이렇게 다혈질이었던가? 아니다. 플렉스 오렐리를 상대할 때의 그는 조용히 상대를 조롱하는 남자였다. 하지만 눈치챈 것은 세이린과 헤스티아 둘뿐. 상대인 제이미가 그 사실을 알 수는 없었다.

'물러나야겠군. 이러다 정말 싸움이라도 벌어지면 최악의 상황이 된다.'

그는 탁자 위에 놓인 문서를 정리하며 최대한 온화한 목소리로 말했다.

"영주님, 저희의 준비가 부족했던 듯합니다. 주제넘게 생각한 부분도 있고… 며칠 뒤 다시 시간을 내주셨으면 합니다만……."

언뜻 보기엔 비굴해 보이기까지 하는 그의 언동이나 이 자리 누구도 그 행동에 진심이 담겼다곤 생각하지 않았다. 그룬터라고 그것을 모를 리가 없었다. 그룬터는 그의 휴전 제안을 받아들였다.

그는 냉큼 꺼지라고 소릴 질러 그를 밖으로 내보냈다. 허락이 떨어졌다. 제이미와 수행원은 영주의 가신 사이를 당당하게 지나 집무실을 나갔다. 그 와중에 세이린은 니첸 미네스덴에게 묘한 눈빛을 보내고 있었다.

'영주님의 심기가 불편한 상황만 아니었다면…….'

마음 같아선 당장에라도 쫓아가고 싶지만, 영주의 허락이 있기 전까진 그럴 수가 없었다. 일전에 라이든이 플렉스를 따라갔을 때 얼마나 황당했던가. 그녀 자신이 그럴 수는 없는 것이다.

그렇게 그녀가 노심초사하는 사이 그룬터가 명령했다.

"너희도 물러가라. 어서!"

그들이 나가고 잠시 후, 그룬터는 가신도 물렸다. 그의 곁에 남은 것은 헤스티아 한 명. 그룬터는 그제야 거칠었던 호흡을 천천히 내쉬었다. 헤스티아는 그룬터의 행동이 평소의 그답지 않다고 생각하면서도 혹시나 그를 자극할까 싶어 조심스레 입을 열었다.

"영주님, 괜찮습니까?"

"괜찮아. 한 방 먹었군. 영주인 내가 당연히 우위를 차지하는 협상이라고 생각했는데……."

영주라는 지위엔 힘이 있다. 권력이 있다. 주민과의 협상에선 언제나 앞선 자리에서 출발한다. 그렇기에 그는 어떤 준비도 하지 않았다.

'하긴, 귀족의 등을 쳐 먹기 쉬운 것도 이런 이유 때문이었지.'

자신의 실수를 깨달은 그는 자조했다. 상대가 우위에 있다고 생각하게 하고 빈틈을 노려 실리를 취하는 것. 자신도 즐겨 사용하던 수법이 아닌가. 영주 자리에 오른 지 얼마나 되었다고 벌써 잊었단 말인가? 화내는 연기를 하지 않았다면 어떤 꼴이 되었을지 뻔한 것 아닌가?

"처음으로 돌아가야겠군."

영주는 한숨과 함께 투구를 만졌다. 그의 혼잣말에 응답을 해야 할지 말아야 할지 헤스티아가 고민하는 와중, 그룬터가 그녀를 불렀다.

"헤스티아, 넌 암살자로서 변장과 잠입에 익숙하겠지?"

"네? 네."

"준비해라. 내일 넌 나와 단둘이 제이미 스트로의 저택에 가게 될 테니까."

"네? 그건 안 됩니다!"

헤스티아는 드물게도 그룬터의 명령에 반대했다. 니첸 미네스텐이라는 자 때문이다. 헤스티아는 그로부터 그룬터를 지킬 자신이 없었다. 그러나 그룬터는 손을 들어 그녀의 걱정을 잠재웠다.

"걱정할 것 없다, 헤스티아. 난 내일 영주로서 그의 저택에 가는 것이 아니니까."

"네?"

"나는 내일 이 투구를 벗고 그의 저택에 갈 것이다. 그룬터라는 이름으로 말이야."

더욱 이해할 수 없는 말이었다. 헤스티아는 그럴 수는 없다고 반대했지만 어쩌겠는가. 그룬터의 결심이 그러한 것을. 헤스티아는 말도 안 되는 짓이라고 생각하면서도 그룬터의 말에 따르기로 했다. 그녀의 주인은 허튼소리를 한 적이 없는 남자니까.

*　　　　*　　　　*

다음날 성에선 남자 두 명이 나와 스트로가의 저택으로 향했다.

한 명은 마셜의 그룬터라는 사내로 서른이 채 되지 않은 젊은 사내, 다른 한 명은 세렌스라는 미소년이었다. 그는 물론 변장한 헤스티아였다.

그룬터는 그녀의 변장에 만족하여 짧게 감탄했다. 뒷골목을 전전하며 변장에 솜씨가 있다는 자들을 만나보기도 한 그는, 헤스티아의 솜씨가 보통이 아니라는 것을 인정할 수밖에 없었다.

"영주님은 이 모습이 마음에 드시나요?"

이미 칭찬했음에도 불구하고 헤스티아는 머뭇거리며 재차 변장 상태를 물었다. 그룬터는 고개를 끄덕였다. 그리고 더 이상 지체하는 일 없도록 스트로가의 저택으로 걸어갔다. 그 사이 할 말이 없던 헤스티아는 그룬터의 짐에 손을 내밀었다.

"그런데 그 가방 안에 제 옷만 들어 있다면 그냥 여기에 놔두고 가는 것이 좋지 않을까요? 누가 가져가지도 않을 텐데……."

그룬터는 가방을 하나 가지고 있었다. 그 안엔 헤스티아의 몸종 옷과 그룬터의 투구가 들어 있었는데, 그룬터는 거절했다. 그가 가방을 들고 있는 것은 여성을 배려하는 그런 마음에서 시작된 것이 아니었으니까.

"넌 따로 움직여야 할 터인데 내 투구가 든 가방을 들고 있다 혹시 들키면 큰일이지 않느냐?"

"네? 영주님의 투구가 있다구요?"

애초에 그룬터가 투구를 벗고 외출한다는 것만으로도 깜짝 놀랄 일인데, 영주의 증거나 다름없는 투구를 들고 있다고 하니 당황할 수밖에 없었다. 그도 그럴 것이, 가방을 잃어버리기라도 한다면, 누가 가져가기라도 한다면 어떻게 한단 말인가? 헤스티아는 조심스레 말했다.

"투구는 왜 가져오셨습니까?"

"난 이 협상에 참가할 테니 말이다."

"네? 아, 네."

헤스티아는 엉뚱한 대답이라 생각했다. 그러자 그룬터는 그녀가 자신의 말을 잘못 알아들었음을 깨닫곤 다시 말했다.

"아니. 가면을 벗고 주민의 편에서 협상에 참가하겠단 말이다."

"네에?"

그룬터는 여전히 그녀가 이해하지 못했음을 깨달았다. 때문에 조금 다른 방법으로 자신의 의도를 설명하기로 했다.

"헤스티아, 사람이 서로 잡아먹겠다고 으르렁댈 때, 가장 중요한 것이 뭐라 생각하느냐?"

"실력이 아닐까 합니다. 일대일, 정면에서 붙는다면……."

"굳이 정정당당한 대결을 상정할 필요는 없다."

속을 간파당한 것 같아 헤스티아는 볼을 붉혔다. 우수한 암살자인 헤스티아는 정답을 알고 있었다. 하지만 암살자의 비겁한 술수를 기사라 불린 영주 앞에서 곧이곧대로 말할 수는 없었다. 그녀는 슬쩍 돌려 말했고, 그룬터는 그녀의 속을 읽은 것이다.

결국 헤스티아는 그룬터가 원하는 답을 말했다. 암살자로서 상대를 죽이기 위해 가장 필요한 것. 그가 좋아하는 장소, 시간, 몸짓, 비밀. 즉,

"정보입니다."

"협상도 다르지 않다. 상대가 원하는 것이 무엇인지 알아내는 게 중요하지. 제이미는 이렇게 말했다. 노역을 줄이고, 제분소 이용료를 무료로, 세금을 2퍼센트 낮춰달라고. 하지만 주민이 정확하게 저 내용, 특히 2퍼센트라고 콕 집어 말한 것은 아닐 거야."

"네?"

"주민은 그저 세금을 줄여보자는 식으로 말했을 테고 제이미가 수치화한 것이겠지. 그러니 내가 필요한 것은 주민이 정말 원한 것은 무엇인가, 제이미가 정한 수치는 무엇을 기준으로 하고 있나, 이 차이. 이 정보가 필요하다."

"아! 협상 테이블에서 제이미가 그 차이를 말할 리는 없을 테니까. 그와 같은 편이 되어 속내를 알아야 하는 것이군요."

"그래. 그걸 알아내고 둘의 차이를 얼마나 좁혀 내 이득을 지킬 것인가? 내가 영주로서 이 협상에서 취해야 할 자세는 말할 것도 없이 이것이다. 정석이지."

헤스티아는 그룬터의 생각을 이해하고 고개를 끄덕였다. 하지만 완전히 이해하진 못했다.

"하지만……."

헤스티아는 망설였다. 그의 말은 그럴싸하지만, 그 때문에 영주인 그가 일부러 적의 소굴로 들어갈 이유는 아닌 듯했기 때문이다. 그룬터도 그 사실을 알고 있었다.

"그리고 상대가 제이미 스트로이기 때문이다."

"네?"

"그는 자신의 손에 피를 묻히는 자가 아니다. 자신의 약점을 쥐고 있는 적을 치는 일조차 타인을 부려 달성하는 자란 말이다. 그런 그가 직접 성까지 와서 자신의 무력을 자랑하고 갔다. 무슨 뜻인지 알겠느냐?"

"그가 엄청난 심혈을 기울이고 있다는 뜻일까요?"

"그렇다."

헤스티아는 이해했다. 제이미 스트로가 위험인물임은 다크문에 있을 때부터 들어온 이야기라 그룬터의 계획을 납득할 수 있었다. 하지만 아직 문제가 남아 있었다.

"동시에 양측에 모습을 드러낼 수는 없다고 생각합니다."

속으로 영주님이라고 뒤에 덧붙인 그녀는 슬쩍 그룬터의 눈치를 살폈다. 불쾌한 표정을 짓진 않나, 혹은 '헉! 몰랐어!'라고 당황해지진 않나 하고 말이다. 그러나 그룬터는 헤스티아를 쳐다보지도 않은 채로 말했다.

"그래서 투구와 옷을 가져온 것이다. 제이미와 협상한 후 대장간으로 가 투구를 만든다."

"네? 투구를요?"

"그래. 그리고 그걸 쓴 네가 영주 역할로 협상 테이블에 앉는다. 맞은편엔 내가 앉는 거지."

헤스티아의 발걸음이 저도 모르게 멈추었다. 남자로 변장한 횟수는 적지 않았다. 지금도 미소년으로 변해 있으니까. 하지만 누군가를 대신하는 역은 해본 적이 없었다. 하물며 그것이 영주라는, 권력을 가진 위치라면 말할 것도 없었다. 대체 어느 정신 나간 사람이 막강한 권력을 암살자에게 빌려준단 말인가?

"영주님."

결국 헤스티아의 입에선 영주를 부르는 말이 나오고야 말았다.

영주 행세 자체는 불가능한 것이 아니다. 그의 겉모습은 충분히 꾸밀 수 있다.

그는 평소 갑옷을 입고 있어 체구를 숨기기에 좋은데다, 얼굴은 투구를 덮어쓰고 있기까지 하다. 막말로 지금 헤스티아가 그룬터를 찌르고 투구를 뒤집어쓰며 돌아다닌다고 해도 아무도 의심하지 않을 것이다.

"그 호칭은 밖에선 금물이라 했다만······."

살짝 그룬터는 인상을 찌푸렸다. 화가 났다기보다는 주의를 주기 위함이었다. 하지만 헤스티아는 물러서지 않았다.

"이 계획은 위험합니다. 협상 중 제 정체가 밝혀지면 베이른님의 지위 자체가 위험해집니다. 또한 만에 하나 제가 나쁜 마음을 먹지 않는다고 장담할 수도 없습니다. 그러니 이런 시험은 마십시오."

"시험?"

시험. 헤스티아의 표현에 그룬터의 발걸음도 멈추었다. 좀 과격하게 거절한 것은 아닌지, 그룬터가 화를 내진 않을지 헤스티아는 겁을 집어먹었다.

"시험이라……. 무엇을? 너의 충성심을? 권력욕을? 아니면 날 위험에 처하게 만들겠단 그런 악의를? 대답해 보거라."

생각할 필요도 없었다. 그룬터가 말한 세 가지 중 두 가지는 결코 택할 수 없는 것이니까. 그룬터는 다시 걸음을 옮기며 말했다.

"설마 내가 너를 믿는다는, 그런 쓸데없는 말을 해야 하느냐?"

쓸데없는 말. 헤스티아는 고개를 숙였다.

대역과 상대역을 맡긴다는 점에서 그룬터가 보이는 신뢰는 절대적이었다. 나에게 충성하라는 말을 하기 전에 스스로 최선의 신뢰를 보낸다. 결국 헤스티아가 해야 할 행동은 자신의 충성심을 증명하는 것이 아닌, 그의 신뢰를 받아들이는 것이었다.

하달이 아닌 대화를 추구하는 그의 태도를 의심한 헤스티아는 자신도 모르게 볼을 붉혔다. 그래서 더 이상 충성심 이야기를 할 수가 없었다. 그녀는 다른 이야깃거리를 찾다 가방에

든 투구를 떠올렸다.

"투구는 영주님이 쓰던 걸 써도 괜찮은데……."

"오래되어 냄새나."

그래도 괜찮습니다, 라는 말은 차마 하지 못한 그녀는 우물쭈물 그의 뒤를 따르기만 했다. 하긴 투구만 만든다면(헤스티아는 갑옷까지 완전히 재현하기엔 시간이 부족하다고 생각했다) 필연적으로 그의 옷, 그의 갑옷을 입어야 한다. 다를 게 없다.

마침내 헤스티아는 얼굴뿐 아니라 목까지 벌겋게 붉어져 자신의 뺨을 때렸다. 망상에서 현실로 돌아오기 위한 행동이었지만 앞서가던 그룬터가 그 소릴 듣지 못할 리가 없었다. 그는 무슨 일이냐고 물었고, 헤스티아는 되레 엉뚱한 말을 함으로써 위기를 벗어났다.

"협상이 아니더라도 괜찮지 않을까요?"

"무슨 말이지?"

"그… 제이미 스트로와 이야기를 한다든가……."

"매수 말이군. 그러나 충분한 부를, 명예를 가진 자를 단시간에 구워삶을 방법을 찾기란 쉽지 않다. 심지어 그는 마흔이 되도록 결혼도 않았다니 여자도 쓸 수 없어."

돌려 말하는 것을 그룬터는 콕 집었다. 암살자로서의 발상을 기사인 클라우츠 베이른이 불쾌하게 여기진 않을까 하는 생각에 헤스티아가 쉽사리 직언하지 못한 탓이다. 하지만 사기꾼으로 생활한 그룬터가 매수를 생각하지 않았을 리가 없었다.

그러나 상대는 다크문 처치를 위해 자신을, 사기꾼 그룬터를 불렀을 만큼 위법에 능한 자. 매수에 관심이 있다면 먼저 의중을 드러냈을 것이다.

마침내 둘은 저택 앞에 도착했다.

"그룬터가 찾아왔다고 전하게."

제이미와 '그룬터' 는 제법 사이가 좋다고 할 수 있다. 이전에 부탁했던 일을 깔끔하게 처리했으니 말이다. 경비원은 여행자 복장의 그룬터를 의심스러운 눈으로 보긴 했으나 안으로 들어가 보고했고, 허락을 받아왔다.

"들어가십시오."

그룬터는 저택 안으로 들어갈 수 있었다. 그룬터와 헤스티아는 플렉스와 퀘이사 델피언이 그러했듯 응접실의 의자에 앉아 기다렸다. 잠시 뒤 제이미 스트로와 그의 집사 루크가 안으로 들어왔다.

"다시 우리가 볼 일은 없을 거라 생각했네만……."

제이미는 의외라는 듯 말을 꺼냈다. 그는 분명 경계하고 있었고, 그룬터는 그를 설득하기 쉽지 않을 것임을 직감했다. 하지만 그전에 그는 해야 할 일이 있었다.

"잠깐. 이 친구는 여행 친구입니다. 잠시 밖에 나가 있도록 해주셨으면 합니다."

그는 손을 들어 제이미의 입을 막았다. 그룬터가 말하는 친구는 물론 헤스티아였다. 제이미는 그룬터가 남에게 드러내기 쉽지 않은 일을 언급하리란 것을 직감했다. 그는 고개를 끄덕여 허락했고, 헤스티아는 문밖으로 나갔다.

"미리 밖에 남겨두고 들어오지 그랬나?"

제이미는 투덜거렸지만 어쩔 수 없다. 그룬터가 원한 상황은 바로 이것이었으니까. 만약 응접실 밖에 세워뒀다면 그녀에게 감시 인원이 붙었을 것이다. 그래서 그룬터는 돌발 상황을 만들어야 했고, 헤스티아는 누구의 감시도 받지 않는 채로 응접실 밖으로 나갈 수 있었다. 그룬터는 그녀가 밖으로 나가는 것을 확인하고 입을 열었다.

"어쨌든 다시 이야기해 봅시다."

"그러도록 하지. 무슨 일로 여기에 온 건가?"

"흥미로운 소식을 들었습니다. 영주님과 협상을 한다고요?"

제이미는 고개를 끄덕였다.

"그렇긴 하지만……."

"좋은 사기꾼은 훌륭한 협상가이기도 하지요. 어떻습니까? 저에게 그 일을 맡기는 것은?"

그룬터는 상대 제이미 스트로를 바라보았다. 압박하지도, 애원하지도 않는 담담한 눈빛이었다. 그렇기에 제이미는 고민하였고, 마침내 입을 열었다.

"자넨 외지인이야. 솜씨는 인정하지만 이 일엔 적합하질 않네."

역시 반응이 좋지 않다. 하지만 그룬터에겐 상관없는 일이었다. 오히려 한 번에 같이 일을 하자고 하는 쪽이 곤란할 지경이었다. 그는 밖에 나가 있는 헤스티아를 위해 시간을 벌어야 하는 입장이니까. 때문에 그룬터는 조급함을 느끼기는커녕 느긋한 표정으로 설득을 시작했다.

응접실에서 나온 헤스티아는 곧장 2층으로 올라갔다.

지나가던 하인이 힐끔 그녀를 보곤 했지만 당당하게 걸어다니는 그녀를 침입자로 생각하진 않았다. 덕분에 그녀는 누구의 저지도 받지 않고 목적지에 도착할 수 있었다.

제이미의 집무실.

그룬터가 협상가로서의 참여에 모든 것을 걸 생각이었다면 헤스티아를 데리고 나오진 않았을 터이다. 혼자 일을 처리하고 결과를 본 뒤 그녀에게 설명하면 그만이니까.

하지만 그룬터는 제이미가 이런 반응을 보이리라는 것을 예상했다. 그러니 보험을 들어둘 필요가 있었다. 바로 헤스티아. 그녀의 장기를 살려 제이미의 장부를 뒤진다. 일이 발각나더라도 여행에서 만난 사람이라고 이야기해 두었으니 그룬터가 뒤집어 쓸 이유는 없었다.

헤스티아는 길드의 본거지에 보관된 저택 구조도에 따라 움직이고 있었다. 신뢰할 수 있는 정보를 바탕으로 작성된 문서를 이용, 복도에 사람이 없는 것을 확인한 그녀는 가주의 집무실 문을 열고 재빨리 들어갔다. 여기까진 순조로웠다.

헤스티아는 가볍게 숨을 내쉰 다음 방안을 둘러보았다. 핑크빛 커튼이 쳐진 침대와 화려하게 장식된 탁자가 보였다. 이상함을 느낀 헤스티아는 움직임을 멈추었다. 그녀의 인기척을 느낀 침대 주인이 눈을 비비며 일어났기 때문이다.

"누구시죠?"

'또 위치가 바뀌었나?'

스트로 가문이 저택의 구조를 자주 변경한다는 것은 익히 알려진 이야기였다. 길드의 문서를 그대로 믿은 것이 화근이었다. 가주의 집무실이 어느 여자아이의 침실로 바뀌어 있을 거란 생각은 해보지 못했다.

그러나 실수를 변명하는 것만으로 충분한 상황이 아니었다. 헤스티아는 지금 밖으로 나갈지, 아니면 잠이 덜 깬 얼굴로 일어나는 상대를 제압해야 할지 선택해야 했다.

'사람을 죽이러 온 것이 아니니……'

헤스티아는 황급히 몸을 숨겼다. 제압하다 실패하느니 일단 상대가 얌전해지길 바라는 수밖에.

그녀는 오랜 수련으로 얻은 기술로 인기척을 숨겼고, 침대의 인물은 고개를 갸웃하다 다시 몸을 눕혔다. 헤스티아는 속으로 숫자를 세었다.

'지금 바로 문을 열었다간 깨어나겠지?'

생각 같아선 당장에라도 문을 열고 나가 가주의 집무실을 찾고 싶지만, 그럴 수 없는 상황이었다. 헤스티아는 입안이 바싹바싹 타는 듯한 기분을 느끼며 나갈 기회만을 노리기 시작했다.

응접실에선 그룬터와 제이미가 협상 중이었다.

그룬터는 최대한 말을 돌려가며 시간을 벌었다. 하지만 더 이상 미뤘다간 제이미가 짜증내며 자리에서 일어날 판이었다. 그룬터는 헤스티아가 일을 처리하기엔 충분한 시간을 주었다고 생각하며 마무리에 들어갔다.

"제이미님 말씀은 잘 알겠습니다. 하지만 아시다시피 이런 일은 제3자가 객관적으로 일을 처리할 수 있는 겁니다. 예를 들어, 제이미님이 제시한 노역을 삼분의 이로, 제분소 이용을 무료로, 세율을 십분의 일로 하는 것 등은……."

"잠깐. 자네, 어디서 그런 말을 들은 건가? 그 내용은 극비라 누구에게도 보여주지 않았는데?"

제이미의 표정이 험악해졌다. 하지만 그룬터는 최대한 제이미를 자극하지 않는 표정으로 설명했다.

"제가 누구인지 잊으셨습니까?"

다른 사람이라면 통하지 않았을 것이다. 하지만 제이미는 달랐다. 그는 똑똑하기에 스스로 이야기를 만들어 자신의 추측을 정답이라 생각하곤 했다. 그는 신음과 함께 고개를 끄덕였다.

"어느새 영주의 성에도 사람을 심어둔 거로군. 지난번 의뢰 때 해둔 건가?"

"그렇다고 해두겠습니다."

그룬터의 여유만만한 태도에 제이미는 덜컥 겁을 집어먹었다. 다른 곳도 아니고 영주의 성에서 저런 정보를 얻어왔다면 자신의 저택에는 어떤 수작을 부렸을 것인가?

"혹시나 해서 묻는 것인데… 내가 이 제안을 수락하지 않으면 자넨 혹시… 영주의 편에 붙을 텐가?"

제이미 정도 되는 위인이라도 결국 상대방을 판단하는 기준은 자신이다. 그는 만약 자신이 그룬터라면, 이라는 가정 끝에 의심했고, 그룬터는 속으로 웃었다.

'스스로 덫을 파고 들어가는군.'

그룬터는 아무런 대답도 하지 않았다. 하지만 계속해서 침묵했다간 '아뇨. 그런 생각은 안 해봤는데요'라는 멍청한 대답을 하는 것으로 보일 수도 있다. 그룬터는 잠시 뒤 입을 열었다.

"생각해 보지 않은 것은 아닙니다. 하지만 제이미님, 아시다시피 전 주로 더러운 짓을 하는 놈들을 혼내주는 것을 낙으로 삼았습니다. 이번 협상에서 어느 쪽이 나쁜 놈인지는 자명하지 않습니까? 주민의 고혈을 빨아먹는 영주인가, 아니면 살고자 최소한의 요구를 할 뿐인 주민인가?"

"그, 그렇지!"

"하지만… 지난번 의뢰 때 영주와 어느 정도 안면을 터놓은지라… 갈등되기는 하는군요."

그룬터는 신음까지 흘리며 괴로워했다.

이렇게 그룬터의 고민을 알게 된 제이미의 선택지는 사실상 하나로 좁혀진다. 눈앞의 상대는 지난번 의뢰 때도 느꼈지만, 적으로 돌리면 골치 아파지는 자다. 그런데 여기서 놓아버리면 적이 될지도 모른다. 제이미는 결정을 내릴 수밖에 없었다.

"사실은 나도 자네와 다시 일해보고 싶기는 하네만… 이게 나 혼자 하는 일이 아닌지라 시간이 필요하네. 내일 다시 와보게."

"흠, 하루를 기다리라 하시니 좀……. 실은 지난번에 영주님이 프리든에 도착하면 꼭 한번 들르라 말하셔서……."

"자네가 묵고 있는 곳을 알려주면 오늘 늦게라도 사람을 보내 소식을 전하겠네. 늦지 않을 거야."

내심을 드러내지 않던 제이미지만 이번에는 다른 모양이었다. 그룬터는 이 자리에서 대답을 얻으려 했다간 일을 그르칠 수 있다는 것을 아는 남자였다. 그는 난처한 표정을 짓다 크게 결심했다는 듯 고개를 끄덕였다.

"아닙니다. 그러실 필요까진 없습니다. 사실 오늘은 푹 쉴 생각이었으니까요. 내일 이곳에 들렀다가 다음 일을 생각하는 것이 좋겠군요."

"그렇게 하게."

두 시간의 협상이 끝나고 그룬터는 제이미와 악수했다. 그룬터는 더 이상 아부하거나 하진 않았으나 한 가지, 자신은 권력에 맞서는 사람이 되고 싶다는 뜻을 내비치며 응접실을 나왔다.

문 기둥 옆에 서서 기다리고 있던 헤스티아가 인사했다. 그룬터는 헤스티아를 제이미에게 소개시켜 줄 필욘 없을 거라 생각하며 저택을 나와 걷기 시작했다.

그렇게 몇 분을 걸어 사람의 이목이 없는 자리에 도착하자 헤스티아는 머릴 숙였다.

"죄송합니다. 실패했습니다."

"실패? 괜찮다. 내가 협상에 참가하기로 했으니까."

그룬터는 혹 그녀가 자괴할까 봐 과장된 몸짓으로 그녀를 달랬다. 최면이 발동할 수 있었던 것은 다르막 델피언이 그녀를 버렸기 때문이다. 하지만 다르게 말하면 그녀가 임무에 실패했기 때문이기도 하다. 혹 그런 사건들이 연결될까 봐 그룬터는 조심했고, 헤스티아는 평상시와는 조금 다른 그룬터의 모습에 남모르게 살짝 웃었다.

"그럼 대장간으로 가자."

"네."

헤스티아는 이동하며 자신이 실패하게 된 경위를 보고했

다. 위치가 바뀌어 있단 말에 그룬터는 살짝 인상을 찌푸렸
다. 영주의 침실도 단번에 찾아온 암살자 단체라 신뢰했었는
데 말이다. 하지만 들킨 이후 헤스티아가 한 행동은 합격점이
어서 그룬터는 나무라지 않았다.

'집무실이었던 장소를 차지하고 있는 게 여자라고?'

오히려 이 정보를 얻은 것이 더 큰 소득이 될 수 있다. 그룬
터는 그녀에 대해 조사할 것을 헤스티아에게 명했고, 헤스티
아도 그녀에게 궁금함을 느낀 것은 마찬가지인지라 기쁜 마
음으로 명령을 받아들였다.

Chapter 05
잠입

CHAIN MAIL - ARMOR made from linked iron or steel wire was the main type of armor worn from the Celtic p in the 6th century B.C. (pp. 10-11) until the 13th centu then knights found mail armor not only uncomfortab wear but also inadequate protection against weapo such as war hammers and two-handed swords. At firs plate armor, which was gradually introduced in the 13th century, was simply added to mail armor. But from the 1400s until the coming of firearms in the 1600s, knights went to war entirely encased in suits of plate armor.

INCENDIARY (FLAMING) ARROWS
Incendiary arrows and bolts were used in warfare until the 1600s. A wad of hemp or flax was soaked in a flammable substance, fixed beneath the arrowhead, and then lit just below the arrow was shot

둘은 곧 상점가가 보이는 곳에 도착하여 인적이 드문 골목 안으로 들어갔다. 이제 그들이 해야 할 일은 이미 정해둔 것이었다. 헤스티아가 쓸 투구를 만드는 것. 하지만 이것은 아무나 할 수 있는 일이 아니다.

영주의 투구를 만드는 일이다. 이것을 듣도 보도 못한 외지인이 주문할 수는 없다. 더군다나 최대한 빠르게 제작해야 협상에 늦지 않게 쓸 수 있다. 어설프게 사람을 쓰느니 영주의 몸종이 직접 나서는 것이 최선이다. 그러기 위해선 헤스티아가 변장을 지우고 몸종 옷으로 갈아입어야 하는 것이다.

"그럼 돌아보고 있으마."

그룬터의 배려에 헤스티아는 조금 당황했지만 곧 그의 말에 따라 옷을 갈아입기 시작했다. 준비한 물수건으로 굵게 그린 눈썹을 지우고 가발을 벗은 헤스티아는 슬쩍 그룬터의 뒷모습을 바라보았다. 정말 뒤로 돌아보지 않을 것인가를 알기 위함이었다.

헤스티아도 예상한 일이지만, 그룬터는 슬쩍 뒤로 돌아보다 눈이 마주친다거나 하는 일 없이 충실히 망을 보고 있었다. 때문에 그녀는 눈을 마주치는 것보다 더 얼굴을 붉히고 옷을 벗기 시작했다. 그때였다. 기다렸다는 듯 그룬터가 뒤로 돌더니 헤스티아를 덮쳤다.

"여, 아니, 그룬터님?"

갑작스런 행동에 놀란 헤스티아는 비명을 지르려다 그룬터의 표정을 보곤 입을 다물었다. 골목 너머에서 훤칠한 키의 사내가 모습을 드러냈다.

그 남자의 얼굴은 헤스티아도 물론 알고 있으니, 바로 니첸 미네스덴이었다.

헤스티아는 본능적으로 그룬터를 밀치고 앞으로 나섰고, 니첸은 인상을 찌푸리며 그 자리에 멈추었다.

"수상쩍은 놈이 갑자기 숨기에 뛰어왔더니… 뭐야? 이런 거였나?"

니첸은 척 봐도 안다는 듯 한숨을 내쉬었다. 그도 그럴 게,

반쯤 헐벗은 여자가 사내와 함께 그늘진 골목에 서 있었다. 몸을 파는 흔한 광경이었다.

대치 상태. 막 옷을 벗은 참이라 무기를 꺼내 들지도 못한 헤스티아가 바닥에 떨어진 웃옷을 힐끗 보고, 니첸이 그런 그녀를 이상한 눈으로 보고 있는 사이 니첸의 동행자가 도착했다.

"저기, 니첸 씨, 왜 그리 뛰어가는 거예요?"

이시아. 얼마 전 니첸에게 희롱을 당했다고 화가 머리끝까지 났던 바로 그 서점 여직원이었다.

하지만 그런 것을 알 리 없는 헤스티아에겐 그저 니첸의 애인으로 보일 뿐이었다. 그녀는 긴장하며 상대를 노려보았다.

반면 이시아는 골목 안 풍경을 보곤 얼굴을 돌렸다. 그녀도 나름대로 판단을 내렸기 때문이었다. 그리곤 재빨리 자리를 뜨자는 표현을 하며 니첸의 옷자락을 끌었는데, 니첸은 움직일 생각을 않다 손을 들어 헤스티아를 가리켰다.

"이봐, 너. 영주의 몸종이지?"

옷을 완전히 갈아입진 않았지만 얼굴의 변장은 지웠다. 그녀가 여자이며 또한 헤스티아라는 것을 알아보는 덴 부족함이 없었다.

때문에 헤스티아의 얼굴에선 핏기가 사라졌다. 반쯤 변장한 자신의 모습과 뒤에 선 그룬터. 보여서 좋을 것이 없는데 하필이면 상대가 니첸 미네스덴, 상대하기 어려운 인물이었다.

"사람 잘못 봤어요."

"아니. 넌 그 자리에서 유일하게 살기를 발산했어. 착각할 수가 없지."

헤스티아는 부정했지만 니첸의 눈을 피할 수는 없었다. 전날 니첸은 헤스티아를 눈여겨보았기 때문이다.

하지만 그렇다고 해서 이곳에서 그녀의 반라를 감상할 이유는 못 된다, 니첸처럼 자신을 신사라고 생각하는 인물은. 그는 실례했다는 듯 한 발자국 물러났다.

"영주의 몸종도 사생활을 가질 권리는 있지. 그래, 뭐, 그럴 수도 있지. 모른 척해 줄 테니까 걱정 마."

니첸은 손을 살짝 흔들며 걸음을 옮겼고, 이시아도 도망치듯 그 뒤를 따랐다.

헤스티아는 한숨을 내쉬며 한 손으로 벽을 짚었다. 온몸이 식은땀으로 가득했다. 상대가 자신보다 훨씬 강하다는 것을 알기에 극도로 긴장했다. 혹 자신의 뒤에 있는 사람이 영주라는 것을 알았다면? 목격자가 없는 지금 영주 암살 시도라도 한다면? 온갖 생각이 다 떠올랐던 것이다. 그러나 그룬터는 태연했다.

"옷부터 갈아입어라."

그는 아무 일도 아니라는 듯 다시 앞으로 나와 등을 보이고 그녀를 기다렸다.

헤스티아가 옷을 다 갈아입자, 둘은 대장간으로 향했다. 그녀가 투구를 들고 들어가 복제를 요청하는 동안 그룬터는 대장간 앞에서 기다렸다. 굳이 따라 들어가 얼굴을 팔 생각은 없었다. 이미 헤스티아에겐 주의할 점을 몇 가지 일러두었으니까.

직접 투구를 쓰지 않을 것, 색을 동일하게 할 것, 본을 뜨고 원본은 회수할 것, 속도를 최우선으로 작업할 것, 어차피 얼굴을 가리기 위한 장치일 뿐이니 강도는 신경 쓰지 말 것 등등.

다른 이도 아니고 헤스티아이니 알아서 잘할 것이다. 그렇게 생각하며 투구 복제에 신경을 끈 그룬터는 협상에 대해 생각하고 있었다.

일단 오늘은 갑작스런 방문이라 제이미의 시간을 더 뺏을 수가 없었다. 대신 내일부터 정기적으로 주민과의 전략회의에 참가하여 협상 계획을 세우기로 약속했다. 무슨 이야기가 나올지, 자신은 어떤 이야기를 할지 생각해 두는 것은 나쁜 일이 아니었다.

대장간에서 나오는 후끈한 열기가 불편한 그룬터는 자리를 피했다. 그렇게 잠시 그늘에 서 있으니 낯익은 남자가 걸어오는 것이 보였다.

니첸 미네스덴.

막대기로 보이는 장검을 등에 멘, 제이미의 경호원이었다. 좀 전의 여자와는 볼일이 끝났는지 홀몸이었다. 그룬터는 손을 번쩍 들고 그늘에서 나왔다.

"이보시오!"

니첸으로서는 처음 듣는 자의 목소리였다. 의아한 눈빛으로 몸을 돌리자 그룬터, 골목에서 영주의 몸종과 밀애를 나누던 남자가 서 있었다.

'쯧. 보복할 모양인가?'

한량의 즐거움을 방해하면 보복을 받는다. 늘 있었던 일이라 긴장도 않고 상대하려 하는데 분위기가 이상하다. 패거리가 없다. 그렇다고 맛이 간 눈을 하고 위협하고 있는 것도 아니다.

'뭐지, 이놈?'

니첸은 의아한 눈으로 그를 바라보았다. 그런 니첸의 표정을 읽지 못할 그룬터가 아니었다.

그는 웃는 얼굴을 한 채로 불쾌하지 않은 거리에서 멈추었다.

"그룬터라고 합니다. 제이미님과 일하고 있지요."

그는 손을 내밀었다. 건달에게 예를 갖출 니첸이 아니지만 제이미와 함께 일하고 있다는 말에 일단 손을 마주 잡으며 대답했다.

"난 니첸 미네스텐이다. 제이미와 일하고 있다고?"

"예. 이번 협상에 협상가로서 참가하게 되었습니다. 방금 계약을 마치고 왔지요. 이야, 제이미님과 일하게 되다니 정말 여간 자랑스러운 게 아닙니다."

"듣지 못했는데……. 그보다 무슨 일이지?"

"모르는 척하실 필욘 없지 않습니까? 당신, 제이미님의 경호원이지요?"

상대가 다 안다는 듯 말하자 니쳰은 고개를 끄덕였다. 그리고 속으로 혀를 찼다.

'굳이 제이미와 일한다고 자랑할 필요는 없지 않나?'

일부러 자신이 누군가의 수하라며 그 후광을 누리려는 꼴이 영락없는 소인배의 모습이었다.

하지만 협상이나 경호원 이야기는 관계자가 아니면 알 수 없는 것이었다. 니쳰은 그의 신분을 믿기로 했다.

자연스럽게 경계하는 빛이 풀어지자 그룬터는 싱긋 웃으며 말했다.

"말로만 듣던 인재를 만나 뵈니, 이것 참. 어디 가서 이야기라도 하지 않겠습니까?"

"난 돌아가는 길이다."

"잘 됐군요! 돌아가는 길에 음료를 파는 가게가 있던데 거기로 갑시다! 제가 사지요."

손을 잡아끌고 가는 것은 아니지만 앞장서 걷기 시작하자 니쳰은 마지못해 그의 뒤를 따랐다. 엮이고 싶지는 않지만 같이 일하는 사람이라니 무시할 수도 없다.

그리하여 두 남자는 음료 가게에 도착하고 주문한 뒤, 시럽을 희석한 음료를 받아 가게 근처 의자에 앉았다.

"그런데 이거 실물이 더 낫군요."

"실물?"

"잘 생겼다든가, 또 검술 실력이 뛰어나다든가 그런 이야기를 들었지요."

그룬터라는 자의 첫인상이 소인배였던 만큼 그의 칭찬은 아부로 들렸다. 그러나 그룬터는 개의치 않았다. 상대가 자신을 얕잡아볼수록 경계는 풀리기 마련이니까.

그룬터는 니첸의 얼굴에서 경멸의 빛을 보고 기습하듯 질문했다.

"아, 대장군 가문의 장자라면서요? 어쩌다 이런 시골까지 오시게 된 겁니까?"

그룬터는 아무것도 아니라는 듯 말하지만, 실은 이것이 니첸을 끌고 온 이유였다.

만약 미네스텐 가문이 제이미의 편이라면 제이미는 외부 세력을 등에 업고 반란도 불사할 수 있다. 용의 마을 반란은 애들 장난이나 다름없는, 성공률이 극히 낮은 사건이었지만, 대장군가를 등에 업는다면 이야기는 달라지니 말이다.

하지만 니첸은 대답을 회피했다.

"미네스텐가의 자식이 태어났을 때 얼마나 많은 부모가 그 이름을 자식에게 붙여줬을 것 같나?"

늘 하던 대답이다. 이쯤 하면 다들 알아서 웃으며 '그럼 그렇지, 대장군가의 큰아들이 여기 있을 리가 없지' 하는 표정으로 화제를 돌리곤 했다.

그러나 그룬터는 확답이 필요했다. 그가 진짜 니첸 미네스덴인가 하는 것은 상관없다. 그의 이름을 쓰느냐 마느냐가 중요한 것이다.

"그러면 이번 협상에서 당신을 대장군가의 장자라고 알려도 괜찮겠습니까? 함부로 상대할 수 없을 거란 인상을 주는 것, 우리가 끝까지 가리라고 알리는 것은 큰 도움이 되니까요."

신분을 속이는 일은 극형감이다. 더군다나 다른 사람도 아니고 대영주의 이름을 파는 일이다. 그런 일을 하자고 하는 것이다.

니첸은 답하지 않았다. 아니, 말을 그만둔 것이 아니라 자리를 털고 일어나 떠났다. 그룬터가 붙잡기도 전에 말이다.

"흐음."

지금이라도 달려가면 걷고 있는 그의 등을 붙잡을 수 있었다.

하지만 그룬터는 그렇게 하지 못했다. 새파랗게 질린 얼굴을 한 헤스티아가 그룬터의 곁에 나타났기 때문이다.

"일은 잘 끝났나?"

"네, 투구도 가져왔습니다만… 방금 전 그 남자는 어찌 된 겁니까?"

헤스티아는 떨고 있었다. 헤스티아 입장에서 생각하면 대장간 앞에서 기다리던 영주가 사라진 것이다.

가장 먼저 떠오른 단어는 바로 납치. 그녀는 주위 사람에게 물어 그룬터가 간 방향을 알아내 있는 힘껏 달렸다. 넓지 않은 거리다 보니 그룬터를 찾는 데는 오랜 시간이 걸리지 않았지만 이게 뭔가. 찾고 보니 같이 있는 사람이 니첸 미네스덴이었다. 그녀는 당장 앞에 나설지 지켜봐야 할지 갈등했던 것이다.

"별것 아니다. 내일부터 같이 일할 사람이라 미리 인사했을 뿐이야."

"아, 네."

헤스티아는 그제야 자신이 니첸과 같은 편이 되었음을 깨닫고 안심했다.

마찬가지로 그룬터도 안심하고 있었다. 니첸 미네스덴이 대장군 가문의 사람인지는 이제 중요하지 않았다. 그가 자신이 그런 식으로 이용되는 것에 거부감을 가지고 있음을 보였으니까.

같은 날 오후. 제이미의 응접실에 손님이 찾아왔다.

그의 이름은 마이어 오라클. 오십 줄에 접어들었으나 가지런히 정리된 수염과 머리 덕분에 십 년은 더 젊어 보이는 이 중년인은 도시 오라클의 시장이며 제이미 스트로의 친우다. 변화라는 목적을 공유하는, 흔히 말하는 동지다.

"어제 일을 듣자마자 달려온 거라네."

제이미를 마주하고 찻잔을 든 그는 그렇게 입을 열었다.

"어떤가. 자리가 사람을 만든다고 하지 않던가? 평민 출신이 무슨 상관인가? 이야기가 통할 리가 없네."

그는 협상에 대해 말하고 있었다. 그룬터가 궁금해했던 제이미의 진짜 목적에 해당하는 일.

그것은 체제 전복이었다.

상인으로서 제이미는 도시라는 공동체에 큰 관심을 가지고 있었다. 그는 이 프리든을 도시로 변화시킬 생각을 하고 있었으며, 옆 도시의 시장인 마이어 오라클을 이용하기로 했다.

하지만 이 도시화에 대해 두 사람의 시각은 큰 차이가 있었다.

마이어는 과격하게 수도의 왕권을 이용하자는 쪽이었고, 제이미는 서서히 변화시키는 것을 원했다. 다크문을 몰아낸 것도 천천히 이 도시를 개혁시키기 위한 것이었다.

"첫걸음일 뿐이야. 여기서 포기할 수는 없네. 난 여기에서 태어나 자랐어. 조부님도, 고조부님도 그러했지. 이곳을 무너뜨리겠다는 자네 생각에 쉽게 동참할 수는 없네."

마이어의 계획. 그것은 도시법의 강화다. 바로 탈주민들을 프리든에 돌려보내지 않음으로써 인구수로 프리든을 흡수하겠다는 계획. 누구나 말도 안 되는 계획이라 말하지만, 마이어라는 남자에 대해 아는 사람이라면 이야기가 다르다.

그는 폐허를 삼천 명이 거주하는 도시로 만들었고, 시장 자리에 올라 왕과 대면하는 기회까지 얻은 신화적인 남자였으니까. 그런 그이기에 프리든의 유지인 제이미의 늦장은 탐탁지 않았다.

"자네 생각은 알겠네. 그러나 자네도 기득권이라는 것을 잊어선 안 돼. 자네의 생각이 프리든 주민의 뜻이라고 여기진 말란 말이네. 주민들의 간절함을 잊지 말게."

마이어의 말뜻을 모를 제이미가 아니었다. 하지만 그렇다 해도 그는 현실적으로 그의 계획이 이루어질 수 없음을 지적했다.

"자네의 계획, 도시법. 그걸로 탈주민들을 흡수하면 영주가 가만있을 것 같나? 당장 병력을 이끌고 도시로 쳐들어갈 거야."

그의 말에 틀린 것은 없었다. 하지만 마이어 정도 되는 위인이 그것을 생각 못할 리도 없었다.

"프리든의 상주 병력이 얼마인지는 알고 있나?"

"백 명이 조금 넘지."

"예비 병력도 약 삼천 명. 이것도 최대치로 잡은 것이네. 반면 우리 도시 사람들은? 모두 전쟁이 나면 자신의 자유를 위해 싸울 사람들이야. 비교할 수 있겠는가?"

마이어는 자신있다고 말하지만, 제이미는 동의하지 않았다. 훈련된 병사와 자주적인 시민. 어느 쪽이 강한가 하는 질문은 쉽게 계산할 수 있는 것이 아니다. 때문에 그는 여전히 못마땅한 표정을 지을 수밖에 없었고, 마이어는 그를 달래기 위해 웃으며 말했다.

"그리고 알잖나. 그런 무력 충돌은 사실 이루어지지 않을 거야. 왕성에서 내가 올린 도시법안에 도장이 찍히는 것으로 충분하니까. 제아무리 영주라 한들 왕명에 어찌 항거한단 말인가?"

"그렇긴 하지."

"그러니 자네는 영주가 수도에 가져다 바치는 돈을 줄여만 주게. 이것이 우리의 계획 아니었나."

제이미는 고개를 끄덕였다. 급진적인 마이어와 점진적인 제이미의 합의점. 그것은 영주가 갖다 바치는 돈의 액수를 줄여 마이어가 왕과 귀족을 포섭할 수 있게 하는 것이었다. 제이미라도 영주의 힘이 약해지는 것은 반대할 일은 아니니 말이다.

그 뒤 영주의 첫인상, 협상 방향 등에 대해 이야길 나누던 마이어는 종소리를 듣고 자리에서 일어났다. 더 이상 지체하다간 해가 저물어 돌아갈 수 없기 때문이었다.

"동생의 혼담은 어찌 되어가고 있나?"

현관 앞마차에 몸을 싣기 전, 작별 인사를 하던 마이어는 슬쩍 물었다. 제이미는 2층 창문을 슬쩍 보다 고개를 저었다.

"병세가 악화되고 있네. 차도가 있기 전엔……."

"이런 말하긴 그렇지만 너무 아끼는 것 아닌가? 값이 떨어지기 전에 빨리 처분하는 것이 좋을 거야. 벌써 열여덟이지 않나?"

여동생을 물건 취급하고 있으나 제이미는 화내지 않고 배웅했다. 이러니저러니 이야기해도 좋은 혼처는 그가 다 가져오고 있으니까. 그저 곱게 떠나지 않는 나쁜 버릇 빨리 고치라고 말할 뿐이었다.

*   *   *

그날 밤 그룬터는 책상에 앉아 협상에 대해 고민했다.

니첸 미네스덴. 그는 제이미의 말대로 '의지를 보이기 위한' 장기 말에 불과하다.

사실 그룬터는 니첸 미네스덴이 대장군가의 큰아들이라고 확신하고 있었다. 그가 가진 칼, 그리고 낮의 일을 생각해 본다면 말이다. 가짜라면 대범하든 그렇지 않든 제대로 대답을 했을 것이다. 그러나 그는 이도저도 아닌 세 번째 방법, 침묵을 택했다.

'대장군가의 이름을 파는 것은 대단히 불쾌하단 말일 테지.'

그렇게 정리할 수 있다.

그룬터는 협상에서 대장군가의 이름이 나오는 일은 없을 거라고 생각하며 다음 생각으로 넘어갔다.

도시. 오라클의 문제.

애초에 이 협상은 협상이라는 말을 붙이기 민망한 점이 있다. 바로 거절할 경우 영주에게 손해가 없다는 것.

이 부분에 대해 세이린은 '도시 오라클'을 언급했다. 협상을 거절할 경우 주민의 일부가 도시로 도망칠지도 모른다고 한 것이 그것이다.

그러나 이것은 어디까지나 세이린의 상상이다. 그런 일이 일어날 경우 그룬터는 도시에 요청하여 도망친 주민을 사오면 그만이다. 1년이 지나기 전까지 도망자는 결국 도망자. 시민이 아니니까.

'그럼에도 불구하고 이런 황당한 조건을 걸어 날 압박한다는 것은… 역시 다른 꿍꿍이가 있는 거라고밖엔 볼 수 없어.'

영지 상인 길드의 주인인 제이미와 상업이 주력인 도시가 아무 관계 없다면 그게 더 이상한 일이다. 이번 협상이 엉망으로 끝날 기미가 보이면 도시와 연계하여 어떤 압박을 하려 들 것이다. 그것에 대한 준비도 해야 한다.

'도시법을 무시할 수 있는 권리를 달라고 수도에 요청해야 할 것 같은데……'

도시는 자치권을 가지고 있어 주민이 그리 도망갈 경우, 그룬터가 병력을 보내 되찾아올 수는 없다. 그저 도시에서 외부인을 배척하여 되돌려주기를 바라야 한다. 탈주한 주민을 받을 때 보상금을 지불하는 만큼 이 제도는 잘 돌아가고 있지만, 시장이 마음먹고 모르는 척하면 어쩔 수 없다. 최악의 경우 도시와 전쟁을 벌이는 것도 각오해야 한다.

"설마 그 지경에 이르진 않겠지만……"

그룬터는 혼잣말을 하다 불을 끄고 침대에 누웠다. 어차피 내일부터 제이미의 저택에 출입하게 될 것이다. 조건이 갖추어지지 않은 지금 섣불리 예상할 필요는 없다. 그는 눈을 감았다.

다음날 그룬터는 성을 빠져나왔다.

평소처럼 투구를 숨기고 허리를 일으키는데, 한 소년이 빤히 그룬터를 쳐다보고 있었다. 변장한 헤스티아였다.

"남으라고 했던 것 같은데 어찌 된 것이냐?"

"몸종으로서 영주님이 적진에 들어가시는 것을 보고만 있을 수는 없습니다."

그룬터는 엘린이 했던 말을 기억해 냈다. 몸종이라면 그저 그룬터의 말에 따르기만 하면 될 터인데, 그녀는 그룬터를 지키는 것에 더 가치를 두고 있었다.

'돌아가라고 한들 순순히 돌아갈 리가 없지.'

용의 마을에서 이미 경험했던 일 아닌가. 발각되어 일이 꼬이느니 데리고 다니는 편이 나을 것이다. 그룬터는 고개를 끄덕였다.

더 이상 지체할 이유가 없기에 둘은 걸음을 옮겼다. 오래지 않아 스트로가의 저택에 도착한 그들은 안내를 받아 응접실에 들어가 앉았다. 아직 주민의 대표가 도착하기 전이라 제이미가 홀로 기다리고 있었는데, 그는 놀란 표정을 지었다. 헤스티아가 함께 들어왔기 때문이다.

"어찌 된 일이지? 여행 동료라 하지 않았나?"

예상했던 질문이었다. 그룬터는 준비한 답을 말하려 했다. 하지만 응접실 밖의 소란이 그룬터의 입을 막았다.

"알았어, 알았어! 가끔은 일하도록 하지!"

목소리의 주인은 니첸 미네스덴이었다. 그는 집사인 루크와 함께 들어왔다.

"당신도 돈 받은 만큼 일 좀 하는 것이 어떻겠습니까! 계집질 좀 그만하고 말입니다!"

루크에게 귀를 잡혀 들어온 니첸은 방안에 외부인이 있는 것을 보곤 정색하며 그 손을 뿌리쳤다. 벌게진 귀를 만지고 투덜거리던 니첸은 그룬터를 보고 헤스티아를 보았다. 그룬터는 살짝 눈인사를 보냈다. 전날 어떻게 헤어졌든 인사를 한 사이니까. 그러나 니첸은 그룬터에겐 시선을 주지도 않고 헤스티아를 보고 있었다.

"어?"

루크나 제이미나 둘 다 니첸의 표정을 보진 못했다. 그러나 헤스티아는 똑똑히 보았다. 이곳에 있어선 안 될 사람이 있다는 그런 표정. 결코 처음 만난 사람을 보는 눈빛이 아니었다.

'날 알아봤어!'

가슴이 내려앉는다. 어제 입었던 것과 똑같은 옷을 입고 있는 지금 그가 헤스티아를, 영주의 몸종임을 알아보는 것은 어려운 일이 아니었다.

헤스티아는 슬쩍 바지 주머니에 손을 집어넣었다. 비도가 손에 잡혔다. 자신이 영주의 몸종이라는 것이 밝혀진다면 어떤 일이 벌어질지 헤스티아는 상상조차 할 수 없었다. 그녀는 결단을 내려야 했다. 지금 이 자리에서 일어나든지, 아니면,

'죽일까? 죽여야 할까? 죽이고 도망칠까? 니첸이라는 자는 힘들겠지만 제이미 정도라면……'

사고가 극단으로 치달았다. 위험 상황에 놓이자 가진 재주 중 하나가 계속 떠올랐다.

그런 그녀의 갈등을 눈치 못 챌 그룬터가 아니었다. 그는 탁자 아래에서 헤스티아의 손을 잡았다. 허튼짓하지 말란 의

미였다.

한편 니첸은 제이미에게 물었다.

"무슨 일입니까?"

"저 그룬터라는 자와 함께 이번 일에 대해 이야기하기로 했는데 세렌스라는 외부인을 데리고 왔네. 곤란하군."

니첸은 슬쩍 허릴 숙여 계약서를 눈으로 훑었다. 그룬터와 계약할 생각을 하고 있던 제이미는 탁자 위에 계약서를 펼쳐 두고 있었던 것이다. 그런 계약서를 한눈에 읽어 내리는 것은 대장군가의 영식인 니첸에겐 일도 아니었다. 글을 읽은 그는 갑자기 표정을 바꾸어 환한 얼굴로 헤스티아에게 다가왔다.

'공격?'

팽팽한 실처럼 긴장한 헤스티아에게 상대의 몸짓은 하나 하나가 준비동작으로 보였다. 때문에 그녀는 상대로부터 눈을 뗄 수가 없었다. 언제 그의 손이 등에 멘 막대기로 갈지 알 수 없으니까.

그런데 그는 갑자기 양팔을 벌렸다, 마치 칼을 쓸 마음이 없다는 듯이.

"이것 참, 역시 사람 사는 건 재미있는 것 같아. 그렇지, 세렌스?"

"뭐?"

그의 목소리엔 친근과 측은이 섞여 있었다. 아무리 긴장한 상태라지만 그것을 깨닫지 못할 헤스티아가 아니었다. 그녀는 눈만 동그랗게 뜨고 니첸의 움직임만 쫓았다. 니첸은 헤스티아를 지나쳐 그녀의 뒤에 섰다. 그리고 두 손을 헤스티아의 어깨에 올려놓았다.

"히익!"

온몸에 소름이 돋아났다. 그러나 곁에 있던 그룬터가 침묵하고 있으니 반항할 수는 없었다. 그저 상황이 어떻게 돌아가는지 지켜보기만 할 뿐.

한편 그런 반응 덕에 얻은 이득도 있었다. 제이미가 그녀를 바라본 것이다. 여태껏 눈앞에 있으면서도 못 본 척하던 그가 말이다. 그는 니첸에게 물었다.

"아는 사이인가?"

"아는 사이다뿐입니까? 천재 교섭가로 명성을 날리던 그가 이런 취급을 당하는 것을 보면 모르는 사람이라도 아는 척하겠습니다만."

"천재 교섭가?"

흥미가 동했기 때문인지 제이미는 손에 든 계약서를 잠시 내려놓았다. 설명을 해보라는 말이었다.

"벌써 오랜 시간이 지났군요. 수도의 윌로스파와 파라모파 사이에 영역 분쟁이 있었는데 무혈 협상을 성사시킨 천재 교섭가가 있었습니다. 사실 화해할 명분을 찾고 있었던 두 파 사이였던 만큼 누가 해도 같은 결과였을 거란 평가가 있었지만… 이렇게 어린 소년이 협상을 주도한 겁니다. 천재라는 호칭을 붙여주기에 부족함이 없죠."

"흐음, 난 수도의 뒷골목 이야긴 관심이 없네. 하지만 자네 말을 들으니 영 못 미더운 종자는 아닌 모양이로군."

헤스티아는 그룬터를 흘낏 훔쳐보았다. 살짝 굳은 표정이었다. 그러나 헤스티아는 이것이 이 상황 때문인지 아니면 다른 이유가 있어서인지는 알 수 없었다.

제이미는 납득했다는 듯 고개를 끄덕였다.

"자네 정도의 인물이 아무나 데리고 다닐 리는 없다고 생각은 했네."

그는 그 자리에서 계약서 항목을 수정했다. '그룬터'가 '그룬터와 헤스티아'로 변할 뿐이기에 수정엔 시간이 걸리지 않았다. 그룬터는 집사가 전한 계약서에 말없이 서명했다. 헤스티아는 그런 그룬터의 행동에서 묘한 느낌을 받았다.

'무슨 일이시지?'

영문을 알 수 없다. 그러나 상황은 유리하게 흘러갔기에 헤스티아는 안도의 숨을 내쉬었다.

'어쨌든 저자가 아는 세렌스라는 자가 나와 닮았나 보지.'

니첸이 어깨 위에 손을 올렸을 땐 어지러워 쓰러질 것 같았다. 영주의 침실에서 독니를 빼앗겼을 때의 일이 떠올랐을 정도였다.

그러나 다행이다. 떠돌이 검사라는 니첸 미네스텐은 만난 사람이 너무 많아 기억에 혼란을 일으키는 것인지도 모른다.

헤스티아는 괜히 자신의 어깨 위에 올려진 니첸의 손을 잡으며 오래간만이라느니 그간 잘 지냈느냐니 따위의 말을 늘어놓았다. 하지만 니첸은 대답없이 그저 웃을 뿐이었다.

"인재는 언제나 환영이지. 내가 무례했던 것은 잊어주게."

니첸 미네스텐이라는 검사의 보증과 그룬터의 동행인이라는 것 덕분에 제이미는 쉽게 마음을 열었다. 헤스티아는 안도의 숨을 내쉬며 고맙다고 말하며 고갤 들어 니첸을 올려보았다. 그는 여전히 웃고 있었다.

'이상해. 이건… 사람을 잘못 본 건 아닌 것 같은데…….'

의아함을 느낀 헤스티아가 불안해할 때쯤, 그는 헤스티아의 귀로 자신의 입을 가져갔다.

"그럼 잘해보라고, 영주의 몸종."

"뭐?"

작은 목소리라 제이미나 루크가 들었을 리는 없다. 하지만 헤스티아의 얼굴은 하얗게 질렸다.

니첸 미네스텐은 헤스티아의 정체를 정확하게 판단했고, 영문 모를 짓을 하고 있는 것이었다.

'아! 그래서 영주님이 아무 말도 하지 않고 계신 거구나.'

헤스티아는 자신의 어리석음을 탓했지만 이미 늦었다. 아니, 가만히 있는 것 외에 다른 선택지가 있었는지도 의문이지만.

그렇게 일을 저지른 니첸은 어느새 방을 나가고 있었다. 집사가 재빨리 그 뒤를 따라가 붙잡으려 했지만, 마음먹고 나간 니첸을 잡을 재주가 있을 리 만무했다.

시간이 지나자 주민 몇이 응접실에 들어왔다. 헤스티아는 니첸 미네스텐의 일은 머리 한편에 밀어둘 수 있었다. 중요한 것은 회의다.

"소개하겠네. 저기 있는 두 사람은 내가 외부에서 초청해 온 교섭가들이네. 비용은 일체 내가 부담할 테니 걱정 말게나."

제이미는 둘을 사람들에게 소개했다. 그룬터와 헤스티아는 각자 자신의 이름을 짧게 말하고 인사를 나누었다.

이때쯤엔 그룬터의 표정도 평소대로 돌아와 있었다. 그는 주민들의 표정을 살폈다. 외지인이 이 회의에 참여한 것이 아무래도 마음에 들지 않는 눈치였다. 그들에게 섣불리 친근한 척 이야기를 꺼냈다간 낭패를 보기 십상이다. 그룬터는 때를 기다리기로 했다.

"제이미님, 어떻게 할 겁니까? 그 영주 놈이 이대로 없던 일로 치지 않을까요?"

"협상할 의지가 있다면 벌써 연락이 왔을 텐데 그럴 기미도 안 보이니……."

"이런 젠장! 거 평민 출신이라 더할 거라 하지 않았소. 당한 게 있으니 그만큼 더 챙겨 먹을 테지."

회의는 생각보다 엉망진창이었다. 제이미라는 인물이 주

최를 하고 있는만큼 날이 선 이야기가 오가지 않을까 하고 기대했지만, 실상은 영주의 욕을 하는 자리였다.

영주의 욕을 그 자리에서 듣고 있어야 하는 헤스티아는 얼굴이 점점 붉어지기 시작했지만 본인인 그룬터는 태연했다. 오히려 의문을 가지며 제이미를 관찰하기까지 했다.

'이상하군. 이런 시장 바닥 같은 분위기는 원하지 않을 텐데……'

영주의 욕은 이제 듣기 민망할 지경에 이르렀다. 취임식 때도 변변찮은 축제도 열지 않았고, 시찰도 없는 걸로 봐선 그냥 제 배만 불리는 놈이란 말이었다. 그룬터가 제이미의 의도를 생각하는 동안 헤스티아는 탁자 아래에서 주먹을 쥐고 부들부들 떨고 있었다.

"그리고 그 용의 마을 놈들을 왜 우리가 돌봐줘야 하냐 이거야! 왜 우리가 그놈들 집을 지어주고 그래야 하는 거지?"

"이 양반, 그 소문 못 들었나? 영주가 그 마을 무녀에게 홀딱 반해서 그 여자를 빼오려고 그런 짓을 저지른 거잖아. 지금도 그 여자는 영주 놈 침실을 아주 그냥 제 방 마냥 드나든다더군!"

마침내 헤스티아가 폭발했다. 그녀는 탁자를 주먹으로 내려치며 말했다.

"영주님은 그런 사람이……!"

처음엔 날카롭게 외친 그녀이지만, 이내 자신의 실수를 깨닫고 말소리를 줄이다 결국엔 입을 다물었다.

"영주님? 님? 하!"

한참 영주를 씹으며 달아오른 분위기였다. 헤스티아의 행동 때문에 그만둘 리가 없었다. 당연한 수순으로 불똥이 헤스티아에게 튀었다.

"이래서 외지인이란……. 어쨌든 당신들은 영주님이라고 부르겠다 이거지?"

"돈을 받는 주제에 적에게 예의를 갖출 셈인가 보지?"

"아, 아니… 그게 아니라……."

그룬터는 이런 상황이 되었음에도 여전히 사태를 지켜보기만 하는 제이미를 보고 한 가지 확신을 얻었다. 그는 이 회의와는 무관한 계획이 있는 것이다.

그러니 이런 회의에 계속 참가한다 한들 제이미의 속마음은 알아낼 수 없을 것이다. 그룬터는 자신도 제이미처럼 이회의보단 다른 부분에 심혈을 기울여야 함을 깨달았다. 그렇다고 헤스티아를 방치해 둘 수는 없는 노릇이었다. 그룬터는 입을 열었다.

"예의를 갖추는 것은 매우 중요합니다."

그룬터의 목소리는 낮았으나 묘하게도 사람들의 귀에 파고들었다. 사람들은 말을 멈추고 그를 바라보았다.

"뭐라고?"

"단도직입적으로 묻겠습니다. 우리가 그에게 협상을 청할 수 있는 것은 그가 예를 아는 사람이라는 전제가 깔려 있기 때문 아닙니까?"

그의 말은 사실이었다. 대화를 청한 상대에겐 대화로 대답할 거라는 생각이 있기에 감히 청원을 할 수가 있는 것이다. 마을 사람들은 그의 말엔 동의하면서도 여전히 인상을 찌푸리고 있었다. 제이미는 그런 광경을 흥미롭게 바라보다 물었다.

"하지만 영주는 나를 회의실에서 내쫓았네."

"그건 오히려 좋은 일입니다. 우리에게 빚을 진 꼴이거든요."

"빚이라고?"

"제이미님이 성에 간 지 며칠이 지났음에도 영주는 이곳으로 병사를 보내지 않았습니다. 무엇을 의미하는지 아시겠습니까?"

"이 협상에 관심이 없다는 것 아닌가?"

주민이 불쾌한 목소리로 말했다. 그러자 그룬터는 웃으며 고갤 흔들었다.

"아니, 그건 말도 안 되는 이야기입니다. 우린 이미 영주의 권위에 도전을 했습니다. 그럼에도 보복하지 않음은, 달리 말하면 그가 체면을 차릴 줄 안단 말입니다. 대화의 손길을 무력으로 뿌리치는 짓은 하지 않겠단 말입니다."

"뭐, 그렇게도 생각할 수 있겠군."

말을 꺼낸 주민은 우물쭈물하며 말했다. 그를 보며 그룬터는 말을 이었다.

"우리의 협상이 지속되는 중 영주는 분명 선택을 강요할 것입니다. 자신이 제시한 조건에 만족하든지 협상을 그만두든지 하라고 하겠지요."

"그럴 테지."

"하지만 우린 이미 한 번 양보한 셈입니다. '영주님, 지난번에 있었던 일 기억하십니까? 그때 우리는 아무 말 없이 당신의 편의를 생각해 양보했습니다. 미덕을 떠올려 주십시오' 라고 말하면 어떻게 될 것 같습니까?'

"기사인 그는 체면 때문에 거절할 수 없겠군. 자네 말대로 그가 체면을 신경 쓰는 자라면 말이야."

"우리는 귀족을 상대하고 있습니다. 달리 말하면 무뢰한이 아닌 평판을 신경 쓰는 고귀한 자와 싸운다는 말이기도 합니다. 이것이 그의 족쇄이고 약점입니다. 우린 그것을 공략해야 합니다."

모범 답안이다. 하지만 한 주민이 불안한 목소리로 물었다.

"만약 그가 체면을 차릴 줄 모르는 자라면 어떻게 하나? 그러니까, 그 미덕 어쩌고를 말했는데 그가 무시해 버리면?"

"그건 어쩔 수 없는 일입니다. 그의 뜻에 따르게 되겠지요."

그러자 주민이 시뻘게진 얼굴로 말했다.

"이래서 외지인들이란! 그렇게 빠져나갈 구멍을 만들어두고 일을 한다는 것 자체가 이미 이쪽에 목숨을 걸고 있는 우리와는 비교할 수가……."

"선생님, 선생님은 돼지 새끼와 협상을 하라고 하면 하실 수 있으시겠습니까?"

"어? 무, 무슨 비유를 하는 거지? 말이 되는 소릴 해야……."

"같은 이야기입니다. 우리는 영주님이 최소한 우리와 대화를 나눌 수 있는 사람이라고 가정하고 이 협상을 시작해야 합니다. 불쾌하실지도 모르지만 한마디하겠습니다. 상대는 영주입니다. 그와 우리는 같은 위치에 있는 사람이 아닙니다."

주민은 신음과 함께 침묵했다. 그룬터의 말은 이어졌다.

"즉, 우리의 협상은 애초에 영주의 아량에 기대고 있는 겁니다."

"재미있는 해석이군."

마침내 제이미가 입을 열었다. 그는 깍지 낀 손으로 턱을 괴다 내뱉듯 물었다.

"이미 협상이 시작되었으니 어쩔 수 없지만… 자네가 처음부터 협상에 참가했다면 어떻게 했겠나? 영주의 아량에 기대는 방법 말고 말이야."

"강제했을 겁니다."

"강제?"

"영주가 체면을 차릴 수밖에 없도록 그가 두려워하는 세력을 업었을 것입니다. 그가 주민의 폭동을 두려워한다면 사람들을 모았을 것이고, 그가 사교계의 평판을 신경 쓴다면 수도의 귀족을 포섭했을 것이며, 그가 자신의 재산에 집착한다면 상권을 끌어들였을 겁니다. 그렇게 기반을 만든 다음 공격적으로 협상을 시작했을 겁니다."

정론이다. 자신이 불리하다면 먼저 힘을 키우면 되고, 힘을 키우기가 곤란하다면 더 강한 상대를 끌어오면 되는 것이다. 제이미의 입가로 희미한 미소가 떠올랐다.

한편 주민들도 영주를 욕하는 것을 그만두고 협상을 신경쓰기 시작했다.

"그렇군. 정말이야. 생각해 보면 당연한데, 왜 그런 준비를 못한 거지?"

"그야 영주놈은 평민이니까 우리를 잘 이해해 줄 거라고 생각해서……."

"그야말로 영주의 아량에 기댔단 말이로군!"

주민들은 서로 이야기하며 자신들의 준비가 부족했음을 탓했다. 하지만 그들의 대화는 길게 이어지지 못했는데, 제이미와 달리 그들은 생업을 가지고 있었기 때문이다.

회의는 시작된 지 제법 지나 그들이 자신의 일과로 돌아갈 때가 다 되었다. 그들은 아쉬워하며 하나둘씩 일어나기 시작했다.

그들은 아까와 달리 그룬터에게도 인사하며 응접실을 나갔고, 응접실엔 그룬터와 헤스티아, 제이미 이렇게 셋만 남았다. 그룬터도 오늘은 이쯤 하고 돌아갈 생각으로 일어나는데 제이미가 그를 불렀다.

"자네 둘에게 할 말이 있네."

그렇게 말하며 제이미는 응접실을 나섰다. 그룬터와 헤스티아는 그의 뒤를 따라 2층으로 올라갔다. 걷는 동안 제이미는 헤스티아에게 말했다.

"세렌스 군, 나이가 몇인가?"

"열여섯… 열일곱입니다."

헤스티아는 나이를 말하다 조금이라도 존경을 받고 싶어 한 살 더 높게 불렀다. 마흔 줄인 제이미가 보기엔 똑같지만.

"나이도 어린데 그룬터와 같이 다니는 것이 피곤하진 않나?"

"어렸을 때부터 이곳저곳 전전하다 보니 익숙합니다."

"그래도 나이 든 사람과 지내는 게 외롭지는 않나?"

"그건……."

이야기가 사적인 방향으로 흘렀다. 미리 설정해 둔 인물상이 있어 어느 질문에든 답할 수 있을 거라 생각하면서도, 혹시 실패하진 않을까 싶어 그녀는 긴장했다. 그러나 이어진 제이미의 다음 말은 다른 의미로 헤스티아를 혼란에 빠뜨렸다.

"또래 친구를 소개시켜 줄까 하는데 어떤가?"

"친구?"

정신을 차리고 나니 2층이었다. 더군다나 바로 앞에 서 있는 문은 익숙하기까지 했다. 얼마 전 제이미의 집무실인 줄 알고 뛰어들었던 바로 그 방이었다.

'내 정체를 눈치챘나?'

헤스티아는 마른침을 삼켰다. 이 문을 열면 기다리는 것은 니첸과 병사들일지도 모른다. 헤스티아는 눈으로 양 복도를 살피며 탈출로를 기억했다. 이곳이 헤스티아가 침입했던 곳인지 알 리가 없는 그룬터는 문이 열리기만을 기다리고 있었다.

"아이나! 들어가마!"

제이미는 문을 열고 밀어 넣듯 헤스티아를 앞세웠다. 어쩔 수 없이 한 발자국 내딛는 그녀 앞에 칼날은 없었다. 한 명의 아가씨가 화려한 옷을 입고 앉아 있을 뿐이었다.

"오라버니, 무슨 일이신가요?"

그녀는 일어나 다소곳이 인사했다. 반면 헤스티아의 안색은 칼날을 마주할 때와 다르지 않았다. 금방 그 소녀가 '어머, 저분은 엊그제 제 방에 무단침입했던 그 도둑놈이네요?'라는 말이라도 할 것 같았으니까.

"요즘 말벗이 없어 심심할 것 같더구나. 그래서 젊은 사람끼리 이야기를 하는 것이 어떨까 싶었지."

"고마워요, 오라버니."

제이미는 돌처럼 굳은 헤스티아를 밀어보았지만 미동도 않았다. 적극적이지 않은 헤스티아 때문인지 아가씨인 아이나가 먼저 그녀에게 다가왔다.

"처음 뵙겠어요. 아이나 스트로라고 해요."

이 순간에도 헤스티아는 입을 열지 못하고 있었다. 이게 어떻게 돌아가는 상황인지 파악하지 못했기 때문이다. 자신을 시험하는 건가? 놀리는 건가? 먼저 죄를 실토하도록? 그러는 가운데에도 시간은 흐르고 있었고, 마침내 참다못한 제이미가 대신 그녀를 소개했다.

"내 일을 돕고 있는 세렌스라는 청년이란다. 이것 참, 이리 숫기가 없을 줄이야."

그는 헤스티아의 머뭇거림을 단순히 어린 소년이 소녀를 어려워하는 것으로 해석했다. 그제야 헤스티아는 이 상황이 정말로 눈에 보이는 것이 전부인 단순한 상황임을 깨달았다. 제이미는 정말로 여동생에게 말동무를 소개시켜 주려는 것이다.

"잘 부탁합니다."

헤스티아는 살짝 고개를 숙여 인사했다. 그 다음은 그룬터 차례로, 그룬터는 짧게 자신을 소개했으나 상대에게 주의 깊은 눈길은 주지 않았다. 제이미의 의도를 눈치챘기 때문이었다.

'헤스티아를 이곳에 두고 나와 단둘이서 이야기를 하고 싶

은가 보군.'

　그의 생각대로 제이미는 그룬터에게 눈으로 신호를 보내
곤 슬그머니 방을 나갔다. 그룬터는 잠깐 헤스티아를 바라보
다 그 뒤를 따랐다.

Chapter 06

사전 공작(1)

CHAIN MAIL - ARMOR made from linked iron or steel was the main type of armor worn from the Celtic period in the 6th century B.C. (pp. IC-11) until the 13th century, then knights found mail armor not only uncomfortable to wear but also inadequate protection against weapons such as war hammers and two-handed swords. At first, plate armor, which was gradually introduced in the 13th century, was simply added to mail armor. But from the 1400s until the coming of firearms in the 1600s, knights went to war entirely encased in suits of plate armor.

INCENDIARY (FLAMING) ARROWS
Incendiary arrows and bolts were used in warfare until the 1600s. A wad of hemp or flax was soaked in a flammable substance, fixed beneath the arrowhead, and then lit just before the arrow was shot

CHAIN MAIL - ARMOR made from linked iron or steel was the main type of armor worn from the Celtic period in the 6th century B.C. (pp. IC-11) until the 13th century, then knights found mail armor not only uncomfortable to wear but also inadequate protection against weapons such as war hammers and two-handed swords. At first, plate armor, which was gradually introduced in the 13th century, was simply added to mail armor. But from the 1400s until the coming of firearms in the 1600s, knights went to war entirely encased in suits of plate armor.

INCENDIARY (FLAMING) ARROWS
Incendiary arrows and bolts were used in warfare until the 1600s. A wad of hemp or flax was soaked in a flammable substance, fixed beneath the arrowhead, and then lit just before the arrow was shot

'어떻게 된 거지?'

헤스티아는 그룬터와 떨어지게 되자 이것이 상대의 전략이 아닌가 하고 의심했지만, 그룬터가 별일 아니라는 듯 신호를 주고 가버리니 당황했다.

그렇게 헤스티아가 혼란에 빠져 있는 사이, 아이나는 익숙한 듯 화로에 주전자를 올려 차를 끓였다.

"죄송해요. 오라버니는 마음에 드는 사람이 생기면 소개시켜 주려 하거든요."

"소개요?"

"네. 오라버니는 친구를 만들 수 없는 제가 외롭지 않길 바라는 것이겠지만… 저도 이제 열여덟인 걸요. 남자와 이야기하며 익숙해지란 것이겠지요."

"우리 지금 맞선보고 있는 것은 아니지요?"

"그건 아니에요."

당황한 헤스티아, 담담한 아이나.

상대의 태도를 보니 순수한 의도이며, 처음 있는 일도 아닌 것 같지만 그렇다고 쉽게 납득할 수도 없다. 그 때문에 헤스티아는 세렌스를 연기하고 있음에도 수동적인 태도를 취했다. 천재 교섭가. 그것이 세렌스인데 말이다.

"세렌스님은 참 조심스러우시네요. 아, 나쁜 의미는 아니에요. 매번 절 잡아먹을 듯 질문하는 분들만 뵙다 보니……."

"그런가요?"

"차 드세요. 오라버니의 일을 돕고 계신다 하던데, 어떤 일을 하고 계신가요?"

"감사합니다. 이번에 영주님과 협상을 하는데 거기에 조언을 하고 있어요."

"정말요? 나이도 저랑 비슷한 것 같은데… 대단해요! 그 이야길 제게 해주실 수 있으세요?"

"음, 제이미님의 동생이시니 상관없겠지요. 이번에 새 영주님이 취임하셨는데……."

새 영주는 평민 출신이며, 그 때문에 주민이 기대를 가지고 세금을 조절할 생각이다. 헤스티아는 그런 내용을 말했다. 비록 자신은 그룬터처럼 사건을 이끌어 나가진 못했지만, 그의 곁에 있던 사람이었다. 있었던 일을 전하기엔 부족함이 없었다.

더군다나 아이나는 훌륭한 청자였다. 그녀는 헤스티아가 말을 할 때마다 대단하다며 감탄하곤 했다. 사담을 즐기지 않는 헤스티아지만, 워낙 반응이 좋으니 이것저것 자기 생각을 덧붙여 이야기를 늘리기도 했다.

마지막에 가선 헤스티아조차도 웃고야 말았다. 사회와 격리된 이 순수한 아가씨를 경계하는 것은 바보 같단 생각이 들었기 때문이다.

"정말 대단하세요, 세렌스님."

"아뇨. 뭘요. 아직 제대로 시작하지도 않았는걸요."

"아, 세렌스님. 다른 것도 물어봐도 되나요?"

"네. 제가 답할 수 있는 것이라면 뭐든지."

"그날 세린스님은 왜 제 방에 들어오셨나요?"

예상하지 못했던 말이라 헤스티아는 반응하지 못했다. 그러나 곧 그녀의 말을 이해한 헤스티아의 얼굴에선 핏기가 사라졌다. 헤스티아는 눈앞에서 방글방글 웃고 있는 아가씨를 떨리는 눈동자로 바라보았다. 사지에서 힘이 쭉 빠질 만큼 현기증이 이는 그런 공격을 한 사람이라고는 보이지 않는 아이나 스트로 말이다.

'어디까지 알고 있는 거지? 떠보는 건가?'

무릎 위에 올린 손에 겨우 힘을 줘 주먹을 쥐었다. 하지만 눈에 띌 만큼 흔들거려 마음을 다잡는 덴 도움이 되지 않았다.

"어머, 기억 못하시나요? 제가 침대에서 일어났더니 재빨리 몸을 숙이셨잖아요. 아! 이제 기억 나셨군요?"

정확하게 기억하고 있었다.

헤스티아의 얼굴에 당혹감이 떠올랐다. 정체를 들켜 상대에게 조롱받는 일은 벌써 두 번째였다. 어떻게 해야 하는가? 니첸 때처럼 그저 구원의 손길을 기다려야 하나? 아니, 그럴 필요는 없었다. 눈앞의 여자는 니첸 미네스덴이라는 절대적인 강자가 아니었다. 할 수 있다. 마음만 먹으면 품의 칼을 꺼내 목을 찢을 수 있다.

'내가 지금 무슨 생각을 하는 거지?'

하지만 헤스티아는 금방 제정신을 차렸다. 지금 이 자리에서 상대를 죽여 버리면 뒤처리를 어떻게 할 것인가? 그녀는 침을 삼키고 난 다음 물었다.

"원하는 것이 뭐죠?"

"숨기고 있는 것을 말해줘요. 오라버니를 돕고 있다는 것, 거짓말이죠?"

잠깐, 헤스티아는 침묵했다. 상대는 의심을 하고 있다. 그렇기에 의아함이 생긴다. 왜 제이미가 있을 때 물어보지 않았던 것인가?

"왜 그런 것을 묻는 거죠?"

"궁금해요."

"단지 그뿐?"

아이나는 고개를 끄덕였다. 그녀의 눈동자는 그저 호기심만 가득해 악의는 보이지 않았다. 그럼에도 불구하고 헤스티아는 고민했다. 그러나 오래지 않아 그녀는 결단을 내렸다. 망설여 봐야 좋을 것이 없었다. 그녀는 일어나 방문을 닫았다.

"아!"

아이나가 벌떡 일어났다. 헤스티아는 그녀를 안심시키기 위해 손을 들었다.

"남이 들을 만한 이야기는 아니에요."

"그, 그래도……."

갑자기 그녀의 얼굴이 벌겋게 변했다. 방금 전까지 웃고 있던 모습과는 영 딴판이었다. 하긴 헤스티아가 지금 남자로 변장하고 있으니 규수라면 두려워할 만도 했다.

그러나 헤스티아는 딴 짓을 할 생각은 없었다. 그녀는 말없이 돌아와 앉았다.

"부탁을 받았어요. 아니, 의뢰라는 말이 어울리겠네요. 제이미님이 이번 협상을 하게 된 진짜 이유를 알아봐 달라는 것 말이에요. 그래서… 음……."

자신이 영주의 몸종이라고 말하지는 않았다. 하지만 이런 일에 익숙하지 못한 그녀의 임기응변은 한계가 있었다. 그녀는 힘겹게 말을 지어냈다.

"음… 그래서 방을 뒤지다 보면 그 정보를 얻을 수 있지 않을까 싶어서 그날 숨어들어 왔던 거예요."

헤스티아가 열심히 말을 만드는 사이, 아이나는 얼굴을 붉히는 정도가 아니라 숨을 가쁘게 내쉬는 지경에 이르렀다. 이상함을 느낀 헤스티아는 말을 멈추고 그녀에게 다가갔다.

그러자 그녀는 헤스티아가 무안함을 느낄 정도로 허겁지겁 뒷걸음질쳤다. 놀란 헤스티아는 반사적으로 손을 뻗었고, 아이나는 바닥에 쓰러졌다.

"아이나님?"

뻗은 손이 닿지도 않았는데? 그저 손을 들었을 뿐인데? 이해할 수 없는 반응이었다. 헤스티아는 어째서 그녀가 그런 반응을 보이는지 그런 것은 생각지도 않고 쓰러지는 그녀를 안았다. 헤스티아의 손이 아이나의 허릴 감싸고, 다른 손은 어깨를 안는 꼴이 되었다. 마침내 아이나는 기절할 것처럼 입을 딱딱 벌리다 안간힘을 다해 헤스티아의 가슴에 손을 대고 밀었다.

"음."

살짝 헤스티아의 얼굴이 붉어졌다. 그녀가 미는 부분이 정확히 가슴께였기 때문이었다.

그러자 이번엔 반대로 아이나의 얼굴이 정상으로 돌아왔

다. 아이나는 손바닥의 감각이 이상하자 손가락으로 헤스티아의 가슴을 쥐었다 펴며 의문을 해소했다.

"아이나님?"

쓰러진 사람을 내팽개칠 수는 없어 내버려 두곤 있지만 헤스티아의 얼굴이 더욱 붉어졌다. 마침내 참을 수가 없어 이름을 부르자 아이나는 멀쩡한 얼굴로 돌아와 헤스티아를 바라보았다.

"세렌스님, 여자죠?"

이때까지도 아이나는 헤스티아의 가슴을 주물럭거리고 있었다. 천진난만한 얼굴로 성희롱을 하고 있으나 상대는 병자였다. 내려놓기 어렵다. 하지만 인내심엔 한계가 있는 법. 헤스티아는 큰맘 먹고 아이나를 받치던 손을 놓았다. 그러나 바닥에 나뒹군 아이나는 재빨리 일어나 다시 헤스티아의 가슴에 손을 갖다 댔다.

"여자 맞네요."

"그만하세요."

헤스티아는 그녀의 손을 세차게 쳐내고 물러났다. 방금 전까지 숨이 넘어가던 사람이라곤 볼 수 없는 변화였다. 헤스티아는 경계하며 말했다.

"어떻게 된 거죠?"

"전 남자랑 밀폐된 방에 있으면 몸에 두드러기가 생겨요. 마지막으로 시험한 것이 작년이니 괜찮을까 싶었는데… 변함

없네요."

"지금은 괜찮아졌잖아요."

"세렌스님이 여자인 걸 확인했으니까요."

변명할 말이 없다. 자신이 침입자라는 사실을 들킨 것도 모자라 변장까지 들키다니. 최악의 상황이었다.

'어쩌지?'

바닥이 보이지도 않았다. 이러다간 자신이 영주의 몸종이라는 것까지, 그룬터가 영주라는 것까지 다 밝혀질 판이었다. 헤스티아는 입술을 깨물었다.

그룬터와 제이미는 정원을 거닐었다.

헤스티아를 여동생에게 남기고 온 제이미는 사소한 이야기를 시작했다. 날씨가 좋다느니 나이가 들어 무릎이 아프기 시작한다느니 하는 그런 이야기들.

그룬터는 그런 말들은 대화가 끊김으로 생기는 침묵을 방지하기 위한 것임을 알고 있었다. 그는 상대의 말에 맞장구치며 기다렸다. 얼마 지나지 않아 제이미가 오래된 기억을 꺼내듯 말을 꺼냈다.

"그러고 보니 자네, 이런 협상은 외부의 힘으로 상대를 꼼짝 못하게 한 후 요리해야 한다 했던가?"

"그렇습니다."

별것 아닌 말이라 잊었다는 듯 두루뭉술하게 말했다. 하지만 그룬터는 그 말이야 말로 본론이라는 것을 깨달았다. 그는 대답에서 그치지 않고 말을 이었다.

"정확히 이야기하면 상대가 협상에 흥미를 느끼도록 만드는 것입니다."

"아, 그랬지, 그랬지. 어쨌든 말이야, 외부의 힘을 끌어올 수 없다면 어떻게 하는 것이 좋겠나? 방법이 없나?"

그룬터는 눈을 가늘게 뜨고 제이미를 바라보았다. 깨달았기 때문이다, 이것이 바로 제이미의 본심이라는 것을. 그룬터는 대답했다.

"외부에서 힘을 끌어오는 것이 중요한 게 아닙니다. 상대가 협상 자리에 앉도록 만드는 것이 중요합니다. 흥미없는 상대가 자리에 앉을 리가 없으니까요."

"그러니 그게 뭐냔 말이네."

"굳이 이 자리에서 답을 내놓으라 하시면… 이 경우 저는 사람이라 말하겠습니다."

제이미는 자리에서 멈추었다. 그리고 눈으로 뒷말을 어서 해보라 재촉했다. 그룬터는 답했다.

"제가 알기로 근처에 오라클이라는 도시가 있는데, 세금이 프리든보다 낮다 합니다. 프리든 주민들이 그곳에 관심이 있다는 것을 영주가 알게끔 하면 됩니다. 그럼 주민들에게 잘 보이기 위한 방법을 찾을 테고, 먼저 손을 내민 제이미님을 이용하잔 생각을 하게 되겠지요."

"결국 외부 세력을 끌어오는 것 아닌가?"

"방금 이야기에서 도시와 손을 잡아야 한다는 말이 있었습니까? 중요한 것은 영주가 그렇게 생각하게 만든다는 것이지 우리가 도시와 손을 잡는 것이 아닙니다."

"으음."

제이미는 생각에 빠졌다. 하지만 대답을 찾진 못하여 다시 물었다.

"구체적으로 어떻게 하라는 건가?"

"글쎄요… 전 협상에 대해서 계약을 했지 사전 공작에 대한 의뢰를 받은 것이 아닙니다만……."

그룬터는 물끄러미 제이미를 바라보았다. 어차피 뭐라 대답해도 상관없는 일이다. 그룬터 자신이 낸 이야기에 자신이 당할 리는 없으니까. 하지만 그룬터가 이곳에 서 있는 것은 제이미에게 조언을 하기 위함이 아니었다. 그의 의도를 읽어야 하는 것이다.

'외부 세력을 끌고 오는 것에 대단한 반감을 가지고 있군.'

그룬터는 짐작 가는 바가 있었다. 이런 이야기를 굳이 응접실에서 하지 않고 불러내어 단둘이서만 하는 것은 그가 켕기는 점이 있기 때문이리라. 그룬터는 물었다.

"혹시 이미 외부와 손을 잡으신 겁니까?"

살짝 제이미의 얼굴이 굳었다. 곧 그는 한숨과 함께 사실을 털어놓았다.

"아직 끌어들인 것은 아니네. 하지만… 아니, 어쨌든 사전 공작 이야기나 해보게. 계약서는 갱신해 줄 테니까."

그룬터는 원하던 사실을 얻었음을 깨달았다. 완벽하진 않지만, 제이미 뒤에 외부 세력이 있으며, 그것이 바로 이번 협상의 배후라는 것을 말이다.

그 세력이 무엇인지, 무엇을 목적으로 하고 있는지를 알아내야겠지만 서두를 필요는 없었다. 그의 신뢰를 얻은 다음에 해도 늦지 않을 것이다.

"간단합니다. 믿을 수 있는 사람들을 여럿 뽑으십시오. 적어도 스무 가구는 되어야 할 것입니다."

"그리고?"

"그들로 하여금 밤에 통행증 없이 성벽을 넘도록 하십시오."

"그러다 병사들에게 붙잡히면?"

"붙잡혀야 할 것입니다."

"그게 무슨 말인가? 그게 무슨 소용이 있지?"

"그 사람들로 하여금 세금이 싼 오라클로 가려 했다고 말하도록 시키십시오. 스무 가구, 최소 육십여 명이 그런 행동을 한다면 제아무리 영주라도 무시할 수 없을 것입니다. 더군다나 영주가 그들을 가두고 핍박한다면 주민들도 분노하여 거리로 나오게 될 것입니다."

"허! 그랬다간 이 영지에 피바람이 불지도 모르네. 자네는 지금 반란을 일으키라 말하는 건가?"

"아닙니다. 제이미님은 협상가로 나서십시오. 제이미님도 유혈 사태는 원하지 않는다고 영주에게 명확히 말하십시오. 그리고 제이미님이 영주와 같은 편이라는 것을 분명히 알리는 겁니다. 제이미님이 비록 주민의 대표나 영지를 위하는 마음은 영주님과 같다고 하십시오."

"나더러 영주와 같은 편이 되란 건가? 아니, 내가 원한 것은 영주가 협상 자리에 앉는 것이지 영주와 같은 편이 되는 것이 아니네!'

제이미는 흥분하여 소리쳤다. 그러나 그룬터는 담담히 대답했다.

"영주가 바보가 아니라면 제이미님을 떠올릴 것입니다. 제이미님이 하려고 했던 것이 무엇인지 생각해 낼 거란 말입니다."

제이미도 바보는 아니다. 그는 그룬터의 말을 이해했다. 자칫 실수했다간 반란으로 번질 수도 있는 일을 권하고 있는 것이다. 하지만 허황된 이야기는 아니었다.

'영주는 사람을 죽이는 것을 즐기는 놈이 아니다. 지난번 협상 때 아무 일 없이 넘어간 것만 봐도 알 수 있다. 이놈의 말대로 하면 영주를 탁자로 부를 수 있다. 하지만……'

"그들이 붙잡히면 당연히 나에 대해 이야기할 텐데 어떻게 할 건가? 아무리 믿을 수 있는 사람을 뽑는다 해도 한계가……."

"당연히 이런 일은 본인이 아닌 수하를 변장시켜 해야지요. 제가 이런 초보적인 것까지 이야기를 해야 합니까?"

"그, 그렇군. 흠! 내가 이런 일을 자주 해봤어야 알지! 뭐, 자네 말은 그런 방법도 있다는 정도로만 듣겠네!"

제이미는 말을 마친 다음 서둘러 돌아갔다. 마치 방금 전에 들은 이야기는 잊겠다는 듯한 말투였다.

하지만 그룬터는 알 수 있었다, 오늘밤이라도 당장 성벽을 넘으려는 자들이 생길 거란 것을.

그는 내색하지 않고 제이미 뒤를 따랐다.

조바심을 내며 빠져나갈 궁리를 하던 헤스티아를 구해준 것은 제이미였다.

"아이나! 들어가마!"

그룬터와 이야기를 마치고 돌아온 그는 방문이 닫혀 있는 것을 보고 놀라 뛰어왔던 것이다. 하지만 제이미가 염려하고 기대한 상황은 벌어져 있지 않았다. 그는 안도와 실망의 한숨을 내쉬었다.

그러니 왜 문을 닫고 있었는지, 안에서 무엇을 하고 있었는지 물을 기회는 잃고야 말았다. 헤스티아가 일어나 그를 지나쳐 방을 나섰기 때문이었다. 아이나와 대화가 끝나지도 않았음에도, 언제 아이나가 진실을 말할지도 모름에도 그녀의 머릿속엔 후퇴라는 단어만 떠오르고 있었다.

"세렌스님, 몸조심해서 가셔요. 비밀은 아무에게도 말하지 않을 테니 꼭 다음에도 들러주셔야 해요."

"비밀? 아이나?"

놀란 제이미는 서둘러 아이나에게 다가가 이것저것 묻기 시작했다. 그룬터는 그를 지켜볼 생각이었지만 헤스티아가 딱딱하게 굳은 얼굴로 방을 나가자 보통 일이 아님을 깨달았다. 그는 제이미에게 가볍게 인사한 후 그녀를 따라 저택을 나왔다.

"무슨 일이지?"

저택을 나와 걷는 동안 헤스티아는 입을 다물었다가 인적이 드문 곳에 도착하자 열었다. 아니, 열려고 했다.

"니첸 미네스덴……."

지난번 옷을 갈아입었던 골목에서 그가 걸어나왔다. 헤스티아는 주머니칼을 꺼내 자세를 취했다. 자신의 정체를 알고 있는 자가 기다리고 있었다. 허투루 대할 수는 없었다. 그룬터조차도 헤스티아의 생각을 이해하고 아무 말도 하지 않았다. 즉, 입막음을 허락한 것이다.

"이런, 예쁜 아가씨가 남장하고 있는 것만 해도 안타까운데 그렇게 인상을 찌푸려서야……."

니첸은 추파를 날리듯 미소를 지었지만 헤스티아는 눈썹 하나 꿈쩍하지 않았다. 노려보던 자세 그대로 살기를 돋울 뿐이었다. 그러자 니첸은 슬프다는 표정을 지으며 말했다.

"미움 받는 건 익숙하지 않은데……. 뭐, 어쨌든 좋아. 난 아가씨보단 그룬터 당신에게 볼일이 있으니까. 단둘이 이야기를 했으면 싶은데 말이야."

"웃기지 마!"

헤스티아가 승낙할 리가 없다. 하지만 그룬터는 헤스티아의 어깨를 살짝 잡고 그녀만 들을 수 있는 목소리로 말했다.

"네가 자리를 비키지 않는다면 저자가 날 누구라고 생각할 것 같으냐?"

그 말에 깨닫는 것이 있었다. 헤스티아는 머뭇거리다 칼을 집어넣었다. 그사이 그룬터는 니첸의 곁에서 걸음을 옮겼다. 헤스티아는 제자리에서 감시하듯 서 있었지만 감히 더 따라오지 못했고, 그동안 점점 멀어져서 그 모습이 보이지 않게 되었다.

"재미있군, 그룬터."

그때까지 말이 없던 니첸은 미소를 지으며 말했다. 마침 주변에 아무도 없어 그룬터도 눈치 보지 않고 대답했다.

"무슨 일이시기에 절 부른 겁니까?"

"무슨 일이냐? 영지에 도착하면 영주님에게 인사를 하는 것이 예의 아니겠나? 여기 니첸 미네스텐, 프리든의 영주님에게 인사를 드립니다."

점잖게 말하지만 그는 고개를 숙이지도 그룬터를 보지도

않았다. 아니, 말을 마친 직후 그는 그룬터를 보았는데, 그룬터의 반응을 보고 싶었기 때문이다.

하지만 그룬터는 표정 변화 없이 걷고 있었다. 그러자 니첸은 놀란 듯 물었다.

"놀라지 않았나? 내색하지 않을 뿐인가?"

"헤스티아를 알아볼 정도의 눈썰미니 내 정체를 추측하는 것도 어려운 일은 아니겠지."

"흠, 그것치곤 표정이 좀 굳어 있던데."

"순순히 인정할지 조금 시간을 벌지 생각했을 뿐이야."

니첸은 감탄했다. 하지만 자신은 재미있어 미칠 것 같은 일에 대해 그룬터가 심드렁한 반응을 보이자 실망한 것도 사실이었다.

"두렵지 않나? 내가 이대로 제이미에게 달려가 정체를 말할지도 모르는데?"

"그럴 리가."

"이유라도?"

"내가 너의 정체를 말하지 않고 있으니까."

그러자 이번엔 니첸의 얼굴이 굳었다. 그는 정색한 얼굴로 물었다.

"내가 대장군가의 니첸이라는 증거라도 있나?"

"대장군 가문의 가보인 월인을 들고 있으면서 부정할 생각인가? 내가 천재 교섭가 꼬맹이로 불렸다는 걸 알 정도면 그

정도는 충분히 알아볼 안목이 있음을 알 텐데."

"어젠 내 정체를 물었으면서?"

"대장군가의 니첸으로서 이 일에 참여하는지를 물었을 뿐이야."

. 그 말을 들은 니첸은 걸음을 멈추고 웃었다. 그룬터도 걸음을 멈추고 상대를 보며 말했다.

"무슨 생각으로 날 도운 거지?"

"뭐, 당신이 무슨 짓을 꾸미는지 보고 싶었으니까. 어떤 식으로 일을 하고 있는지 알고 싶었거든. 선배의 작업 방식이잖아? 배워두려 했지."

그는 어깨를 으쓱해 보였다. 그의 말에 그룬터는 피식 웃었다.

"그래서 내게 빚을 지웠으니 뭘 요구할 거지?"

"글쎄… 고민해 봐야겠군. 어쨌든 그럼 지금 목표는 제이미 스트로인가?"

"그건 말해줄 수가 없군. 그 빚을 지금 갚으라 한다면 이야기는 다르지만."

"천하의 그룬터에게 지운 빚을 그리 쉽게 없앨 수는 없지."

니첸은 딱 잘라 거절했다.

"하지만 난 그랬으면 좋겠어. 다크문을 없애는 의뢰를 준 제이미를 적으로 돌린 마셜의 그룬터라는 쪽이 더 재미있으니까."

그룬터는 대답하지 않았다. 니첸 미네스덴이라는 남자에 대해 알 것 같았기 때문이다. 대장군가의 가주 자리를 던지고 뛰쳐나온 자다. 정상적인 사고를 가지고 있으리라 기대하는 것은 어리석은 일이다. 그렇게 그룬터가 입을 다무니 니첸도 달리 할 말이 없어 화제를 고르는데, 저 멀리서 한 여자가 손을 흔들며 뛰어왔다.

"니첸 씨!"

"이런."

바로 서점 여직원인 이시아다. 그룬터는 그녀의 복장을 보고 프리든 사람임을 알았다. 저 여자가 등장했으니 영주니 대장군이니 하는 이야기는 끝일 터이다. 그룬터는 화제를 돌리듯 말했다.

"애인인가?"

"그렇지, 뭐. 난 박애주의자거든."

그룬터는 재미없는 농담을 한다고 생각하며 걸음을 옮겼다. 니첸도 더 이상 할 말은 없었다. 그는 그룬터에게 잘 가라 인사한 다음 이시아에게 달려갔다.

그렇게 니첸과 헤어진 그룬터는 조금 더 걷다 걸음을 멈추고 말했다.

"헤스티아, 나오너라."

아무리 그 자리에 있으라고 말했지만, 그녀가 그 말을 들을 리가 없다. 분명 뒤따라왔을 터.

하지만 기다려도 그녀는 나오지 않았다. 그룬터는 그럴 리가 없단 생각에 다시 그녀를 불렀는데, 결국엔 허공에 대고 공허한 외침을 한 꼴이 되었다. 그는 의아함을 느끼고 성으로 돌아갔다.

그날 저녁 그룬터는 라이든을 불렀다.

"탈주민 이야기는 들었나?"

"네? 아… 오라클로 나간다는 이야기 말입니까? 주의는 하고 있지만…….."

"알면서도 놓아주고 있는 건가?"

"네? 그럴 리가 있습니까?"

라이든은 갑자기 또 왜 이러나 하는 생각에 속으로 투덜거리기 시작했다. 용의 마을에서 함께 전장을 헤쳐 나온 뒤론 이제 이런 일은 없겠거니 하고 있었는데 말이다.

"앞으로 3일. 3일 동안 특별 기간을 갖는다. 성벽을 넘어 도망치는 주민들을 절대로 놓치지 말 것."

라이든은 고개를 갸웃했다. 특별 기간이라는 것은 분명 전 병사를 다 동원해서 밤을 새워 성벽을 지키란 말일 것이다. 그런데 굳이 3일이라고 정해 놓는 건 뭔가. 첩보라도 얻은 건가? 경비대장도 모르는 첩보?

라이든이 그렇게 고개를 갸웃하고 있는데 그룬터의 추가 명령이 떨어졌다.

"그리고 머리 좋고 입이 무거운 병사 한 명을 이리로 보내도록."

"영주님, 제가 무슨 일이냐고 물으면 대답해 주실 겁니까?"

무슨 일을 꾸미고는 있는데 그게 뭔지 알 수가 없다. 그러자 그룬터는 고개를 저었다.

"그럼 굳이 입이 무거운 놈을 찾지도 않겠지."

"…알겠습니다."

라이든은 작은 배신감을 느끼며 뒤로 물러났다. 그룬터는 라이든이 실망하리라는 것을 알고 있었지만 어쩔 수가 없다. 그는 잠시 뒤 들어온 병사에게 그가 해야 할 것들을 알려주고, 누구에게도 말하지 말 것을 당부했다.

"경비대장에게도 말해선 안 됩니까?"

"해도 된다면 그가 있는 자리에서 이야기를 했을 것이다."

그룬터는 상대의 표정을 살폈다. 누구에게도 이야길 해선 안 된다는 말을 듣자 곧바로 갈등하는 표정이 된다. 그러자 그룬터는 단서를 붙였다.

"일주일쯤 뒤엔 말해도 된다."

그러자 병사는 얼굴이 밝아져 돌아갔다. 그룬터는 그가 최소한 3일은 누구에게도 이야기하지 않을 거라 확신하며 앉아 기다렸다. 덫을 놓았으니 이젠 기다릴 차례였다.

다음날.

라이든과 세이린은 함께 상점가를 걸었다.

니첸 미네스덴이 수행원 후드를 벗고 라이든을 제압한 그날, 세이린은 그 얼굴을 똑똑히 보았다. 니첸 미네스덴. 그녀의 약혼자. 세이린은 그룬터의 허락이 떨어지자 그 뒤를 쫓았지만 니첸을 따라잡진 못했다.

'내 얼굴을 잊었을 리가 없는데……'

제이미를 따라왔으니 제이미에게 물으면 알 수 있을 터였다. 하지만 자존심 때문에 그러고 싶지 않았다. 그 때문일 것이다, 한번 차이고도 용기를 낸 라이든의 데이트 신청을 순순히 받아들인 것은.

'이러다 니첸과 만나기라도 하면 어떻게 하지?'

입이 벌어진 라이든과 함께 걸으며 그녀는 내심 바라는 일을 고민했다. 그렇게 그녀가 자신만의 세상에 빠져 있는 사이 라이든은 이것저것 말을 걸어보지만 돌아오는 것은 단답형의 대답이었다. 그럼에도 라이든의 얼굴엔 미소가 가득했다.

'역시 엘린의 말을 듣길 잘했어.'

전날 침울하게 자리를 지키고 있는 그에게 엘린이 다가왔다. 용의 마을에서 있었던 일 이후로 엘린은 자주 병영 사람들을 만나러 오곤 했다. 엘린이 하인으로 성에서 일할 수 있도록 지지한 사람들이 그들이기도 하니까.

"경비대장님, 저 요즘 고민이 있어요."

엘린은 그렇게 말하며 다가왔다. 라이든 자신만 해도 머리가 복잡해 터질 정도의 고민거릴 가지고 있었지만, 라이든은 엘린의 말에 몸을 일으켰다. 하인으로 일하고 있지만 그녀는 본디 무녀. 저도 모르게 예의를 갖추게 된다.

"얼마 전 절 좋다고 한 사람이 있었는데, 제가 그만 두려워 거절하고 말았지 뭐예요?"

"뭐라고 거절했는데?"

"좋아하는 사람이 있다고 했어요."

엘린의 말에 라이든은 한숨을 내쉬었다.

"그럼 좋아하는 사람에게 가면 되잖아."

라이든은 퉁명스럽게 답했다. 그의 상식으로는 그 말대로 하는 것이 자연스러웠으니까. 하지만 엘린은 입을 뽀로통하게 내밀며 말했다.

"그런 간단한 문제가 아니에요. 제가 좋아하는 사람은 몇 년 전 마을에 잠시 들렀다 간 사람이라 언제 만날지 모른다구요. 그리고 저한테 고백한 사람은 오랫동안 알고 지낸 사람이라……. 솔직히 싫지도 않구요. 싫다면 싫다고 말했을 거예요."

"어? 싫다고 한 게 아니야?"

"네. 그런데 너무 실망한 모습을 보여서 도망쳐 버렸어요.

저도 어쩌면 좋을지 모르겠어요."

이야기를 듣고 나니 느끼는 것이 있었다. 라이든은 세이린이 자신을 거절할 때를, 아픈 기억을 다시 끄집어냈다. 기적처럼 엘린의 경우와 비슷했다. 라이든은 눈을 크게 떴다.

'너무 티가 나는 거짓말이었나?'

엘린은 그의 반응을 보며 속이 뜨끔해지는 기분을 느꼈다. 그날 이후로 엘린은 죄책감을 느끼고 있었다. 상황을 훔쳐본 것에 대해 왠지 모를 미안함도 느꼈다. 하지만 그녀는 이런 가벼운(?) 일에 오래 고민하는 편이 아니었다.

'경비대장님이랑 청지기장님이 잘되면 되는 거잖아?'

잘되면 그날 훔쳐본 것도 웃으며 이야기할 수 있을 것이다. 그런 생각을 하자 엘린은 작은 음모를 꾸미기로 했다. 그리고 지금 라이든 앞에서 그 음모를 실행하는 중인 것이다.

"저기… 경비대장님?"

너무 반응이 없자 엘린은 얼굴을 들이밀었다. 라이든은 깜짝 놀라며 망상에서 깨어나 엘린의 어깨를 붙잡고 흔들었다.

"너의 고민은 그 고백한 녀석한테도 마음이 있단 거야? 그래서 미안한 거지? 그런데 먼저 미안하다고 말하긴 좀 그렇단 거지?"

"네? 네, 뭐……."

엘린은 아프다고 말하여 라이든의 손에서 벗어난 뒤 그를 살폈다. 그는 흥분하여 성난 황소처럼 콧김을 내뿜고 있었다.

아주 작은 불씨를 던졌는데 산불로 번진 그런 상황이다. 당황한 엘린은 마무리를 짓기 위해 어떻게 하면 좋을까 물었지만 라이든에겐 닿지도 않았다.

"알았어!"

엘린의 고민 이야기는 이미 딴전이었다. 라이든은 그 길로 세이린에게 달려가 약속을 잡았다. 영주가 특별 감시 기간이라고 주의를 주었지만, 라이든에겐 이것이 더 중요했던 것이다.

세이린의 경우, 엘린이 꾸민 상황처럼 라이든에게 마음이 있는 것은 아니었다. 하지만 그녀도 전날 있었던 일에 대해 미안함을 느끼고는 있었다. 그녀는 다시금 그와 소꿉친구가 되길 원했고, 그의 요구를 받아들였다.

"세이린, 뭐 먹고 싶은 거 없어?"

상점가는 사람이 오가는 곳이라 소란스럽고 먼지가 많은 곳이었지만, 지금 라이든에게 그런 것은 중요하지 않았다. 그는 지금 꽃밭을 걷는 기분이었다.

세이린은 조금 기운이 없는 상태였지만, 모처럼 소꿉친구와 함께하는 시간을 엉망으로 만들고 싶진 않았다. 그녀는 평소 좋아하는 사탕을 말하려다 멈추었다.

시선 끝에 한 사람이 눈에 들어왔기 때문이었다.

"…니첸."

"니첸?"

세이린의 반응 하나하나를 머리에 새기듯 보고 있던 라이든은 그녀의 시선 끝에서 니첸 미네스덴과 서점 직원 이시아를 발견했다.

그쪽에서도 이시아가 라이든과 세이린을 발견하곤 손을 흔들었다.

"어머, 경비대장님!"

라이든이 얼어붙어 있는 사이 그 아가씨가 먼저 인사했다. 그녀의 곁에 있는 사람 때문에 라이든은 혼란에 빠져 미처 대답하지 못했다. 하지만 이시아가 그 사실을 알 리는 없었다.

반갑게 인사하는데 대답을 않으니 분위기가 묘해진다.

라이든도 그걸 깨닫곤 어색하게 웃으며 인사를 받았다.

"잘 있었나?"

이시아는 얼굴을 활짝 펴며 참았던 자랑을 말한다.

"물론이죠! 그날 일이 인연이 되어 저이랑 사귀게 되었으니까요! 잘 있었다 뿐인가요?"

"저이?"

먼저 놀라움이 앞섰다. 둘이 함께 있는 것을 보고 짐작한 것이 있었지만 확인하니 더 놀라웠다.

불행히도 라이든의 곁에 서 있던 세이린은 그 대화를 똑똑히 들을 수밖에 없었다.

"저이?"

그녀는 처음 듣는 단어라는 듯 몇 번이나 반복하여 그 말을 입에서 중얼거렸다. 이지적인 세이린의 그런 모습은 처음이라 라이든은 놀란 눈으로 세이린의 상태를 살폈다.

"무슨 일이야? 괜찮아?"

"괜찮냐고? 괜찮을 리가 있어? 약혼자가 지금 내 눈앞에서 바람을 피우고 있는데!"

비명처럼 세이린은 외쳤다. 그러자 그녀를 제외한 세 사람이 모두 놀란 표정을 지었다. 가장 먼저 정신을 차린 사람은 이시아로, 그녀는 재빨리 니첸의 팔을 붙잡고 물었다.

"니, 니첸 씨, 어떻게 된 거예요?"

"약혼이라니? 금시초문인데……. 아, 너, 세이린! 세이린이구나! 머리를 길러서 못 알아봤어!"

이해할 수 없다는 표정을 짓고 있던 니첸은 갑자기 환한 얼굴로 세이린에게 인사했다. 하지만 그걸로 정리될 상황이 아니었다. 이시아는 둘 사이에 어떤 약속이 있었음을 직감했고, 라이든은 넋 나간 표정으로 서 있는 것이 전부였다. 그러니 니첸의 인사에 대답할 수 있었던 것은 오로지 한 명, 세이린 뿐이다.

"머리를 길러서 못 알아봐? 그게 말이 되는 소리라고 생각해? 어떻게 약혼자의 얼굴도 못 알아보냐고! 아니, 그건 그렇다 쳐. 약혼자가 있는데 지금 다른 여자랑 사귀고 있는 거야?"

그녀는 덜덜 떨리는 손으로 니첸에게 삿대질하며 외쳤다.

그러나 당사자인 니첸은 고개를 갸우뚱할 뿐이다.

"약혼이라니? 난 약혼한 기억은 없는걸."

세이린은 입만 뻥끗거렸다. 너무 당황스러운 일이라 대꾸할 말이 생각나질 않는 것이다.

결국 그녀는 부들부들 떨리는 손으로 품에서 구리반지를 꺼냈다, 니첸과 세이린의 이름이 적힌 그것을.

니첸은 자신의 이름이 적힌 것을 발견했으나, 애초에 그의 머리엔 자신이 약혼을 했단 기억은 없었다.

"이건 그냥 선물이었잖아."

"뭐, 뭐라고?"

"설마 이 반지를 약혼반지라고 생각한 거야? 내가 아무리 밖을 떠돌아다니고 있다고 해도 약혼반지를 구리로 할 만큼 궁핍하진 않아."

"아, 아?"

멍청히 이 상황을 보고 있던 라이든은 이 순간 묘한 기쁨을 느꼈다. 하지만 그 직후 느낀 것은 배덕감, 그리고 분노. 좋아하는 여자라는 이유를 배제하더라도, 자신의 소중한 소꿉친구다. 그런 여자에게 무슨 짓을 했단 말인가?

라이든은 끓어오르는 분노를 눌러 참으며 세이린을 붙잡았다. 세이린이 더 괴로워하기 전에 이 자리를 뜨는 것이 좋을 것이란 생각이었다. 하지만 어디서 그런 힘이 나왔는지 세이린은 라이든의 팔을 뿌리치고 울부짖었다.

"뭐, 뭐라고? 무슨 말을 하는 거야, 이 개자식아! 난 너에게 모든 걸 다 줬는데! 어떻게 그런 말을……."

"하? 잠깐만. 오해할 말은 하지 말아 줘. 서로 즐겼잖아?"

뚝. 라이든은 자신의 가슴속에서 무언가가 끊어지는 듯한 소리를 느꼈다. 그것이 무엇인지는 알 수 없었다. 하지만 그는 자신의 분노가 이끄는 대로 행동했다.

"우와아아아!"

그는 고함과 함께 니첸에게 달려들었다. 평소의 니첸이라면 가볍게 피했을 것이나, 세이린의 모습에 당황한 참이었다. 꼼짝 못하고 라이든의 큰 체구에 깔린 니첸은 방어할 생각도 못하고 라이든의 주먹에 얼굴을 내줘야 했다.

"꺄아아악!"

곁에 있던 이시아는 비명을 지르며 물러났고, 세이린도 펑펑 울다가 이건 아니란 생각에 두 남자 사이에 끼어들었다. 하지만 늦었다.

"이 자식이!"

체급 자체가 다른 둘이다. 라이든이 듬직한 근육 덩어리라면 니첸은 호리호리한 몸매. 체중을 이용한 근접전이 되면 누가 불리한지는 말할 필요가 없다.

그러나 니첸은 깔린 상태에서 허리힘만으로 라이든을 들어 올리더니 몸을 굴려 라이든으로부터 탈출했다.

"네놈이 감히 무슨 짓을 했는지 아느냐!"

니첸은 분노를 담아 외쳤다. 눈 위가 찢어져 흐르는 피가 시야를 가렸다. 그는 정말로 분노하고 있었다. 그러나 지금 라이든은 겨우 그 정도에 만족할 남자가 아니었다.

"어느 개새끼를 두들겨 주고 있는 중이지!"

그는 있는 힘껏 달려가 체중을 실어 주먹을 날렸다. 그 와중에도 세이린은 울부짖으며 라이든에게 그만하라고 외쳤다. 라이든은 무시했다.

"오냐, 그래. 꼴에 경비대장이라고 봐줬더니……."

성난 곰처럼 돌진하는 라이든의 주먹을 끝까지 노려보던 니첸의 손이 전광석화처럼 움직였다. 그러자 검은 채찍처럼 허공에 선이 흔들려 라이든의 팔을 후려쳤다.

"으아아악!"

눈 깜빡할 새에 일어난 일이다. 하지만 그 순간 뼈가 부러지는 소리는 세이린의 귀에 똑똑히 파고들었다.

"네놈이 먼저 사적인 일로 주먹을 휘둘렀다는 걸 잊지 마라."

고통 때문에 바닥에 주저앉은 라이든에게 니첸은 내뱉듯 말했다.

"그래서, 그래서 네놈이 잘했다고 말하는 거냐?"

이번 일은 어떻게 되든 라이든이 먼저 사적인 일로 주먹을 휘두른 것이다. 하지만 그 원인은 누가 제공했나? 라이든은 이를 갈며 덜렁거리는 팔을 내버려 두고 벌떡 일어났다. 그리고 다시 고함을 지르며 달려들었다.

"네놈은 뭐가 잘났다고 그렇게 사람을 내려다보는 눈을 하고 있느냔 말이다!"

쓰러진 상대를 보고 있었으니 그런 눈을 할 수밖에. 하지만 라이든의 눈엔 그렇게 보이지만은 않았다. 상대가 진심으로 자신을 아랫것으로 보고 있단 느낌이 들자 세이린의 일과 겹쳐 가만있을 수가 없었다.

니첸도 이젠 고삐가 풀린 상태였다. 그는 봐줄 마음이 들지 않아 월인의 등으로 돌진하는 상대의 머리를 후려쳤다.

빠각.

힘 조절을 하지 않았다면 즉사했을 것이다. 라이든은 달려들던 자세 그대로 뇌진탕을 일으켜 바닥을 나뒹굴었다.

"망할……."

니첸은 소매로 피를 대충 닦은 다음 주변을 둘러보았다. 프리든 주민들이 그를 두려워하는 눈빛으로 바라보고 있었다. 이시아도 마찬가지였다.

"너도냐."

니첸의 눈에 세이린이 들어왔다. 그녀는 두려움 반, 분노 반으로 일그러진 표정을 하고 있었다. 니첸은 자신도 모르게 한 걸음 물러서며 변명하듯 말했다.

"젠장! 약혼 같은 걸 할 리가 없잖아! 멍청하긴!"

사기를 친 기억은 없다. 그저 남들이 하듯, 수도의 많은 젊은이들이 그러하듯 별 생각 없이 반지를 선물했을 뿐이다. 그것을 저 순진한 여자가 약혼반지로 받아들였을 뿐.

"제기랄. 내가 나쁜 놈인 것처럼 보지 말라고."

그는 혼잣말을 중얼거리다 사람들을 밀치고 도망치듯 떠났다.

Chapter 07

실수

CHAIN MAIL - ARMOR made from linked iron or steel
was the main type of armor worn from the Celtic p
in the 6th century B.C. (pp. 1C-1D) until the 13th centu
then knights found mail armor not only uncomfortab
wear but also inadequate protection against weap
such as war hammers and two-handed swords. At
first: plate armor, which was gradually introduced
in the 13th century, was simply added to mail
armor. But from the 1400s until the coming of
firearms in the 1600s, knights went to war entirely
encased in suits of plate armor.

INCENDIARY FLAMING ARROWS
Incendiary arrows and bolts were
used in warfare until the 1600s. A wad of
hemp or flax was soaked in a flammable
substance, fixed beneath the
arrowhead, and then
lit just before the
arrow was shot.

Lord of Freedon
프라든의 영주

같은 날 오후, 그룬터와 헤스티아는 변장을 준비하고 있었다.

　제이미의 회의는 매일 열리고 있었고, 그룬터는 그곳에 참가해야 할 의무가 있었다. 하지만 침실을 채 나서기도 전.

　"영주님!"

　엘린이 집무실 문을 벌컥 열고 들어왔다. 그녀는 숨을 몰아쉬며 말했다.

　"지금 경비대장이 의식불명 상태예요. 그리고 청지기장은 불길한 편지를 남기고 사라졌어요!"

　"뭐라고?"

생각지도 못한 일이다. 그룬터는 세이린이 썼다는 편지를 받아 펼치며 물었다.

"그래서 경비대장은?"

"지금 샌더슨이 치료를 하고 있지만 깨어날 확률은 반반이라고……."

"어이가 없군. 그리고 이 편지는 더욱 황당하군."

편지는 길지 않았다. 영주님, 아버지, 그리고 라이든. 죄송해요. 단 몇 마디. 그런 편지를 남기고 사라졌다면 불길한 예감이 드는 것은 어쩔 수 없었다.

"경비대장은 마법사의 방에 있나?"

"예."

"청지기장은?"

"모르겠어요. 경비대장을 데리고 온 사람들 말에 따르면 그 자리에 청지기장도 있었다고 하는데……."

엘린이 말꼬리를 흐리는 이유는 명확하다. 그룬터의 명령을 기다리고 있는 것이다.

"편지는 어디에서 발견했지?"

"집무실… 청지기장의 책상에서 발견했어요."

"그럼 아직 성안에 있을 거다. 하인들은 하던 일을 멈추고 청지기장을 찾고 병사들은……."

"경비대장을 그 꼴로 만든 놈을 찾으란 거죠?"

"그렇다. 전 병력을 마법사의 연구실 앞에 모으도록."

엘린도 기다리고 있던 명령이다. 그룬터는 고개를 끄덕였고, 그녀는 바람처럼 침실을 빠져나갔다. 그렇게 그녀를 보낸 그룬터는 떼어놓았던 칼을 집어 들어 허리에 찼다. 헤스티아가 놀란 눈으로 물었다.

"영주님?"

"경비대장을 쓰러뜨린 놈이다. 병사들에게 맡겨둘 수만은 없지."

단순히 그를 상대할 자가 없기 때문만은 아니다. 경비대장이 쓰러진 일에 자신이 나서지 않는 것은 일을 가볍게 처리한다는 인상을 줄 수 있다. 다른 이도 아니고 가신 중 하나가 습격당한 일이니 말이다. 하지만 헤스티아는 의문을 가졌다.

"그럼 회의는 어떻게 합니까?"

"네가 다녀와야겠다."

그룬터의 말은 짧았다. 그는 박차고 나가듯 침실을 나가 버렸고, 헤스티아는 그의 뒷모습을 눈으로 쫓으며 망설였다.

'라이든을 쓰러뜨린 자를 영주님이 상대하도록 해도 괜찮은 것일까?'

그녀의 고민은 그것이었다. 그녀는 용의 마을에서 영주가 부탁했던 일을 떠올렸다. 원군을 부르며 요청했던 말을. 지금도 마찬가지다. 원군을 부르러 가는 일을 할 수 있었던 것은 오로지 그녀 한 사람뿐이었던 것처럼, 회의에 참석할 수 있는 사람도 그녀뿐이었다. 그녀는 결심을 굳히고 방을 나섰다.

방을 나온 그룬터는 먼저 병영으로 향했다. 완전무장을 한 것은 아니지만, 허리춤에 칼을 차고 사나운 분위기로 걸었다. 병사들은 칼같이 그에게 경례했다. 그들도 지금의 상황이 비상사태임을 인지하고 있었다.

"샌더슨!"

그룬터는 병영 옆 마법사의 연구실로 들어갔다. 약초 냄새가 진동하는 방안. 샌더슨은 막 라이튼의 상처를 꿰매고 수술장갑을 벗은 참이었다.

"엇, 영주님!"

"라이튼은 어떻게 되었지?"

"음, 상처 자체는 대수롭지 않아서 제가 할 수 있는 것은 다 했습니다만… 경비대장이 깨어날지는 장담할 수가……."

평소와 달리 샌더슨은 차분한 목소리로 말했다. 말의 내용을 듣지 않더라도 그 어투만으로 충분히 라이튼이 위험한 상황이라는 것은 알 수 있었다. 그룬터는 누워 있는 라이튼의 얼굴을 슬쩍 본 다음 연구실을 나왔다.

라이튼은 사실 그룬터에게 신뢰받는 가신이 아니었다. 용의 마을에서 큰일을 함께 겪었다 해도 그건 달라지지 않는다. 하지만 그렇다 해서 가신이 아닌 것은 아니다. 그룬터는 밖에서 대기 중인 병사들에게 외쳤다.

"성문을 걸어 잠그고 쥐새끼 하나도 못 나가게 포위망을 만든다! 경비대장을 저 모양으로 만든 놈을 잡을 때까지 휴식

은 없다! 나 영주 클라우츠 베이른도 예외는 아니다!'

병사들은 무기를 들고 경례했다. 특별히 지시를 내린 것은 아니지만, 병사들은 다섯 명씩 조를 짜서 각기 성을 나가 수색을 시작했다. 지난번 영주 암살 사건이 있었을 때도 해본 일이라 그룬터는 일일이 명령하는 수고를 덜 수 있었다.

그룬터는 빈터가 된 병영에서 몇 분 동안 서 있다 집무실로 걸어갔다.

'세이린과 관계있는 건가?

그는 답을 이끌어낼 필요가 없었다. 그의 집무실에서 엘린이 기다리고 있었기 때문이다. 그녀는 그룬터에게 인사한 다음 말했다.

"영주님, 이번 일은 저 때문일지도 몰라요."

그룬터는 침착하게 무슨 일인지 물었다. 엘린이 음모를 꾸미며 이런 상황을 만든 것은 아닐 테니까.

"사실 얼마 전에……."

그녀는 자신이 한 일을 말했다. 라이든의 고백 장면을 훔쳐본 것, 죄책감 때문에 라이든을 부추긴 것. 그 이야기를 들은 그룬터는 둘이 어떻게 엮인 것인지 알 수 있었다. 무슨 일이 있었는지는 여전히 알 수 없지만.

'라이든이 세이린을 어떻게 해보려 하다 머릴 맞았나?

있을 법한 일이다. 하지만 그는 고개를 저었다. 영주인 자신이 옷을 벗으라 했을 때도 침착하게 대처했던 그녀다. 그녀는 편지 한 장 달랑 남기고 떠나는 일을 택하기보단 당당히 고발을 택할 것이다.

"어떻게 된 일인지는 그녀를 찾으면 알 수 있을 것이다. 허튼 생각을 할 필요는 없다."

그룬터는 나지막하게 말하고 그녀를 돌려보냈다. 홀로 남은 방에서 그룬터는 가만히 보고를 기다렸다. 몸종은 회의를 위해 나갔고, 청지기장도 자리에 없다. 다른 하인들은 그 청지기장을 찾기 위해 분주하니 아무리 영주라도 물 한 잔 마시기 위해선 스스로 일어날 수밖에 없다. 그는 집무실을 나와 침실로 향했다.

그룬터의 침실은 조금 높은 곳에 있어 그가 물을 한 잔 따라 마시며 창 밖을 보면 꽤 넓은 지역이 시야에 들어오곤 했다. 지금도 다르지 않았는데, 그룬터는 평소와 달리 위쪽에서 시선을 끄는 광경을 발견했다.

"청지기장?"

그녀는 난간이 없는, 미끄러지면 떨어질 곳에 가만히 서 있었다. 간혹 부는 강풍 때문에 넘어질 수도 있는 상황인데 말이다. 그룬터는 컵을 내려놓고 그녀의 이름을 부르려 했다. 하지만 편지가 떠오르자 재빨리 몸을 돌려 가까운 창문으로 뛰어갔다.

'뛰어내릴 생각인가?'

편지의 내용이나 지금 서 있는 장소나 한 가지 결과만을 가리킨다. 그는 창턱을 넘어 지붕 위로 내려섰다.

"영주님?"

세이린은 그룬터의 등장에 깜짝 놀라 몸을 돌렸다. 퉁퉁 부어 있는 눈과 엉망진창으로 번져 있는 화장. 두 번 다시 보기 힘든 광경이 그녀의 얼굴에 그려져 있었다.

"일단 이리 와서 손을 잡거라."

평지였다면 힘으로 달려가 낚아챘을 것이다. 하지만 지붕은 낡은 널이 겹쳐 있어 금방이라도 미끄러질 것만 같았다. 그룬터는 제자리에 서서 세이린의 눈치를 살폈다. 그녀는 그룬터를 경계하며 고개를 저었다.

"죄송해요, 영주님. 그럴 수는 없어요."

"왜지?"

"왜라니요? 편지에도 썼잖아요. 미안하다고. 그러니까……."

"죽는 걸로 죗값을 치를 셈인가?"

그룬터는 물었다. 그러자 그녀는 눈물이 맺힌 눈을 감으며 고개를 끄덕였다. 그룬터는 다시 물었다.

"라이든이 저렇게 된 것과 관계가 있나?"

그녀는 다시 고개를 끄덕였다.

"청지기… 아니, 세이린. 네가 한 일인가?"

그녀는 울음을 터뜨리며 고개를 끄덕였다. 하지만 그룬터는 거짓임을 알고 있었다. 라이든은 매일같이 단련하는 덩치 큰 남성이며, 세이린은 정반대에 있는 여자였다. 그룬터는 세이린이 라이든을 때려눕히는 광경을 상상할 수가 없었다.

"결과를 묻는 것이 아니다. 라이든을 공격한 사람을 묻는 것이다. 누구지?"

"말해도 영주님은 모를 거예요. 제 약혼자가……."

"약혼자? 전에 이야기했던 그 약혼자인가?"

"…네."

"약혼자가 이곳에 와 있단 말인가?"

라이든과 함께 있는 세이린을 보고 격노한 그 약혼자가 일을 저질렀단 말인가? 있을 법한 일이다. 하지만 이어지는 말은 그룬터조차 쉽게 믿기 힘든 것이었다.

"니첸 미네스덴……. 제이미를 따라왔던 그 수행원이 제 약혼자예요."

"대장군가의 영식이 약혼자라고?"

그럴 리가 있나. 있을 수가 없는 일이다. 하지만 그 이야기를 지금 할 수는 없었다. 그룬터는 말했다.

"정말 그인가?"

"…저만 그렇게 알고 있었네요. 사실 그는 약혼한 적이 없다고 오늘……. 그래서 라이든이……."

그제야 그룬터는 어떤 상황인지를 깨달았다. 라이든이 데려 나간 자리에서 니첸과 마주쳤고, 라이든과 니첸이 한바탕 붙은 것이다.

"죄송해요."

그녀는 그렇게 말하며 눈을 감았다. 그리고 망설이지 않고 뛰어내렸다.

"청지기장!"

하지만 그룬터가 그녀의 결심을 눈치 못 챌 리가 없었다. 그는 몸을 날려 그녀의 팔을 붙잡았다.

그룬터는 그녀의 팔을 붙잡는 순간 몸이 함께 딸려 가는 것을 느꼈다. 그는 자연스레 엎드렸고, 지붕에 몸을 밀착했다. 그의 몸은 절반 정도가 처마 밖으로 튀어나올 정도로 미끄러졌다.

그의 팔에 붙잡혀 허공에 대롱대롱 매달린 세이린은 급히 외쳤다.

"영주님! 놓으세요!"

죽음을 각오하고 뛰었지만 어쨌든 살아났다. 그렇다고 타인의 목숨까지 가볍게 여기는 것은 아니었다. 그녀는 눈을 감은 채로 외쳤다.

"이러다 둘 다 죽겠어요!"

그룬터는 대답하지 않았다. 말을 하기 위해, 상대와 눈을 마주치려 고갤 내밀었다간 균형이 깨져 그대로 떨어질 것 같았기 때문이다. 그는 아무 말 없이 팔에 힘을 주었다.

자세가 여의치 않아 팔 힘만으로 세이린을 들어 올려야 한다. 여자 몸무게를 엎드린 상태에서 한 팔로 들어 올리는 것은 그룬터도 무리였다. 그는 호흡을 가다듬었다.

"영주님, 제발……."

지붕 아래, 보이지 않는 곳에서 세이린의 울먹이는 소리가 들렸다. 그룬터는 이대로 가면 힘이 빠져 그녀를 놓칠 수밖에 없다는 것을 알기에 더욱 힘을 주었다.

하지만 그녀에게 죽을 마음이 간절하다면, 손을 뿌리치려고 발버둥친다면 놓을 수밖에 없다. 그룬터 자신도 딸려 내려 갈 테니까. 그룬터는 자신에게 물었다. 그때, 어떤 결정을 하겠냐고.

"영주님, 제발 절 그냥 죽게 내버려 둬요."

그룬터는 순간적으로 몸을 일으키며 세이린을 들어 올리려 했다. 하지만 아무리 용을 써도 소용이 없었다. 어쩌면 그녀가 어떤 수작을 부리고 있을지도 몰랐다. 그룬터는 그녀가 살아나기로 마음먹지 않으면 구할 수 없다는 것을 깨달았다.

"세이린, 왜 죽으려 하는 거지? 니첸이라는 놈과 수도에서 약혼을 했기 때문에? 아니면 라이든이 니첸에게 쓰러졌기 때문에?"

"전 그에게 몸과 마음을 다 주었지만 얻은 것이라곤 고작 구리반지뿐이에요. 그리고 절 위해 나선 소꿉친구는 생사가 오락가락하고 있어요. 영주님, 전 그저 몸을 아무렇게나 굴린 창부가 되었어요. 그리고 저에게 그 짓을 한 남자는 절 위해 나선 남자를 쓰러뜨렸구요. 어떻게 하면 좋지요, 영주님? 어떻게 해야 제가 용서를 받을 수 있을까요?"

그녀의 얼굴은 볼 수 없지만, 말에선 물기가 느껴졌다. 그룬터는 일축하고 싶었다. 말도 안 되는 어리석은 생각이라고. 하지만 그렇게 말해선 안 된다는 것도 알고 있었다.

나이 스물이 넘은 성인 여자의 가치관이다. 그룬터의 재변이 아무리 대단하더라도 한순간에 그것을 바꿀 수는 없다. 그러나 그룬터는 자신을 속였다.

"네 마음은 이해할 수 있다. 하지만……."

"그럼 이 손을 놓으세요!"

발버둥이 시작되었다. 그룬터는 한순간에 자신의 몸이 끌려가는 것을 느끼고 허리춤의 칼을 뽑아 지붕에 꽂았다. 그러자 세이린의 움직임도 멎었다. 그룬터가 필사적으로 버티고 있다는 것을 알았기 때문이다.

"영주님? 정말 놓으세요! 그렇지 않으면 같이 죽어요!"

"그랬다간 난 내일 내 가신 두 명의 장례를 치러야 할 것이다! 내가 어떻게 널 놓겠느냐!"

"네? 라이든이… 죽었나요?"

"아니! 지금 침대에서 쉬고 있는 라이든이 네 소식을 들으면 널 따라 뛰어내릴 테니까!"

"라이든이 깨어났나요? 다행이다. 다행이다……."

그녀는 마침내 흐느끼기 시작했다. 연신 감사하다는 말을 하는 것도 잊지 않았다. 그룬터는 처음으로 그녀의 관심이 다른 쪽으로 향했다는 것을 깨달았다. 평소의 그룬터라면 지금이 기회라고 말했을 것이다. 하지만 현실은 반대였다. 세이린을 붙잡은 팔에 힘이 빠지고 있었다. 그룬터는 슬슬 한계를 느끼고 있었다.

"으앗? 청지기장님! 영주님!"

엘린의 목소리가 들렸다. 그녀는 영주의 침실 창문에서 얼굴을 내밀고 있었다. 평소처럼 영주의 침실에 들어왔다가 열린 창문 너머로 이 광경을 본 것이다. 그녀는 입을 딱 벌리더니 그룬터가 했던 것처럼 달리기 시작했다.

"병사들을 불러!"

창가에서 사라지는 그녀의 뒷모습을 향해 그룬터는 외쳤지만 닿진 않을 것이다. 더군다나 병사들은 이미 성 밖으로 나갔다. 누구도 아닌 그룬터의 명령 때문에.

"이러다 두 사람을 붙잡게 되겠군."

"네?"

그룬터의 혼잣말에 세이린이 반문했다. 하지만 그녀도 곧 그 말을 이해했다. 엘린의 성격을 미루어볼 때 그녀는 활기찬 목소리와 함께 지붕 위로 올라올 테고, 그러다 미끄러지면 그룬터가 모든 것을 다 처리해야 하는 것이다. 세이린은 말했다.

"영주님, 이러다 정말 영주님까지……."

"내가 어쩌길 원하느냐? 이 손을 놓는 것 말고 말이다."

세이린은 침묵했다. 시간이 제법 흘렀다. 저쪽 아래에선 하인들이 세이린을 발견하고 하나둘씩 모여들고 있었고, 눈치 빠른 몇몇은 짚단을 준비하라고 고함을 지르고 있었다. 엘린도 곧 그룬터가 나온 창문으로 튀어나올 것이다. 세이린은 이제 자신의 이 부끄러운 행동이 모두에게 드러나리라는 것을 깨달았다.

"영주님!"

엘린의 목소리가 들리자 그룬터는 미끄러지기 전에 돌아가라고 말할 생각으로 고갤 돌렸다. 하지만 그룬터는 그녀를 본 순간 한 방 먹었음을 인정해야 했다. 그녀는 밧줄을 들고 있었다, 창문 너머로 연결되어 있는 구조용 밧줄을.

"훌륭하군."

그의 감탄에 엘린은 웃으며 다가와 세이린에게 밧줄을 던졌다.

"어서 받아요! 지금 내 눈앞에서 청지기장님이 떨어져 죽으면 평생 못 잘 것 같으니까!"

누구는 죽느니 마느니 하는데 그런 말이 먹힐 리가 있나. 그룬터는 그렇게 생각했지만 의외로 세이린은 순순히 밧줄을 잡았다. 그리곤 밧줄 끝의 고리를 이용하여 한 손으로 자신의 허리에 묶었다.

"끌어당겨요!"

고개를 빠끔히 내밀어 세이린의 행동을 확인한 엘린은 큰 소리로 외쳤고, 창문 너머에서 대기하던 하인들이 힘을 쓰기 시작했다. 그룬터도 그 밧줄의 움직임에 따라 힘을 주어 세이린을 끌어 올렸다.

마침내 두 다리로 지붕을 밟은 그녀는 어색하게 웃으며 엘린을 바라보았다. 엘린이 다행이라며 웃고 있었기 때문이다.

셋은 창문을 넘어 성안으로 돌아왔다.

"휴우! 다행이네요, 청지기장님!"

엘린이 웃으며 세이린의 두 손을 붙잡았다. 그녀를 시작으로 밧줄을 당겼던 하인 세 명이 큰일 날 뻔했다며 한숨을 내쉬었다. 그룬터는 창을 닫으며 말했다.

"오늘 일은 밖으로 새어 나가지 않게 해라, 엘린."

"옛!"

엘린은 큰 소리로 대답한 다음 하인들과 함께 아래쪽으로 뛰어갔다. 입막음을 해야 할 하인들이 지붕 아래에 모여 있었으니까.

그룬터는 그들이 달려가는 모습을 지켜보다 세이린에게 고개를 돌렸다. 그녀는 기둥 뒤의 그림자 안에 서 있어 얼굴을 볼 수가 없었다.

"괜찮나?"

"네."

대답은 담담하지만 마음도 그렇진 않을 것이다. 그룬터는 그 자리에서 가만히 그녀를 지켜보았다. 갑자기 마음이 변해 다시 지붕 위로 뛰어내릴 수도 있으니까.

잠시 후 엘린이 성을 한 바퀴 돈 다음 돌아왔다. 그룬터는 엘린에게 세이린을 맡기고 그 자릴 떠났다. 아직 그에겐 할 일이 남아 있었다. 경비대장을 그 모양으로 만든 자에 대한 응징 말이다.

*　　　*　　　*

헤스티아가 남장을 하고 제이미의 집에 도착했을 땐 마침 회의가 시작된 참이었다. 그녀는 어제와 같이 바로 회의에 참석했다.

"오늘은 그룬터가 없나?"

제이미의 얼굴엔 실망한 빛이 역력하지만 헤스티아는 묵묵히 고개를 끄덕였다. 마을 사람들도 조금 불만스러운 표정이었다. 헤스티아는 그룬터가 단 하루 만에 그들에게 신뢰를 얻었음을 깨달았다. 굉장하다는 생각이 들었지만 한편으론 이런 생각도 들었다.

'나도 영주님처럼 해내지 않으면 저들에게 의심받을지도 몰라. 수도의 천재 교섭가라고 소개되었는데……'

그녀는 안절부절못하며 기회를 노렸다. 제이미가 회의 시작을 선언하고 사람들이 대화를 나누는 것을 보며 틈을 비집고 들어가려 애썼지만, 평소 그녀에게 말솜씨가 있었던 것은 아니다. 그녀는 회의가 진행되는 내내 한마디도 꺼내지 못했다.

"영주 놈은 오늘도 연락이 없습니까?"

"그렇다네. 우리가 한 번 더 고개를 숙이고 들어가는 수밖에 없어."

헤스티아는 입이 근질거리는 것을 참느라 쥔 주먹에서 피가 날 정도였다. 그들의 말을 듣고 있노라니 주제 모르고 날뛴다는 생각이 들었기 때문이다. 그렇게 자신을 억누르는 데만 모든 심력을 소비한 그녀가 회의에 참석하여 사람들의 이목을 끌 수는 없었다.

"다들 수고했네."

가만히 앉아 회의가 진행되는 것을 지켜보던 제이미는 마침내 폐회를 선언했다. 헤스티아는 퍼뜩 정신을 차렸지만 이미 시간은 제법 흘러가 있었고, 기분이 풀어질 때까지 영주 욕을 시원하게 한 주민들은 홀가분하게 응접실을 나갔다.

"그, 그냥 이대로 끝인가요?"

그룬터와 달리 이 회의의 목적을 깨닫지 못한 헤스티아는 의아한 목소리로 물었다. 그러자 제이미는 속으론 혀를 차면서도 웃는 얼굴로 말했다.

"그렇다네. 아! 오늘 바쁘지 않다면 아이나의 말벗이 되어주지 않겠나?"

헤스티아는 갈등했다. 그녀와 얼굴을 맞대는 것은 기분 좋은 일이 아니었다. 하지만 이 회의에서 아무것도 하지 못한 그녀는 빈손으로 영주 앞에 갈 순 없다는 생각을 했다. 그녀는 잠시 망설이다 제이미의 말에 따르기로 했다. 그녀는 그를 따라 2층으로 올라갔다.

"어머! 세렌스님!"

방문을 열자 의자에 앉아 책을 읽고 있던 그녀가 벌떡 일어났다. 그 반응을 본 제이미는 흐뭇하게 웃다가 둘만의 좋은 시간을 가지라 말하곤 서둘러 내려갔다. 헤스티아는 그의 뒷모습을 보고 있다 문을 닫았다.

"고맙다고 할까요? 이 몸에 대해 이야기하지 않은 것 말이에요."

"하나밖에 없는 말벗인데 어떻게 배신하겠어요?"

"말벗? 남자와 말을 못하는 것은 그렇다 쳐도 동성 친구는요?"

"제가 이상한 사람이 될까 봐 오라버니가 차단하고 계세요."

"이상한 사람?"

"그… 그 있잖아요. 남자 말고 여자 좋아하는 사람."

이 방에 들어온 것은 세 번째인데 세 번 다 몸종 구경도 못했다. 남자 몸종은 당연히 있을 수 없고, 여자 몸종은 서로 친해져 엉뚱한 짓이라도 할까 염려하는 것이겠지.

헤스티아는 이해는 하면서도 과하다 생각했다. 아이나의

말이 사실이라면 어째서 그녀가 오라버니인 제이미의 적일지도 모르는 헤스티아를 반기는지 납득할 수 있었다.

'사람을 그리워하는구나.'

어쩌면 그만큼 이런 상황으로 자신을 몰아넣은 제이미를 원망하고 있을 수도 있었다. 그러나 헤스티아는 제이미를 적으로 두고 있으니 우리는 같은 편, 이런 실수는 저지르지 않았다.

아이나도 그런 대화를 하는 것은 원하지 않았다. 그녀는 서둘러 헤스티아 개인에 대한 이야기로 화제를 옮겼다.

"그런데 세렌스님은 언제부터 남장을 하셨나요?"

"처음 한 건 오 년, 육 년 정도⋯⋯."

"꽤 전부터네요? 어쩌다 그렇게 시작하신 거예요?"

"일 때문에⋯⋯."

"일? 무슨 일을 하시나요?"

가여운 마음이 들어서일까, 자신도 모르게 순순히 답하던 헤스티아는 헉, 하고 입을 다물었다. 그러나 자신은 상대가 어떤 처지인지 알고 있었다. 남장 여자라는 것은 보통 사람에게도 흥미있는 이야기. 갇혀 살아온 아이나에겐 자극적 그 이상일 것이다. 헤스티아는 서둘러 말을 지어냈다.

"그냥⋯ 여자 몸으로 돌아다니면 좋지 못한 일을 많이 당하니까 남자인 척한 거예요."

"떠돌이요? 니첸님이랑 비슷하네요."

"니첸? 니첸 미네스텐? 그 사람과도 만났나요?"

"네. 오라버니가 그 사람을 안 데려왔을 리가… 없지요."

호감 가는 외모에 실력도 뛰어나다. 제이미의 마음에 들지 않을 리가 없다. 남자를 불편해하는 아이나도 그것은 인정하는 모양이다.

"어땠나요?"

"재미있는 분이었어요. 제가 이런 몸이라는 걸 가장 빨리 알아차린 분이기도 하구요. 하지만 그분은 절 싫어하시나 봐요. 다신 오지 않겠다고 하셨으니……."

"무슨 이야기를 나누었기에 다시는 오지 않겠다는 말이 나온 건가요?"

"그냥… 자기소개를 하고 그분은 바깥 이야기를 해주셨어요. 그리고… 가출하라는 충고를 하셨구요."

"가출?"

일리가 있다. 헤스티아는 니첸의 말이 틀린 것이 아님을 깨달았다. 그녀의 병은 제이미가 크게 키우고 있는 것이 사실이었다. 이 갑갑한 방에서 나가 사람들을 만나는 것이 그녀를 치료하는 방법일 것이다. 헤스티아는 그런 생각을 하다 문득 그녀의 병이 무슨 일로 생긴 것인지 의문을 가졌다.

"그런데 그 병은 어쩌다 생긴 거예요?"

말벗이 생겼다고 방글방글 웃던 아이나의 얼굴이 눈에 띄게 굳었다. 건드리면 안 되는 부분일까? 헤스티아는 잠시 기다렸으나 더 답을 얻을 수는 없었고, 결국 어색한 침묵 속에서 차를 마셨다.

헤스티아는 그녀가 자신에게 호의를 가지고 있음을 확인하자 편안한 기분이 되었다. 때문에 평소처럼 말없이 가만히 앉아 있었는데, 그것은 아이나가 원하는 일이 아니었다. 그녀는 사람을 만나는 시간 자체가 소중했다. 결국 아이나가 먼저 입을 열었다.

"세렌스님은 연애를 하고 계신가요?"

입에 차를 머금고 있었다면 뿜었을 것이다. 헤스티아는 대답하지 못하고 입을 다물었다. 좀 전에 아이나가 했던 행동과 비슷했다. 그러나 아이나는 망설이지 않고 진도를 나갔다.

"말 못하는 걸 보니 있구나! 굉장해요!"

"괴, 굉장할 것까지야……. 그저 매일 같이 있을 뿐인데……."

"매일요?"

그야 몸종과 주인이니까. 헤스티아는 이 말은 꺼내지 않았다. 그 때문에 아이나의 망상은 점점 더 커졌다. 그녀의 세계관에선 매일 같이 있는 남녀는 곧 결혼할 사람들이니까.

"굉장해요! 그분은 어떤 사람이에요? 결혼하실 분 말이에요!"

"결혼?"

나와 영주님이 결혼? 상상도 할 수 없는 일이었다. 하지만 아이나는 그 상상도 못할 말을 아무렇지도 않게 내뱉었다. 그 때문에 헤스티아는 혼례복을 입은 그룬터와 자신을 그려보았다. 어디까지나 상상일 뿐이지만. 그사이 아이나는 헤스티아의 남자에 대해 집요하게 캐물었고, 망상에서 헤엄치던 헤스티아는 자신도 모르게 답했다.

"머리도 좋고… 아마 검술도 뛰어나시고… 잘생기셨고……."

"니첸 미네스텐이라는 분처럼요?"

찬물을 맞은 느낌이다. 헤스티아는 그와 니첸을 비교하는 말에 정색했다. 어디서 감히 하는 표정이지만 아이나는 배시시 웃었다.

"다행이에요, 세렌스님을 만나서. 이런 이야기를 다른 사람과 해보는 것이 소원이었거든요."

이렇게 상대가 웃고 있으니 말도 안 되는 비교 말라는 말은 못하겠다. 헤스티아도 그녀를 따라 웃고 말았다.

그 뒤로 아이나는 헤스티아의 결혼 상대자에 대해 몇 가지 더 물었지만, 헤스티아는 슬쩍 피해가며 적당히 시간을 끌었다.

그렇게 헤스티아와 아이나가 이야기를 나누는 동안, 제이미는 계단 근처에서 서성이고 있었다. 혹시나 방안에서 비명이라도 들리면 뛰어 올라갈 생각이었는데, 차라리 그런 소리라도 들렸으면 하는 바람도 있었다.

복잡한 생각을 가지고 그가 그렇게 기다리고 있으니 모퉁이 너머로 말소리가 들렸다. 경호원인 니첸과 집사인 루크의 목소리다.

"거 얼굴은 어디서 그렇게 다친 겁니까?"

루크의 말하는 투가 곱지 않았다. 제이미는 저 둘의 사이가 그리 좋지 않다는 것을 알고 있었다. 특수한 조건으로 영주의 성에 갈 때만 경호원 노릇을 하기로 한 니첸과 그것을 못마땅하게 생각하는 루크는 마찰이 있을 수밖에 없었다.

"몰라도 돼."

니첸의 짜증 섞인 목소리. 제이미는 여기서 대화가 끝날 거라 생각했다. 하지만 루크의 목소리가 이어졌다.

"약혼자 앞에서 바람 피우다가 들켜서 난리가 났다면서요?"

제이미는 피식 웃었다. 목소리만 들리고 있어 상황은 알 수 없지만 둘의 얼굴이 떠올랐기 때문이다.

'요즘 루크 녀석을 너무 굴렸나? 스트레스가 엄청 쌓인 모양이군.'

제이미는 계단에서 일어났다. 루크의 도발에 큰일이 터질지도 모른다는 생각이 들었다. 그사이에도 대화는 끊이지 않고 이어지고 있었다.

"그만 좀 하지, 집사 양반."

"뭐, 저도 그쪽을 도발하려고 그러는 건 아닙니다. 다만 당신이 자랑하는 그 잘생긴 얼굴에 흠이 간 것이 영 마음에 걸려서요."

"무슨 말이 하고 싶은 거지?"

"당신, 저번에 아가씨를 보러 갔을 때 그 잘생긴 얼굴로 10초만 대화하면 넘어오게 할 수 있다더니 완전히 실패했잖습니까."

"보통 아가씨가 아니잖아."

"세렌스군은요? 지금도 그는 아가씨와 차분히 대화를 나누고 있습니다."

제이미는 모퉁이를 돌았다. 그러자 니첸의 등과 루크의 얼굴이 보였다. 제이미는 이제 그만하라는 신호를 보내려고 헛기침을 하려 했는데, 흥분한 니첸은 생각없이 말을 입에 담았다.

"세렌스? 하! 당연하잖아! 그 녀석은 남장여자니까!"

제이미는 숨을 멈추었다. 루크도 마찬가지다. 그의 말이 충격적이기도 했지만, 니첸의 어깨너머로 제이미가 보이고 그 제이미의 표정이 경악한 사람의 것이었기 때문이다. 그러한 청자의 반응에 만족한 니첸은 마무리하듯 말했다.

"그러니까 내가 그 아가씨에게 점수를 못 딴 것을 가지고 왈가왈부해선 안 된다는 거야. 나도 못했는데 감히 어느 놈이 그 아가씨의 친구가 될 수 있다는 거지?"

루크는 니첸에게 그만두라고 신호를 보냈다. 니첸은 상대가 저자세로 나오자 의아함을 느꼈지만, 그만두기엔 루크가 한 도발이 너무 강했다.

"애초에 그 아가씨는 남성에 대한 혐오감을 가지고 있어. 그런 아가씨의 방에 남자를 밀어 넣는 행동을 하다니 제이미 씨도 너무한 것 아닌가?"

"재미있는 의견이군, 니첸 미네스텐."

"엉?"

니첸은 자신의 이름이 불리자 찌푸린 표정으로 뒤돌아보다 상대가 제이미인 것을 알고 얼굴을 굳혔다.

"잠깐 나와 이야기하지 않겠나?"

제이미는 굳은 얼굴로 차분히 말했고, 니첸은 이마의 상처를 만지며 한숨을 내쉬었다.

"어디까지 들었습니까?"

"자네가 약혼자 앞에서 바람피우다 걸린 것부터 세렌스 군이 여자인 것까지."

제이미의 기분은 유쾌하지 않았다. 니첸 미네스텐이 그것을 눈치채지 못할 리가 없었다. 그는 사실만 간단히 말해야 한다는 것을 깨달았다.

"듣고 싶은 것은 세렌스 군의 정체겠지요?"

"그렇다네."

"그녀는 영주의 몸종입니다."

제이미는 크게 놀랐으나 표현하진 않았다. 아직 말이 남았으니까.

"제가 그녀를 수도의 교섭가로 포장한 이유는……."

잠깐 니첸은 말을 골랐다. 그룬터에게 빚을 지워 재미를 보기 위해서라고 사실대로 말할지 말지 고민했기 때문이다.

'내가 만든 기회를 내가 차버리는 꼴이 됐잖아?'

자존심이 상하는 일이다. 니첸은 그 기회마저 차버릴 순 없단 생각에 거짓을 고했다.

"재미있을 것 같아 그랬습니다."

"재미?"

제이미는 어이가 없어 코웃음을 치다 있는 힘껏 니첸의 뺨을 후려쳤다. 니첸 정도 되는 자가 제이미에게 언어맞을 리가 없지만 니첸은 비위를 맞추기 위해 피하지 않았다.

"아직 내 밑에서 일할 생각이 있나?"

휘청거리는 니첸에게 제이미는 담담하게 말했다. 니첸의 행동은 고용주를 기만하는 행위이나, 이 한 방으로 쫓아내기엔 아까운 인재였다. 니첸 역시 이대로 쫓겨날 생각은 없어 고개를 끄덕였다.

헤스티아는 어느새 자신의 얼굴에 긴장이 없어졌음을 깨달았다.

아이나가 사람을 그리워했듯, 헤스티아 자신도 사람을 그리워했다. 그녀를 암살자로 키워낸 다르막 델피언이나 그녀의 과거를 잊고 자신의 곁에 둔 그룬터나 모두 다정한 사람은 아니었다.

"백마 탄 왕자는 싫어요. 절 바보로 아시는 거예요?"

이상형을 말하는 중 헤스티아가 백마 탄 왕자를 거론하자 아이나는 고개를 저었다. 그 모습이 우스워 헤스티아는 자신도 모르게 미소를 짓다 얼굴을 굳혔다. 문밖에 사람들이 다가오더니 걸음을 멈추었다.

'제이미인가?'

헤스티아는 별 생각 없이 몸을 돌렸다. 그녀의 예상대로 문이 열리고 제이미가 성난 얼굴로 들어왔다. 그의 뒤에 니첸 미네스덴이나 루크가 보였는데, 헤스티아는 그들의 등장에 큰 무게를 두지 않았다. 이곳에서 일하는 사람이니 같이 들어올 수도 있지 하는 생각은 했지만.

"오늘은 여기까지인가 보군요."

헤스티아는 아이나에게 말한 다음 의자에서 일어났다. 그리고 제이미를 보며 나가도 되냐는 눈짓을 보냈는데, 상대의 표정이 영 이상했다. 제이미는 시선을 위아래로 훑듯 헤스티아를 관찰하고 있었다.

"제이미님?"

"영주의 몸종이라는 것이 사실인가?"

헤스티아가 묻자 제이미가 물음으로 답했다. 예, 아니오로

답할 수 있는 간단한 질문이지만, 헤스티아의 안색은 흙색으로 변했다. 그녀는 동그래진 눈으로 제이미를 보다 그 뒤의 니첸에게 시선을 옮겼다. 니첸은 눈을 피하고 있었다.

"너……!"

어찌 된 상황인지를 깨닫자 헤스티아의 결정은 빨랐다. 그녀는 품에서 칼을 꺼내 제이미를 노렸다. 이 자리에서 가장 높은 위치에 있는 자를 제압함으로써 빠져나갈 틈을 만들겠단 수였다.

하지만 니첸이 더 빨랐다.

니첸은 헤스티아가 몸을 띄우는 그 순간 이미 날을 세우지 않은 칼로 그녀의 허리를 찌르고 있었다. 그 공격에 맞은 헤스티아는 허리가 꺾이며 공중에서 벽으로 처박혔다.

"꺅! 세렌스님!"

놀란 아이나가 헤스티아에게 다가가려 했지만 니첸이 칼을 들어 막았다.

"나가라."

"나가라구요? 이 방은 제 방이에요!"

"인형은 시키는 대로만 하면 돼."

제이미가 서 있음에도 니첸은 그녀의 말을 자르며 사나운 눈으로 돌아보았다. 그의 태도, 말에 담긴 비수에 얼어붙은 아이나는 제이미가 이끄는 손에 끌려 나갔다. 그렇게 사람들이 방을 나가자 니첸은 문을 걸어 잠갔다. 헤스티아는 처박힌

벽에 기대어 일어난 다음 물었다.

"다 털어놓은 거야?"

"너에 대해서만. 나도 의리가 있으니까."

헤스티아는 허릴 숙이고 자세를 잡았다. 그가 문을 잠근 이유는 도망치지 못하게 하기 위함일 것이다. 탈출할 곳이 없는 투기장으로 변한 방. 그곳에서 자신에게 유리한 장소를 찾으며 헤스티아는 상대를 노려보았다.

"왜 갑자기 생각을 바꾼 거지?"

말실수 때문이다. 니첸은 그 사실이 부끄러워 대답하지 않았다. 그것을 더 이상 할 말이 없다는 신호로 받아들인 헤스티아는 상대에게 칼을 던지고 달려들었다.

"애들 장난을……."

니첸은 인상을 찌푸리며 자신의 칼로 비도를 쳐냈다. 피하든 쳐내든 어쨌든 그 빈틈을 노려 공격하겠다는 헤스티아의 생각이 보이지만 니첸은 그대로 행했다. 이딴 공격 때문에 자신에게 빈틈이 생길 리가 없다.

"그런데도 멈추지 않나?"

헤스티아는 여전히 니첸에게 달려들고 있었다. 니첸은 혀를 찼다. 그가 그녀의 신분을 만들어줬던 것은 그룬터에게 접근하기 위해서였지만, 다른 한편으론 그녀와 재미있는 한판을 벌일 수 있을 것 같았기 때문이었다.

'이렇게 끝나나?'

그룬터는 안타까운 마음에 헤스티아의 어깨를 노렸다. 생포하라는 제이미의 지시가 있었던 만큼 실수할 생각은 없었다.

빠득!

헤스티아가 손을 들어 그 공격을 막았다. 그녀의 손은 부러졌지만, 니첸의 다음 공격을 늦추는 데 성공했다. 깜짝 놀란 니첸이 서둘러 칼을 회수했기 때문이다.

니첸은 감탄했다. 헤스티아는 고통을 느끼지 못한다는 듯 신음 하나 없이 바닥에 쓰러졌다.

"대단하군."

멧돼지마냥 달려들던 경비대장과 비교되는 순간이었다.

하지만 그를 더 감탄하게 만드는 일이 벌어졌다. 니첸이 밖에 있는 사람들을 부르기 위해 잠깐 몸을 돌린 그 순간, 헤스티아가 부러지지 않은 팔을 들어 독침을 날린 것이다.

짧은 순간이었다. 보고 있어도 피하기 어려울 것이었다. 몸을 돌려 헤스티아의 움직임이 시야에 잡히지 않은 니첸에겐 더욱 그러했다. 하지만 니첸의 귀는 열려 있었고, 그는 작은 바람 소리에 반사적으로 몸을 움직였다. 독침은 그의 팔을 스치고 지나갔다.

"실패……."

팔이 부러진 고통을 억지로 참고 있던 헤스티아는 자신의 일격이 실패하자 그대로 의식을 잃었다.

하지만 비록 스쳤지만 소량의 독이 상처에서부터 퍼져 나가 니첸을 주저앉게 만들었다.

"어이가 없군."

그는 작은 목소리로 중얼거리다 곧 밖의 사람들을 불렀다. 대기 중이던 경비원들이 들어와 헤스티아를 포박했다. 니첸은 그 자리에 주저앉아 상처를 돌봤다.

'이건 정말 스쳤을 뿐인데…….'

상처는 크지 않았다. 그럼에도 불구하고 현기증을 느끼고 쓰러지게 만들었다는 것은 그 독이 얼마나 대단한지를 보여 주는 것이다.

'정말 영주의 몸종인가?'

니첸은 보통 영주의 몸종이 가질 실력이 아니란 점에서 그녀도 자신과 같은 용병이라고 생각했으나 아무렴 어떤가. 이젠 더 볼일은 없을 것이다.

*   *   *

기절한 헤스티아가 정신을 차렸을 때, 그녀는 어느 지하실 한가운데에 있는 나무 기둥에 묶여 있었다.

그녀는 주변을 살피려 애썼지만 사전 정보에 없는 장소였다. 다크문의 기록에 없는 장소. 헤스티아는 이곳이 스트로 가문의 비밀 장소이며 자신의 무덤이 될 곳임을 직감했다.

"깨어났군."

헤스티아가 인기척을 내자 갑자기 앞이 환해졌다. 제이미가 등에 불을 붙였기 때문이었다. 헤스티아는 인상을 찌푸리며 뭐라 말하려 했다. 하지만 그녀가 입을 채 벌리기도 전에 채찍이 그녀의 몸을 휘감았다.

그녀는 고통을 참기 위해 발버둥을 쳤지만 전신을 감은 밧줄은 풀리지 않았다. 조금 시간이 지나 고통이 줄어들자 그녀는 상대를 노려보았다.

"당신은 내가 누구인지 알고 있나요?"

"세렌스 군 아닌가?"

넓은 마음으로 대답한 제이미는 다시 채찍을 휘둘렀다. 단둘만 있는 이런 공간에서 채찍질을 당하니 아무리 헤스티아라도 공포를 느낄 수밖에 없었다.

그의 손이 다시 움직였다. 그는 폭풍처럼 그녀에게 채찍을 휘둘렀고, 체력이 바닥날 때까지 멈추지 않았다. 헤스티아는 비명도 지르지 못하고 억, 억 소리만 내며 그의 폭력을 받아내야 했다.

"네가 무엇을 잘못했는지 아느냐?"

땀에 흠뻑 젖은 그는 바닥에 채찍을 던지며 주저앉았다. 전신의 고통 때문에 의식이 끊어지기 직전인 헤스티아가 대답할 수 있을 리가 없다.

"영주의 몸종이 밀정 노릇 하는 거야 그럴 수도 있지. 암."

그는 이마의 땀을 닦고 다시 채찍을 들었다.

"하지만 그보다 더 용서할 수 없는 것이 뭔지 아나? 여자인 주제에 아이나의 방에 들어가 그 아이와 이야기를 나눴단 것이다! 아이나에게 나쁜 버릇이 생기면 네년이 보상할 수 있느냐? 목숨을 바쳐도 어림도 없는 일이거늘!"

그는 다시 채찍을 휘둘렀다. 헤스티아는 차라리 묶여 있는 것이 다행이라 생각했다. 그의 전신을 묶은 밧줄이 조금이나마 채찍의 고통을 덜어주고 있었으니까. 하지만 어깨, 목에 감기는 채찍은 어쩔 수 없었다. 그녀는 온몸이 부풀어 오르는 고통을 느끼며 신음하다 결국 의식을 잃었다.

"이년이 어딜!"

그는 준비한 양동이를 들어 헤스티아의 얼굴에 퍼부었다. 그녀는 깜짝 놀라 잠꼬대 같은 소릴 내며 깨어났고, 찰나의 순간 느꼈던 아늑함을 그리워하며 절망했다.

"제이미님."

위에서 그를 부르는 소리가 들렸다. 제이미는 채찍을 내려놓고 위로 올라갔다. 그의 지하실은 비밀 장소라 그가 장소를 숨기는 한 사람들은 안으로 들어갈 수 없었다. 그는 위로 올라와 지하실 입구를 감춘 다음 문을 열었다.

"무슨 일이지?"

경비원 한 명과 루크가 당황한 표정으로 서 있었다.

"영주가 와서 니첸을 내놓으라고 하고 있습니다. 병사들을 이끌고 온 걸로 봐선 그를 구속할 모양인 것 같은데 어떻게 할까요? 그를 숨기는 것이……."

"뭐라고? 날 배신한 그놈을 계속 쓸 생각이었나? 당장 줘버려! 영주의 병사가 이 저택에 발을 들이지 못하게 하란 말이야!"

그는 말을 마치고 방문을 닫았다. 비록 병사가 들어오지 못하게 막으라 했지만 이루어지진 않을 것이다. 누구도 아닌 프리든의 영주다. 그가 마음먹고 들어오려 한다면 막을 수는 없을 터.

그는 지하실이 들통 나지 않도록 준비를 해야 했다. 그는 비밀 통로의 문을 열었다.

그룬터는 서른 명이 넘는 병사를 이끌고 제이미의 저택에 도착했다. 세이린 덕분에 범인이 니첸이라는 것을 알았다. 범인을 안 이상 가만히 있을 이유가 없다. 그룬터는 앞장서 있다 저택의 경비원들이 겁먹은 얼굴로 다가오자 말했다.

"니첸 미네스덴이라는 놈을 끌고 와라!"

그룬터는 일부러 죄명을 말하지 않았다. 뒤에 서 있는 병사들로 위협함으로써 충분하다 생각했으니까. 어수룩한 경비원은 무슨 일인지 묻지도 않고 도망치듯 안으로 들어갔다. 잠시 뒤, 니첸 미네스덴이 나왔다.

'제이미에겐 보고되지 않았나?'

경비원은 곧바로 니첸을 찾은 모양이다. 제이미까지 함께 엮을 수 있다면 더 좋을 거라 생각하던 참이라 아쉬웠다. 하지만 그룬터는 당장 눈앞의 니첸에게 시간을 줘 딴 생각을 하도록 하고 싶지 않았다. 그는 병사들에게 명령하여 니첸을 둘러싸게 했다.

"흐음. 그, 아니, 영주님. 무슨 일이십니까?"

니첸은 그룬터의 이름을 말하려다 영주라고 고쳤다. 그것이 실수일 리 없었다. 당신의 약점을 잡고 있으니 압박할 생각 말라는 협박이었다. 그룬터는 의외라고 생각했다.

'자신감이 넘치던 자답지 않군. 겁먹었을 리가 없는데……'

그룬터는 상대를 살폈다. 그러자 곧 이유를 깨달을 수 있었다. 그는 팔에 붕대를 감고 있었고, 얼굴엔 식은땀을 흘리고 있었다. 몸 상태가 평소완 다르다는 증거였다.

'라이든이 입힌 상처인가?'

하지만 그 생각은 금방 사라졌다. 라이든은 그럴 실력이 못되었다. 다른 사람일 것이다. 그러자 자연히 그룬터는 그를 다시 살펴보게 되었다.

니첸의 얼굴은 열병 같은 것에 걸린 듯했다. 그것은 자상만으로는 생길 수 없는 것이다. 경험상 그룬터는 독을 떠올렸다. 불현듯 한 사람의 이름이 생각났다.

'헤스티아!'

그녀일 것이다. 그러고 보니 이런 소란 중에도 모습을 드러내지 않는 제이미와 헤스티아가 이상했다. 그룬터는 허리춤의 칼을 잡았다. 그 모습에 니첸이 반응했다. 그는 희미하게 웃었다.

"서로 할 말이 있지만 나중으로 미룹시다. 여긴 웬일이십니까?"

"프리든의 경비대장을 그렇게 때려눕히고 무사할 줄 알았나?"

"하하, 오늘 정말 꼬이네."

니첸은 그리 말하더니 등에 메고 있던 칼을 서서히 뽑아 자연스럽게 늘어뜨렸다. 영주의 호령을 받고도 그런 자세를 취한다는 것은 명백한 반항의 의사였다. 그룬터도 마찬가지로 칼을 뽑고 외쳤다.

"저택을 뒤져라! 누군가가 납치되어 있을 것이다!"

"네?"

병사들은 이해할 수 없는 명령이었지만, 그들은 저택의 정원 안에 발을 들인 상태였다. 영주의 명령을 이해하기보다 행하는 것에 더 무게를 두고 있는 병사들은 곧바로 누군가를 찾기 위해 뿔뿔이 흩어졌다. 저택의 경비원들이 놀라 병사들을 막아섰지만 수적으로 상대가 되지 않았다. 그렇게 주변의 사람들이 모두 흩어지자 그룬터는 물었다.

"나와야 할 사람이 나오질 않는군. 네놈 짓인가?"

"어쩌다 보니."

"생각보다 입이 싼 남자였군. 나에 대해서도 말했나?"

"당신에 대해선 말하지 않았으니 걱정 말아."

서로 칼을 뽑아 늘어뜨린 채 대화를 나누었다. 하지만 니첸에겐 여유가 없었다. 그룬터도 마찬가지다. 그의 투구 속 안광엔 살기가 있었다.

'이거 몸종이 어떤 꼴을 당했는지 알면 날 죽일 기세군. 내가 누구인지 알고 있으면서 말이야.'

자신이 가문의 이름을 사용하는 것은 정말 최후의 일이겠지만, 그룬터의 모습을 보니 소용없을 거란 느낌이 들었다. 그는 물었다.

"날 붙잡아 어떻게 할 생각이지?"

"네가 프리든의 경비대장을 때려눕힌 것은 사실상 프리든의 치안을 마비시킨 것이다. 이때 적이 쳐들어온다거나 천재지변이 생긴다면 그 피해는 상상할 수도 없겠지. 그런 일이 벌어지도록 만든 자에겐 어떤 벌이 알맞겠나?"

"잠깐만. 이 프리든에 누가 쳐들어온단 말이야? 그리고 천재지변? 일어나지도 않을 일인데, 그것들을 계산에 넣어 처벌할 생각인가?"

"그것이 법 아닌가?"

니첸은 입을 다물었다. 상대는 진지했다. 농담이 통할 분위기가 아니었다. 그는 자신이 살기 위해선 눈앞의 영주를 쓰러뜨려야 한다는 것을 깨달았다.

'소문의 그룬터. 솜씨를 확인할 차례인가?'

그는 앞으로 달렸다. 의아한 일이지만 주변엔 아무도 없었
다. 병사도 경비원도 아무도. 이 자리에서 그룬터의 목을 날
린다면 아무 일 없이 도망칠 수 있었다.

'더군다나 저놈은 영주 노릇을 하고 있는 사기꾼이잖아?
뒷일 걱정도 필요없지!'

그가 칼에 집중하자 그룬터에게로 향하던 칼에 날이 솟았
다. 그룬터는 칼을 정면으로 받지 않고 아래에서 위로 쳐냈
다.

"제법이군! 맞댔다면 칼째로 베였을 거다!"

그룬터는 칼을 쳐내자마자 앞으로 달려들었다. 검이 긴 만
큼 무거워 회수가 느릴 거란 계산이었다.

"무슨 생각인지는 잘 알겠지만!"

니첸은 그 순간 몸을 회전했다, 마치 팽이처럼. 그러자 그
기다란 칼을 들고 있다곤 생각할 수도 없을 정도로 민첩하게
그 주변에 원이 그려졌다. 그룬터는 파고드는 것을 포기하고
몸을 옆으로 굴려 범위에서 빠져나왔다.

'길고 예리한데 거기다 가볍기까지 하단 말인가?'

믿을 수 없지만 그러하다. 그룬터는 샌더슨이라는 마법사
가 왜 그리 미친놈마냥 연구를 하고 있는지, 왜 대귀족 가문
이 저 검을 가보로 삼는지 이해했다. 그는 바닥의 돌을 집어

들었다.

"뭐야? 겨우 그런 얄팍한 수인가?"

니첸은 코웃음을 쳤다. 하지만 그룬터는 대답없이 달렸다. 그리고 팔을 휘둘렀다. 니첸은 그룬터의 손끝을 노려보았다. 코웃음을 치긴 했지만 돌팔매질은 무시할 수 없는 기술이니까. 그렇지만 그룬터의 손끝에선 날아오는 것이 없었다.

'뭐지?'

놀란 니첸은 옆으로 뛰었다. 그러자 그것을 기다렸다는 듯 그룬터의 칼이 날아왔다. 그룬터는 다른 손의 칼을 던진 것이다.

"도박이었나!"

니첸은 비웃으며 월인으로 날아오는 칼을 쳐냈다. 그리고 그제야 칼 뒤에 숨겨져 날아오는 돌멩이를 발견했다.

빡!

날아오는 칼을 쳐내느라 무방비 상태가 된 니첸은 얼굴에 돌을 얻어맞고 바닥에 나뒹굴었다.

'처음은 속임수, 그다음은 진짜처럼 보이는 칼, 세 번째가 진짜…….'

니첸은 혹시 눈에 맞은 것은 아닌지 상처 부위에 손을 가져다 대고 재빨리 일어났다. 보통 때라면 그것은 현명한 선택이었을 터다. 하지만 니첸이 엎드린 자세를 풀고 상체를 일으켜 얼굴이 드러났을 때, 그룬터의 주먹은 그의 코앞에서 날아오고 있었다.

"어?"

니첸은 그 주먹에 얻어맞고 다시 바닥에 나뒹굴었다.

"이것이 진짜다."

그룬터는 바닥에 떨어진 니첸의 칼을 발로 차버린 다음, 떨어진 자신의 칼을 주웠다. 그사이 니첸은 비틀거리며 일어났다.

"젠장, 그년 독만 아니었어도 이렇게 형편없이 당하지는……."

"변명인가?"

그룬터는 물었다. 그러자 니첸은 고개를 저었다.

"나와 당신이 정정당당한 결투를 벌인 것은 아니지. 당신은 기사도 아니고."

변장한 모습은 기사지만. 하지만 어쨌든 패한 것은 패한 것. 니첸은 그룬터가 자신을 배려해 끝장이 날 때까지 싸우지 않고 있음을 알아챘다.

니첸은 주저앉아 있다 재빨리 일어나 저 멀리 떨어져 있는 월인을 주웠다. 그리고 재차 그룬터에게 달려들었다.

'굉장하군.'

그룬터는 감탄했다. 그룬터의 일격은 깔끔하게 들어갔으므로 아직 그 충격이 몸에 남아 있을 텐데 그의 속도는 변함이 없었다.

'독에 중독되지 않았다면 조금 힘든 상대였을지도 모르겠군.'

독에 중독되지 않았다면 말이다. 그룬터는 상대방의 찌르기를 내려쳤다. 강한 충격 때문에 칼을 놓친 니첸의 면상에 그룬터의 주먹이 명중했다.

"억!"

같은 부위에 정확히 먹힌 공격이었다. 니첸은 이를 갈며 노려보다 그룬터의 자세가 낯익음을 깨달았다. 문득 수도에서 왕족과 겨룰 때의 일이 기억났다.

"자, 잠깐! 방금 전 그 공격, 원래는 방패로 하는 건가?"

니첸의 시선은 그룬터의 주먹을 노려보고 있었다.

'하! 그렇군. 그래서 대장군가의 이름도 겁내지 않는다는 건가?'

니첸은 흐르는 코피를 닦아내며 일어났다. 그룬터는 냉정하게 마무리를 지을 생각이 없었다. 그는 니첸이 자신의 발로 일어날 수 있도록 배려하고 있었고, 니첸도 그 사실을 알고 있었다.

"할 말 없게 만드는군. 알았어. 알았다고. 내가 어떻게 하길 원하는 거야?"

니첸은 투덜거리며 월인을 등에 멨다. 그룬터는 말했다.

"빚 청산을 할 기회를 주지."

니첸은 어이없는 얼굴로 말했다.

"누가 채무자인지 모르겠군."

"프리든에서 추방하겠다. 이 길로 프리든에서 나가 다시는 돌아오지 마라."

그 뒷말은 생략되어 있지만 추측하긴 너무나 쉽다. 돌아오면 죽이겠단 말이겠지. 니첸은 고개를 끄덕였다. 그러다 문득 주변에 아무도 없다는 것을 깨달았다. 범법자를 놓아주기엔 최적의 상황이었다.

"처음부터 이럴 생각이었나?"

대답할 필요는 없는 이야기였다. 그룬터는 말없이 니첸을 지나쳐 저택으로 걸어갔다. 니첸은 그의 뒷모습을 잠시 노려보다 몸을 돌렸다. 그리고 그대로 프리든을 떠났다.

Chapter 08

사전 공작(2)

CHAIN MAIL - ARMOR made from linked iron or steel was the main type of armor worn from the Celtic period in the 6th century B.C. (pp. 3C-11) until the 13th century, then knights found mail armor not only uncomfortable to wear but also inadequate protection against weapons such as war hammers and two-handed swords. At first plate armor, which was gradually introduced in the 13th century, was simply added to mail armor. But from the 1400s until the coming of firearms in the 1600s, knights went to war entirely encased in suits of plate armor.

INCENDIARY (FLAMING) ARROWS
Incendiary arrows and bolts were used in warfare until the 1600s. A wad of hemp or flax was soaked in a flammable substance, fixed beneath the arrowhead, and then lit just before the arrow was shot.

발소리가 들린다.

지하실의 헤스티아는 고개를 들었다.

분주한 여러 명의 발소리는 급박한 일이 생겼음을 말한다.

헤스티아는 숨을 죽이고 귀를 쫑긋 세웠다. 그녀의 오감 중 방해받지 않고 있는 것은 그것이 전부니까.

"어서 오십시오, 영주님."

천장에서 제이미의 목소리가 들렸다. 하지만 헤스티아는 그의 말에서 영주라는 단어에 반응하여 미친 듯이 몸부림쳤다. 기둥에 묶여, 재갈에 물려 밖에 닿을 수 있는 신호를 만들 수 없으면서도 그녀는 소리없이 외쳤다.

그러나 그 목소리가 닿을 리가 없다. 그룬터는 사나운 목소리로 물었다.

"니첸 미네스덴은 달아났다."

"아니, 대체 무슨 일입니까?'

그의 과장된 목소리에는 그럴 줄 알았다는 속마음이 드러났다. 헤스티아는 그의 태도에 이를 갈았지만 아무것도 할 수 없었다.

"그는 프리든의 경비대장에게 상해를 입혔다. 이것이 무엇을 의미하는지는 알 것이다."

"저는 그에게 그런 짓을 하라고 명령한 적이 없습니다. 애초에 그는 저에게 잠시 고용된 자이며, 저는 그가 프리든에 들어올 때 보증을 서지도 않았습니다. 그가 달아났는데 왜 저의 저택에 병사들이 저리 돌아다니는 겁니까?'

"그가 이 안으로 도망쳤기 때문이다."

"허허, 영주님. 농담도 지나치십니다. 자기 발로 정문까지 걸어 나간 녀석이 다시 저택 안으로 도망쳤다니요. 아니면 혹시 영주님이 이 저택에 심어둔 사람이라도 있습니까? 그 사람을 찾으러 온 것 아니냔 말입니다."

헤스티아의 가슴이 두근두근 뛰기 시작했다. 제이미가 말하는 그 사람이 누구를 가리키는지는 뻔하니까. 그녀는 그룬터의 표정을 상상했다, 무뚝뚝한 척하는 그의 얼굴을.

"무슨 소리를 하는지 모르겠군. 어쨌든 나는 내가 찾고자 하는 사람을 찾을 것이다."

헤스티아는 깨달았다. 그룬터는 헤스티아를 찾는다고 말할 수가 없다는 것을. 그는 그녀를 저택에 보낸 적이 없으니까. 그룬터가 세렌스를 데려온 것이지 영주가 몸종을 보낸 것이 아니다. 영주가 헤스티아를 찾는다고 말했다간 그가 어떤 공작을 하려 했는지가 들통 나니 말이다.

'영주님!'

그녀는 그룬터의 심정을 이해했다. 헤스티아를 찾고 싶지만, 그녀의 이름을 부르며 찾을 수는 없는 상황을. 그녀는 이를 악물고 머리를 기둥에 찍었다. 지금 자신이 낼 수 있는 가장 큰 소리였기 때문이다.

쿵! 쿵!

뒤통수가 찢어져 피가 흘러내렸다. 하지만 위에선 대답이 없다. 그녀는 자신의 행동이 헛된 것임을 깨닫고 절망했다. 제이미의 말 그대로였다. 그녀가 있는 지하실은 저택을 무너뜨리기 전까진 드러나지 않을 것이다.

'다크문의 문서에도 없었던 장소인걸.'

위로 몇 미터만 가면 자신을 구해줄 영주가 있는데, 자신은 무엇을 해도 닿을 수가 없었다. 문득 이것이 영주와 몸종 간의 거리인 것 같아 그녀는 고개를 떨구었다.

그렇게 얼마 간 울다 보니 다시 발소리가 들렸다. 그녀는 저택을 수색하던 이들이 보고를 위해 돌아왔음을 깨달았다.

그는 곧 돌아갈 것이다. 그럴 수는 없다. 그녀는 있는 힘을 다해 외쳤다.

'영주님!'

"그자는 저택으로 도망치는 척하다가 밖으로 빠져나간 모양이야."

"그런가 봅니다. 맙소사!"

영주와 제이미의 목소리였다.

헤스티아는 좌절감을 맛보았다. 그 대화가 있은 지 얼마 지나지 않아 발걸음 소리가 멀어졌다. 헤스티아는 고개를 숙였다.

'이제 어떻게 되는 거지?'

영주는 가버렸다. 제이미 스트로가 들어와 아까 못다 한 일을 마무리할 것이다. 헤스티아는 머리를 굴렸다. 만약 그룬터가 이 자리에 있다면 어떻게 할까? 영주님이라면 이 상황을 어떻게 빠져나갈 것인가? 의외로 답은 간단히 떠올랐다.

'애초에 붙잡히질 않으셨겠지.'

그녀는 피식 웃으며 고개를 들었다. 정면의 비밀 통로가 열리며 제이미 스트로가 들어오고 있었다.

"어이쿠! 이거야 원!"

그는 헤스티아의 표정과 깨진 뒤통수를 보더니 놀라워했다. 무슨 일이 일어났는지 상상할 수 있었기 때문이다.

"왜 이랬나? 내 마음이 아프군."

말은 그렇게 하면서도 그는 단검을 꺼냈다. 어차피 죽이려 했던 여자다. 오래 살려둘 이유가 없단 생각에서였다. 헤스티아도 그것을 깨닫곤 포기한 표정이 되었다.

"마지막으로 묻지. 영주가 무슨 생각으로 이런 일을 꾸민 것인지 정말 대답할 생각이 없나?"

헤스티아는 눈을 감았다. 제이미는 감탄하며 단검을 크게 들어 올렸다. 그녀의 표정에 조금이라도 희망이 있다면 제이미는 그녀를 살려두고 정보를 캐내려 했을 것이다.

그러나 그녀의 눈빛은 이미 죽을 날을 기다리는 노인의 것과도 같았다. 이런 여자에게 제대로 된 정보를 얻을 수는 없을 것이다. 그는 독하게 마음을 먹고 손에 힘을 주었다.

"저택에 숨어 있는 자에게 고한다!"

그 순간, 땅이 진동할 것 같은 큰 목소리가 울렸다. 그것은 하나의 목소리가 아니라 수십 명의 사람이 동시에 내지른 함성이었다. 헤스티아는 번쩍 눈을 뜨고 소리가 난 방향으로 고개를 돌렸다.

"나는 반드시 돌아올 것이다! 돌아와 반드시 너를 찾겠다! 그러니 포기하지 말지어다!"

그룬터의 음성이 들렸던 곳과는 반대방향이다. 저택의 정문 방향. 그렇다면 이 목소리의 주인이 누구인지는 뻔하다. 병사들이다. 그리고 그룬터다. 헤스티아는 자신도 모르게 환하게 웃었다. 재갈이 물려 묘한 표정이 되었지만 그녀는 의식하지 못했다.

"호오!"

제이미는 그녀의 변화에 놀라 칼을 거두었다. 그녀의 눈에 생기가 가득 차오르고 있었다.

"재미있군. 그가 너를 찾을 수 있을 거라 생각하는 건가?"

헤스티아는 고개를 끄덕였다. 방금 전, 바로 머리 위에 있었던 그룬터가 해내지 못했는데도 그녀는 그를 믿고 있는 것이다.

제이미는 가만히 그녀를 지켜보다 몸을 돌려 지하실을 빠져나갔다.

                    *   *   *

그룬터가 성으로 돌아가자 두 가지 소식이 기다리고 있었다. 하나는 헤스티아가 돌아오지 않았다는 것, 다른 하나는 라이든이 깨어났다는 것이다.

그룬터는 샌더슨의 연구실로 향했다.

"와! 영주님! 이것 보세요!"

그가 들어서자 샌더슨이 라이든을 가리키며 마치 괴물을 설명하듯 떠벌렸다.

"반나절 만에 깨어났단 말입니다! 세상에!"

샌더슨이 깜짝 놀랄 정도의 생명력이라고 떠드는 동안, 그룬터는 그의 침상 옆에 앉아 사람들을 물렸다. 샌더슨은 자기 연구실에서 쫓겨나자 투덜거렸지만 감히 영주의 명령에 토를 달지는 못했다.

"괜찮나?"

"네. 지금도 일어날 수는 있습니다. 샌더슨 녀석이 그래선 안 된다고 하고 세이린도 말려서 누워 있지만요."

"세이린이 다른 말은 하지 않았나?"

"영주님은 거짓말쟁이라던데요."

지붕 위에서 라이든이 깨어났다고 했던 것 때문일 터이다. 라이든과 그룬터 둘 다 동시에 웃음을 터뜨렸다.

"잘되면 좋겠군."

"모르겠습니다."

"그 약혼자 때문인가?"

라이든은 대답하지 않았다. 그룬터는 잠시 침묵하다 이야기를 돌렸다.

"자네 개인에 대해 내가 물어본 적이 있던가?"

"자기소개를 제외하고 말입니까? 없었습니다."

"그렇군. 그럼 지금이라도 물어봐야겠군. 자네와 제이미 스트로의 관계에 대해서 말이야."

라이든은 얼굴을 굳혔다. 그는 잠깐 말을 고르다 입을 열었다.

"말할 수 없습니다. 저는 영주님에게 고용된 경비대장입니다. 저의 사생활을 영주님에게 보고할 의무는 없습니다."

사생활이라 대답하지 않는 것은 아니리라. 그와 세이린의 관계는 분명 사생활 영역이지만 서로 웃지 않았던가?

"대답하기 곤란한 일인가?"

"죄송합니다."

그룬터는 생각했다. 어떻게든 입을 여는 것은 문제가 아니다. 하지만 상대는 앞으로 계속 함께할 경비대장이었다. 윽박질러 쉽게 해결할 문제가 아니었다.

그룬터는 고민하다 자신이 샌더슨의 연구실에 앉아 있음을 새삼 깨달았다. 매캐한 약초 냄새, 부글부글 끓고 있는 수상한 액체, 그리고 구석 유리 진열대 안에 들어 있는 작은 마검.

샌더슨이 처음 온 날 자랑스럽게 보여주었던 바로 그것. 그룬터는 그것을 가리켰다.

"저게 뭔지 알겠나?"

"마검 말입니까? 샌더슨이 얼마나 자랑했는데 모르겠습니까?"

"다른 곳에서 본 기억은 없나?"

"저런 걸 어디서 또 본단 말입니까? 이런 기괴한 마법사의 연구실에서나 볼 수 있죠."

라이든은 간단히 말했다. 그룬터는 조금 실망했으나 내색하진 않고 말했다.

"니첸 미네스덴의 칼이 기억나지 않나?"

"크기가 너무 다르… 앗!"

부정하던 라이든은 갑자기 눈을 크게 떴다. 그제야 알아챈 것이다.

"설마 그놈의 칼이 마법검이었단 말입니까?"

라이든은 떠올렸다. 자신의 칼이 부러져 모든 사람 앞에서 창피를 당하던 그때를.

"샌더슨이 자랑했다면 이런 이야기도 들었겠지. 저 칼을 쥐고 있으면 신체 능력도 향상된다는 것 말이야."

"그렇습니다. 아, 그렇구나! 그래서 그놈이⋯⋯!"

라이든은 이를 갈았다. 자신과 니첸의 메울 수 없을 것 같던 그 격차. 그것이 칼에 의한 것임을 알게 되자 그는 분노했다. 그런 물건에 의지한 실력은 진정한 것이 아니라고 생각하기 때문이었다. 그룬터는 그를 보며 말했다.

"나는 자네를 높이 평가하네. 내가 저 마검 이야기를 왜 했는지 알겠나?"

라이든은 고개를 저었다.

"샌더슨의 연구가 완료되었을 때, 저 칼을 쥘 자는 경비대장이라고 생각하네."

라이든은 눈을 동그랗게 뜨고 믿을 수 없다는 표정을 지었다. 샌더슨의 연구 결과로 나오는 칼의 가격에 대해 들은 적이 있기 때문이었다. 성 한 채와 맞먹는다고 했던가? 그런 것을 하사하겠다고? 라이든은 눈만 깜빡였다.

"자네가 쓰러진 후에야 자네의 중요성을 깨달았네. 저 칼은 내가 들어봐야 장식품밖에 되지 않을 테니 경비대장이 가지고 있으면 어떨까 하고 생각했지."

그는 말을 마치고 일어났다. 아픈 사람을 피곤하게 하고 싶지 않단 말과 함께. 그렇게 그가 일어나 천천히 문으로 걷는 동안 라이든은 덮고 있던 이불을 꾹 쥐다가 그룬터를 불렀다.

"영주님!"

"무슨 일인가?"

"제이미… 의 무엇이 알고 싶으신 겁니까?"

그룬터는 다시 돌아와 그의 곁에 앉았다.

"자네와 그의 관계에 대해 알고 싶네."

라이든은 망설였다. 그 자신이 정에 약한 인물로, 그룬터가 베푸는 모습에 감동하여 묻어두었던 이야기를 털어놓으려 했지만 막상 하려 하니 입이 떨어지지 않는 것이다.

하지만 그룬터는 차분히 기다렸다. 라이든은 영주가 자신을 기다린다는 생각에 스스로 독촉했고, 몇 분 뒤 입을 열 수 있었다.

"저는 그의 동생입니다."

"나이 차가 제법 나지 않나?"

그룬터는 라이든이 제이미의 자식이라고 생각한 적이 있었다. 라이든도 그걸 이해했는지 곧 말을 덧붙였다.

"배가 다른 형제입니다."

비록 귀족은 아니지만 이곳에서 나름 유세를 떨치는 가문이니 첩이 하나둘 있어도 이상할 것은 없다.

"그렇군. 그래서 사이가 좋지 않나?"

"그 이유 때문은 아닙니다."

라이튼은 인상을 찌푸리며 잠시 입을 다물었다. 그 뒷이야기를 할지 말지 고민했기 때문이다.

하지만 한번 마음먹은 일이다. 라이튼은 말을 이어 나갔다.

"십 년 전, 블리츠 스트로라는 자가 있었습니다. 스트로 가문의 선대 가주입니다. 그놈은 나이 오십 줄에 열세 살짜리 아이를 후처로 맞이했습니다. 그녀가 저의 생모입니다."

"혹시 아이나 스트로의 생모이기도 한가?"

"그 집안 일에 제법 관심이 있으시군요?"

"협상 건 때문에 조금 조사를 했을 뿐이네."

"그럼 그 개자식이 그 여자를 스무 살이 되던 해에 노비로 팔아버렸다는 것도 아십니까?"

그룬터는 고개를 저었다. 그런 이야기를 해줄 사람이 그 가문 사람 외에 누가 있겠는가.

"그렇게 제 마누라를 팔아치우더니 아이나가 열 살이 되던 해에 그놈이 그 애를 자기 침실에서 재우더군요. 아이나는 영문도 모르고 그놈을 아빠라며……"

"설마 내가 상상하는 일이 벌어진 건가?"

"한밤중에 전 그자의 침실에서 그 광경을 목격했고… 저는 참을 수가 없었습니다. 그자를 칼로 찔렀습니다. 네, 그렇습니다. 제가 가문에서 쫓겨난 이유는 이것 때문입니다."

그룬터는 이해했다. 아이나가 왜 남성을 혐오하게 되었는지 말이다. 또한 제이미와 라이든이 서로 불편한 이유도 알 수 있었다. 한쪽은 자신이 옳다고 생각한 일을 했으나, 다른 쪽이 보기엔 가주를 죽인 패륜아인 것이다.

"알겠네."

그룬터는 고개를 끄덕였다. 라이든은 이야기를 하며 옛날 일이 생각났는지 분노로 몸을 떨고 있었다. 그는 분명 그 당시로 돌아가면 똑같은 일을 할 테고, 제이미 스트로라는 남자는 똑같이 라이든을 쫓아낼 것이다.

그룬터는 그가 쉴 수 있도록 자리에서 일어났다.

집무실에 들르자 세이린이 가만히 앉아 있다가 그룬터에게 인사했다. 그녀의 얼굴은 낮과 달리 썩 괜찮아 보였다.

"영주님, 전 오늘 이만……."

세이린은 집에 돌아갈 생각으로 그룬터의 허락을 구했다. 하지만 그룬터가 뭐라 하기도 전에 엘린이 나서며 반대했다.

"오늘 낮에 그런 일을 저질렀던 사람을 어떻게 혼자 둔단 말이에요? 영주님, 영주님도 그렇게 생각하시죠? 오늘 저와 청지기장님이 같은 방에서 묵어야 한다고 생각하시죠?"

그룬터는 요 며칠 동안 엘린이 세이린을 따라다닌 것을 기억했다. 친해지기 위해서 필요하다고 했던가. 하지만 그것은 그렇다 쳐도, 엘린의 말대로 세이린을 혼자 두는 것은 좋지 않은 일이었다.

그룬터는 고개를 끄덕여 허락했고, 엘린은 환호성을 지르며 세이린을 끌고 나갔다. 그룬터는 둘의 모습을 보다 침실로 올라갔다.

새벽이었다.

갑자기 병사 한 명이 그룬터의 침실 문을 두드리며 보고했다.

"영주님, 탈주민들이 붙잡혔습니다!"

침실에서 홀로 깨어난 그룬터는 옷을 차려입고 병사를 따라 걸었다. 그는 라이든에게 성 외곽의 경계를 강화하라고 명령했다. 그 결과가 나온 것이다.

"감옥인가?"

"네. 경비대장이 이번엔 실수하지 말라고……."

전에 그런 일이 있었지. 그룬터는 지난번 있었던 대장간의 일을 기억했다. 이번엔 일 처리를 똑바로 했으니 상이라도 줘야 할까. 그룬터는 피식 웃으며 병사의 뒤를 따라갔다.

먼지가 쌓인 감옥은 간만의 손님 때문에 미어터질 지경이었다. 주민들은 감옥 안에서 이야기를 나누다 영주가 나타나자 조용히 입을 다물었다. 그룬터는 그들의 눈빛을 보며 제이미를 떠올렸다.

'오늘 내가 쳐들어간 것 때문에 일을 실행한 모양이군.'

그룬터는 머릿수를 세었다. 서른이 넘는 수였다. 병사들이 모든 탈주민을 붙잡진 못했을 테니 이 정도만 해도 훌륭했다. 영주의 명령, 경비대장의 부상. 병사들에게 어떤 감정을 불러

일으킨 것이겠지.

그룬터는 사람들 사이에서 낯익은 자를 발견했다. 그는 바로 전날, 그룬터와 단둘이 이야기를 나누었던 그 병사였다. 그는 감옥 문을 열도록 지시했다.

"저자는 우리 병사가 아닌가?"

"아, 네."

"끌고 나오도록."

병사는 다른 이들에 의해 끌려나왔고, 그룬터는 그 앞에 서서 시선을 교환했다.

"탈영병이란 말인가? 용서할 수가 없군."

그룬터는 주먹을 쥐고 병사의 머리를 후려쳤다. 그룬터는 일부러 피부가 얇은 부분을 긁듯이 주먹을 휘둘렀고, 목각 인형처럼 그 공격을 기다린 병사의 이마가 찢어지며 피가 흘러내렸다.

"여, 영주님!"

전날까지 한솥밥을 먹던 병사들과 감옥에 갇힌 주민들이 놀라 영주를 불렀다. 하지만 정작 얻어맞은 병사는 신음만 흘릴 뿐 반항하지 않았다. 그룬터는 노한 목소리로 외쳤다.

"이놈! 신음 하나 흘리지 않다니! 좋다, 그래! 누가 이기는지 해보자!"

그는 큰 소리로 고문실을 준비하도록 외치고, 병사와 함께 그곳으로 들어갔다. 그룬터는 따라온 병사들을 모두 밖으로 보낸 다음 병사 앞에 앉아 작은 목소리로 말했다.

"알아낸 것이 있나?"

"누군가로부터 돈을 받고 저 행동을 한 것은 확실합니다. 하지만 누구의 짓인지는 모른다고 하더군요."

그룬터는 생각에 잠겼다. 그 돈을 준 자는 물론 제이미 스트로일 것이다. 하지만 자기네들끼리 있으며 대화하는 중에도 그 이름이 나오지 않았다면 그들과 제이미를 엮긴 쉽지 않다. 그룬터는 잠깐 생각하다 자리에서 일어났다.

"닭 피는 어디에 두었나?"

"아, 여기 구석에 숨겨두었습니다."

그룬터는 컵에 담긴 피를 휘저은 다음 손가락으로 병사의 입가에 묻혔다. 남은 피는 병사의 옷 위에 흩뿌린 다음 마르길 기다렸다. 그동안 그룬터는 박수를 쳤다.

"으아아아악!"

그러자 그 소리에 맞춰 병사는 약속한 비명을 질렀다. 목에 핏대가 솟을 만큼 혼신의 연기를 다한 그는 마침내 자신의 행동에 취해 스스로 손바닥으로 자신의 몸을 때렸다. 곧 그의 피부가 벌겋게 부어오르기 시작했다.

"너무 과한 것 같으니 그만하지."

그룬터는 그를 멈추게 한 다음 다시 앉아 기다렸다. 문밖의 병사들이 수군거리는 목소리가 들렸다. 동료였던 자를 가혹하게 대하는 영주를 욕하고 있음이 분명했다. 하지만 그룬터는 그들을 탓할 생각이 없었다. 그들이 그런 행동을 할수록 이 연기는 진정성을 얻으니까.

"영주님, 그럼 돌아가서 저는 어떻게 해야 합니까?"

병사는 피를 칠갑한 것처럼 처참한 꼴인데, 그 목소리는 담담하기 이를 데 없었다. 그룬터는 돌아가서 연기를 잘하길 당부하며 말했다.

"일단 돈을 받고 탈주했다는 것을 털어놓았다고 말하게. 주민들도 자네 꼴을 보면 어쩔 수 없었다고 말할 거야."

"그걸로 충분합니까?"

병사는 이해할 수 없다는 듯 고개를 갸웃거렸다. 물론 충분하지 않았다. 또 다른 어떤 것이 필요했다. 하지만 그것을 이 병사에게 요구할 수는 없었다.

'쓸데없는 짓을 하려다 이 일이 들켜선 안 되지.'

그룬터는 그저 연기에만 집중하라 말한 다음 고문실을 나왔다.

"저 멍청한 놈을 치료해 주거나 할 생각하지 말도록! 만약 그런 놈이 있다면 똑같은 꼴을 만들겠다!"

그가 그렇게 엄포를 피우고 나서니 경비대원들은 감히 병사를 어쩌지 못했다. 병사는 다시 원래 갇힌 곳으로 돌아갔으며 주민들의 동정을 한 몸에 받았다. 그룬터는 그 광경을 잠시 지켜보다 침실로 돌아왔다.

CHAIN MAIL · ARMOR made from linked iron or steel was the main type of armor worn from the Celtic period in the 6th century B.C. (pp. 1C-11) until the 13th century then knights found mail armor not only inadequate protection such as war hammers and two-handed swords. At first, plate armor, which was gradually added in the 13th century, was simply added armor. But from the 1400s until the firearms in the 1600s, knights went encased in suits of plate armor.

INCENDIARY (FLAMING) ARROWS
Incendiary arrows and bolts were used in warfare until the 1600s. A wad of hemp or flax was soaked in a flammable substance, fixed beneath the arrowhead, and then lit just before the arrow was shot.

CHAIN MAIL · ARMOR made from linked iron or steel was the main type of armor worn from the Celtic p[eriod] in the 6th century B.C. (pp. 1C-11) until the 13th centur[y] then knights found mail armor not only uncomfortab[le to] wear but also inadequate protection against weapo[ns] such as war hammers and two-handed swords. At first, plate armor, which was gradually introduced in the 13th century, was simply added to mail armor. But from the 1400s until the coming of firearms in the 1600s, knights went to war entirely encased in suits of plate armor.

INCENDIARY (FLAMING) ARROWS
Incendiary arrows and bolts were used in warfare until the 1600s. A wad of hemp or flax was soaked in a flammable substance, fixed beneath the arrowhead, and then lit just before the arrow was shot

Lord of Freedon
프라든의 영주

다음날 그룬터는 투구를 벗고 성을 몰래 빠져나왔다. 고작 며칠 같이 행동했을 뿐인데 그는 옆에서 헤스티아가 할 말이 떠올랐다.

'제가 붙잡혀 있는데 영주님이 투구를 벗고 제이미의 저택에 가신다구요? 대체 무슨 생각이세요? 제이미는 영주님까지 사로잡을 거예요.'

제이미가 그룬터의 정체를 알고 있든 모르든 그는 헤스티아의 보증인처럼 그녀를 제이미에게 소개했다. 지금 그룬터의 모습으로 저택에 가면 제이미가 그를 어떻게 대할지는 뻔한 일이었다. 하지만 그는 갈 수밖에 없었다. 프리든의 영주가 실패했다면, 마설의 그룬터가 나설 차례인 것이다.

그룬터가 저택에 도착하자 경비원들은 별 생각 없이 그를 응접실로 안내했다. 그룬터는 순순히 그들을 따라갔다. 평소라면 이렇게 독 안에 들어가는 쥐처럼 행동하진 않을 것이다. 하지만 그는 급했다.

제이미에게 의심받지 않기 위해 일부러 이 시간까지 기다렸다 왔지만, 그사이 헤스티아가 어떤 꼴을 당할지는 상상할 수도 없었다. 행방불명된 지 하루가 지났다. 이미 죽어 강에 떠내려가고 있을지도 몰랐다.

"어이가 없군, 그룬터. 대체 무슨 낯짝으로 돌아왔나?"

문이 열리고 제이미가 들어왔다. 그는 어이가 없다는 표정을 짓고 있었다. 그 뒤론 경비원 수 명이 서 있었는데, 그가 응접실까지 경비원들을 데려온 것을 보면 그 목적이 그룬터의 제압임을 알 수 있었다. 그룬터는 놀란 얼굴로 물었다.

"무슨 말입니까?"

"허허, 과연 사기꾼 그룬터답군. 이렇게 얼굴이 두꺼우니 그런 짓을 하고 다닐 수 있었던 것이겠지."

그는 말을 마치고 경비원들에게 명령하여 그룬터를 잡도록 했다. 그룬터는 저항없이 그들에게 붙잡혔고, 팔을 포박당했다.

"형편없군. 싸움은 할 줄 모르나 보지?"

경비원들은 붙잡은 그룬터를 바닥에 내팽개쳤다. 때문에

그룬터는 쓰러진 상태로 제이미를 올려다봐야 했다.

"제이미님, 대체 이게 무슨 짓입니까? 이런 짓은 상도에 어긋나는 것 아닙니까?"

"상도? 하! 사기꾼인 네놈이 그런 말을 한단 말이냐? 영주의 몸종을 변장시켜 잠입시켜 놓고 무슨 짓이냐고 되물어?"

그의 분노는 진심이었고, 그룬터도 충분히 느낄 수 있었다. 하지만 그룬터는 더 큰 목소리로 받아쳤다.

"무슨 말입니까! 그 녀석은 여행 중에 만난 놈이란 말입니다! 영주의 몸종이라니 그건 무슨 개소립니까!"

그룬터는 이를 갈며 제이미를 노려보았다. 그 눈빛이 얼마나 강렬한지 꽁꽁 묶여 있다는 것을 알면서도 제이미와 경비원들이 물러설 정도였다.

"제이미 스트로! 지난번에 깔끔하게 돈을 주기에 괜찮다 싶었는데, 이제 보니 이딴 식으로 돈을 아끼려는 놈이구나! 세렌스는 어디 있나?"

그룬터가 눈에서 살기를 발하며 소리치자 제이미도 함부로 행동하지 못했다. 그룬터 정도 되는 놈이 제 발로 여기 온 것도 이상한 참이었는데, 저 행동을 보니 저놈도 피해자가 아닌가 하는 생각이 들었다. 그는 그룬터에게 다가갔다.

"세렌스가 영주의 몸종인 걸 몰랐단 말인가?"

"뭐라고? 세렌스가 몸종? 하! 지금 너는 내가 영주의 편에서 일하는 놈이냐고 묻는 건가? 이중 계약을 했냐는 건가? 다른 사람도 아니고 이 내가?"

"그럼 어제 자네는 어딜 갔다 온 건가? 왜 세렌스만 보냈지?"

"당신 동생의 병을 치료할 약을 찾으러 갔을 뿐이야!"

제이미는 어이가 없어 한동안 그룬터를 보기만 했다. 이 무슨 뚱딴지같은 말인가?

"무슨 수작을 부리는 거지, 그룬터?"

하지만 귀가 솔깃한 이야기인 것은 틀림없었다. 그는 그룬터가 살기 위한 수작을 부린다고 생각하면서도 이야기를 듣기 위해 자세를 낮추었다.

"내가 영주와 친분이 있는 걸 모르나? 영주가 마법사를 들였다기에 갔다 왔단 말이다!"

영주의 몸종 때문에 이런 꼴을 당했는데, 영주와 친분이 있다는 '설정'을 말한다. 마치 진실이기에 숨길 수가 없다는 투였다. 제이미는 경비원들을 불러 그룬터의 밧줄을 풀고 자리에 앉히기에 이르렀다.

"다시 말해보게."

"다시 말해보게? 웃기는 소리는 그만하시지! 내가 이딴 취급받고도 다시 당신 편이 되어줄 줄 아나?"

그룬터는 당장 일어나 밖으로 나가려 했다. 그러나 경비원들이 그대로 문을 지키고 있어 그것이 쉬운 상황은 아니었고, 결국 그룬터는 투덜거리며 자리로 돌아왔다.

"힘으로 눌러보겠다 이건가?"

"그건 아니네. 일단 그 마법사에게 얻어온 약이라는 것부터 보여주게."

"하? 이봐, 지금 당신이 나에게 해야 할 것은 요구가 아니라 사과야!"

그룬터는 그렇게 말하며 탁자를 내려쳤다. 그러자 제이미는 곧바로 바닥에 엎드렸다. 그룬터조차 조금은 놀랄 만큼 그는 주저함이 없었다.

"미안하네. 자네 동료인 세렌스가 영주의 몸종이라 내가 자네를 의심했네. 자네도 당했을 거라곤 생각을 못했지 뭔가. 이제 용서해 주겠나?"

이겼다. 그룬터는 깨달았다. 제이미의 여동생은 그의 약점이었고, 그 사실을 드러낸 제이미는 이제 그룬터에게 끌려 다닐 수밖에 없다. 그룬터는 잠시 제이미를 노려보다 천천히 숨을 골랐다.

"그 녀석이 영주의 몸종이었다니 믿을 수가 없는데… 일단 이야기를 좀 해봅시다."

그룬터는 제이미를 일으킨 다음 물었다.

"세렌스 놈이 영주의 몸종이라니 무슨 말입니까?"

"자네는 몰랐나? 니첸이 그 녀석의 경력을 꾸밀 때 가만히 있었잖은가."

"제가 그놈 불알친구도 아닌데 옛날에 뭘 했는지 어떻게 알았겠습니까? 그놈이 자신도 교섭에 참가하고 싶다 이야기하기에 한가락하는 놈인가 보다 생각하고 있었는데 그런 말 들으니 그런가 보다 했지요."

제이미는 피식 웃었다. 다크문을 처리했을 때의 그 놀라운 솜씨 때문에 그룬터를 경계하고 있던 그였다. 하지만 제대로 함께 일을 하다 보니 생각보단 빈틈이 많았다. 그는 상대를 과대평가했다고 생각하며 말했다.

"그랬군. 어쨌든 니첸 놈은 그년이 몸종인 걸 알았다고 하더군. 심심해서 그런 일을 꾸몄다고 하네."

"허, 미친놈이었군요."

"왜 아니겠나? 그놈은 이미 쫓겨났네. 그만한 실력을 가지고도 떠돌이인 이유가 다 있는 법인데 내가 사람을 잘못 본 것이지."

"쯧! 그럼 세렌스는 어찌 되었습니까? 설마 영주에게 돌려보내진 않으셨겠죠? 협상에 써야 하니 말입니다."

이것이 그룬터가 투구를 벗고 이곳에 들어온 이유였다. 그는 평소처럼 말했고, 제이미는 인상을 찌푸리며 고개를 저었다.

"그년을 살려둘 수는 없네. 날 속이고 아이나의 방에 들어간 년이니까. 그러니 이 이야기는 그만하지. 협상이니 뭐니 그딴 일에 아이나를 말려들게 하고 싶지 않네. 어쨌든 그 약이나 보여주게."

그룬터는 잠깐 고민했다. 약과 헤스티아를 교환하는 것이 좋을까, 아니면 아무렇지도 않게 약을 꺼내 보이는 것이 좋을까? 전자는 제이미에게 의심 살 행동을 하는 것이고, 후자는 제이미의 신뢰를 얻을 수 있겠지만 헤스티아를 버리는 결과를 낳을 수 있었다. 그는 잠깐 침묵했다.

"무슨 일인가, 그룬터? 설마 약을 가져왔단 이야기는 거짓이었나?"

참을성이 부족해진 제이미가 대번에 화를 내었다. 사실 그룬터에겐 아이나를 치료할 약이 없었다. 당연한 일이었다. 지역 유지인 제이미가 몇 년 동안 구해도 구하지 못했던 약을 고작 하루 만에 만들 리가 없는 것이다. 아무리 샌더슨이 유능한 마법사라 해도 말이다.

그렇다고 그룬터에게 정말 아무것도 없는가 하면 그것도 아니었다. 사실 그의 품 안엔 작은 향주머니가 들어 있었다. 오늘 아침 샌더슨의 연구실에서 조금 얻어온 약초 가루였다. 그는 주머니를 품에서 꺼냈다.

"오!"

샌더슨에게 얻어온 주머니인만큼 겉엔 알 수 없는 기호가 그려져 있었다. 그룬터의 설명 때문에 제이미는 그 주머니로부터 신비함을 느꼈고, 간절히 원하는 얼굴로 손을 내밀었다. 그러나 그룬터는 그것을 제이미에게 넘겨주지 않았다.

"제가 왜 갑자기 이것을 얻어온 건지 궁금하지 않으십니까?"

"그, 글쎄?"

"이틀 전 세렌스가 제이미님의 여동생 이야기를 했을 때 이건 괜찮은 거래가 될 수 있다고 생각했지요. 예를 들어… 제이미님이 절 수도의 귀족 가문에 소개하는 추천서를 써준다거나 하는 것 말입니다."

"말도 안 되는 소리 말게! 자네 같은 불한당을 어찌 수도의 귀족 나리에게 소개한단 말인가!"

제이미의 말은 진심이었다. 그룬터의 요청은 말도 안 된다고 생각하고 있었으니까. 그는 경비원들에게 신호해 주머니를 빼앗도록 시켰다. 방금 전 했던 일을 다시 하려는 것이다. 제이미는 그룬터를 비웃으며 기다렸다.

그러나 그룬터는 가만히 있지 않았다. 방금 전은 제이미의 의심을 벗기 위해 일부러 잡혀준 것. 이번에도 잡혀줄 이유는 전혀 없었다. 그는 경비원이 머릿수만 믿고 내민 칼을 손으로 붙잡았다.

"어?"

놀란 경비원이 그 칼을 빼기도 전에 그는 주먹으로 경비원의 얼굴을 가격했다. 칼을 잡는 무모한 행동에 정신이 팔린 그는 방어도 하지 못하고 나가떨어졌고, 그룬터는 약초 주머니를 품에 넣고 한 발자국 물러서며 칼로 위협했다.

"결국 이렇게 되는군요. 아까처럼 쉽게 당하진 않을 테니 안심하십시오."

그렇게 말하지 않아도 제이미는 긴장하고 있었다. 그룬터가 칼을 뺏는 솜씨는 마치 서로 짠 것처럼 자연스러워 그 실력이 보통이 아님을 알 수 있었기 때문이다. 그는 다시 손을 들어 경비원들을 물렸다.

"다시 생각해 줄 수는 없는가? 그건 좀……."

"싫으면 관두십시오. 뭐, 이 약은 영주님에게 부탁해도 얻을 수는 있을 겁니다. 굳이 저에게 매달릴 필욘 없지요."

그룬터의 말은 그럴싸했다. 하지만 제이미가 할 수 있는 행동은 아니다. 그랬다간 약점이 잡혀 협상에 차질이 있을 테니 말이다. 제이미는 고민했다. 수도의 귀족에게 그룬터를 소개해 줄지, 아니면 영주에게 구걸할지. 결국 그는 한숨과 함께 고개를 끄덕였다.

"알겠네. 하지만 그전에 자네가 수도에 가서 뭘 할지 물어봐야겠군."

"별것 아닙니다. 저는 지금처럼 의뢰를 해결하고 보수를 받을 것입니다. 다만 수도의 대귀족들을 대상으로 하겠단 거지요."

제이미는 조금 고민했으나 결국 나쁘지 않다는 결론을 내렸다. 그룬터의 솜씨는 그도 잘 알고 있지 않은가. 수도의 귀족들에게 소개시켜 줘서 자신이 손해 볼 일은 없을 것이다.

"알겠네. 자네 말대로 하지. 그러니 약을 이리 주게."

"제가 제이미님을 믿어도 되겠습니까?"

그룬터는 제이미의 행태를 꼬집었다. 그러자 그는 경비원들이 있는 가운데에서 약속했다.

"내 부하들 사이에서 약속하겠네. 자네가 그 약으로 내 동생을 치료한다면 당장 그 문서를 써주지. 아니, 좋아. 완전히 치료하지 않아도 되네. 차도가 보인다면 그걸로 충분하네."

"좋습니다."

그룬터는 고개를 끄덕였다. 그도 유지로서 체면이 있다. 부하들 앞에서 한 약속은 지킬 것이다.

"이 약은 다른 약과는 달리 특정한 조건에서 주문을 외우며 향을 맡아야 합니다. 마차를 준비시켜 주십시오."

"뭐라고?"

"그녀를 데리고 호숫가로 가야 합니다."

외출을 해야 한다는 말에 제이미는 망설였다. 여태껏 여동생을 밖으로 내보낸 적이 없기 때문이었다. 하지만 어쩌겠는가. 마법사의 약을 들고 온 그룬터가 주머니를 눈앞에서 흔들고 있는데.

제이미는 마차를 두 개 준비했다.

아이나는 외출을 하자는 말에 어안이 벙벙하여 한동안 말을 하지 못했다. 자신의 볼을 한번 꼬집어보고 난 뒤 그녀는 평소 아껴뒀던 옷을 입고 마차에 올랐다. 그룬터는 다른 마차에 앉아 그녀의 모습을 지켜보았다.

"그 약, 정말 효과가 있는 건가?"

그룬터의 옆자리에 앉은 제이미가 떨리는 목소리로 물었다. 아이나를 외출시키는 것이 대단히 불안한 모양이었다. 그룬터는 고개를 끄덕였다.

"바람과 강의 정령들이 그녀의 병을 씻어낼 거라고 하더군요."

둘 다 끊임없이 움직이는 이미지가 있으니 제이미는 그럴싸하다고 생각했다. 제이미와 그룬터는 십여 명의 경비원에게 호위를 받으며 강으로 걸어갔다.

잠시 후 아이나도 도착했고, 그녀는 누구의 도움도 없이 마차에서 내려 주변을 둘러보았다. 그룬터는 그녀를 부르며 제이미에게 말했다.

"멀리 떨어져 주십시오. 이 주문은 많은 사람들이 들을수록 효과가 떨어지니 말입니다."

그룬터는 사람들을 멀리 보냈다. 제이미는 인상을 찌푸렸으나 그룬터의 말은 비밀 의식처럼 들려 그럴싸해 보였다. 결국 그는 물러났고, 그들이 멀어지자 그룬터는 아이나를 앉히며 말했다.

"기분은 어떻습니까?"

"네? 잘 모르겠어요. 제 병이 마법으로 치유된다니 신기하기도 하고……."

그녀는 입술에 침을 적시며 긴장된 목소리로 말했다. 그러자 그룬터는 품에서 약초 주머니를 꺼내 그녀 앞에 펼쳤다.

"그리 좋은 냄새는 아니네요. 약이라 그런 것이겠죠?"

"아뇨. 즙을 내고 난 찌꺼기를 말린 거라 그렇습니다."

아이나는 놀란 얼굴이 되었다. 그룬터의 말은 쓰레기라고 들렸기 때문이다. 하지만 마법사에게 얻어온 거라 했으니 어떤 의미가 있는 것이 아닐까 하고 기대는 버리지 않았는데, 그런 그녀에게 그룬터는 잘라 말했다.

"쓰레기란 말입니다. 쥐들도 먹지 않고 피해갈 겁니다."

그는 성의없이 주머니를 땅바닥에 내려놓았다. 이런 상황을 처음 경험한 아이나는 눈만 깜빡였다. 그러자 그룬터는 갑자기 허공에 도형을 그리기 시작했다.

"뭐하시는 거예요?"

"마법 쓰는 척하기."

이쯤 되면 사람을 상대한 경험이 극히 드문 그녀라도 화가 난다. 눈앞에서 내가 너를 속이고 있다고 말하는 사람에게 친절할 이가 얼마나 되겠는가.

"오라버니를 부르겠어요."

"누구? 라이든 말입니까?"

벌떡 일어나려던 그녀가 멈칫하며 그룬터를 바라보았다. 여태껏 그녀 앞에서 라이든을 말한 남자는 없었다. 그녀는 놀란 얼굴로 말했다.

"라이든 오라버니에 대해 아세요?"

"잘 알지요."

"정말요? 어디 계세요? 잘 살고 계신가요?"

그녀의 물음에 그룬터는 제이미를 슬쩍 쳐다보았다. 저 남자는 남매를 생이별시켜 놓고, 그 한 명이 같은 마을의 경비대장으로 일하고 있다는 사실도 알려주지 않았단 말인가?

"제이미 오라버니는 라이든 오라버니 이야길 조금도 해주지 않으시고… 왜 가출했는지도 알려주지 않고 화를 내서서 물어볼 수가 없었거든요."

그룬터는 고개를 끄덕였다. 이해할 수는 있었다. 라이든은 가주를 죽인 죄를 저질렀으니까.

그룬터는 아이나가 아무것도 모르고 있단 것 때문에 잠깐 고민했지만, 이제 와서 준비해 온 것들을 포기할 수는 없었다. 그는 입을 열었다.

"아이나 양, 저는 사실 아이나 양이 왜 이런 병에 걸리게 되었는지 알고 있습니다."

"네?"

라이든의 이야기가 나오자 환한 얼굴이 되었던 그녀의 표정이 얼어붙었다. 그녀는 손을 벌벌 떨며 그의 말을 못 들은 척했다.

"무슨 말이죠? 이 병은… 이 병은……."

"왜 아이나 양이 남성 혐오증에 걸린 것인지, 그것도 밀폐된 방에서만 그런 것인지 말입니다. 아, 혐오증이라기보다는 공포증이겠군요."

그녀는 고개를 몇 번이나 저으며 자신의 의사를 표현했다. 더 이상 그 말을 듣기 싫다는, 그만두라는 표현.

그룬터는 자극되지 않게 돌려 말했음에도 그녀가 이런 반응을 보이자 잠시 입을 다물었다. 그녀가 진정할 수 있도록 시간을 준 것이다. 그러나 아이나의 반응은 좀처럼 가라앉지 않았다.

"이것도 거짓말이죠? 약이라고 해놓고 쓰레기를 가져온 것처럼! 제가 왜 이런 병에 걸렸는지 당신이 알 리가 없어요! 아, 그렇구나! 라이든 오라버니 이야기도 거짓이죠? 다 거짓말이죠?"

그룬터는 여전히 침묵했다. 그의 침묵은 자신이 아이나를 이해하고 있으며 자신의 말은 모두 사실이라고 강하게 주장하는 것이나 마찬가지였다. 아이나는 오히려 긍정도, 부정도 않는 그의 침묵에 더 큰 충격을 느꼈다.

"그럴 리가……."

자신의 비밀을 알고 있는 사람이 눈앞에 나타났다는 것 때문에 그녀는 자신도 모르게 눈물을 흘렸다. 무섭고, 부끄럽고, 아픈 기억이었다. 그룬터는 가만히 그녀의 눈물이 그치길 기다렸다.

그는 아이나의 이런 반응이 놀랍지 않았다. 때문에 그가 우려한 것은 이 모습을 멀리서 보고 달려올 제이미였다. 다행히도 제이미는 안절부절못하고 있긴 했지만, 이것을 치료의 일환으로 생각하여 달려오지 않았다.

"그래서, 왜 이러는 거죠? 당신은 절 치료해 주겠다고 온 사람이잖아요? 왜 이런 말을 해서 다시 그 기억이 떠오르게 만드느냐 말이에요!'

그녀가 진정하기까진 시간이 걸렸다. 그룬터는 참을성있게 기다렸고, 그녀가 울먹이면서도 또렷하게 말하자 입을 열었다.

"저는 마음의 병이 이런 약초 나부랭이로 치료될 거라곤 생각하지 않습니다."

"네?'

"자신이 왜 병들었는지 알고 스스로 맞서는 사람에게 도움을 주는 것이 약초의 역할이라 생각합니다. 결국 병을 이기는 건 그 사람의 의지란 말입니다. 그래서 이런 이야기를 한 겁니다."

"당신은 오만하군요. 이런 고통을 느끼지 못하는 사람이나 할 말을 하고 있어요!'

그룬터는 그녀의 말에 동감했다. 적어도 자신은 아버지에게 몹쓸 짓을 당하진 않았으니까. 하지만 그녀에겐 그녀를 위해 무엇이든 할 오라비가 있었다.

"전 당사자가 아니니 그 고통을 안다고 감히 말할 수는 없을 겁니다. 하지만 라이든이 왜 쫓겨났는지는 알고 있지요."

"네?"

"제가 이 이야기를 누구에게 들었을 것 같습니까? 라이든이 왜 쫓겨났겠습니까? 블리츠 스트로, 당신의 아비가 누구에게 살해당했을 것 같습니까?"

"네? 그 사람이 살해당했다고요?"

자세한 설명은 없었다. 하지만 지난 수년 간 그녀가 매일 밤 상상한 일들 중 하나일 것이다. 그녀는 그룬터의 말뜻을 깨닫고 큰 충격을 받았다. 그녀는 어, 어 하고 말을 몇 번 하려다 그대로 쓰러졌다. 그룬터는 그녀가 머리를 다칠까 재빨리 일어나 그 몸을 받쳤다.

멀리서 제이미가 그 광경에 놀라 소릴 질렀다.

"아이나!"

제이미는 동생이 쓰러진 것 때문에 놀라 당장에라도 뛰어올 기세였지만 그룬터가 특별한 수를 부린 것은 아니었다. 그저 허공에 마법진을 그리고 주문을 외우는 것으로 보일 뿐이었다. 그런데 아이나가 기절한 것이다.

'정말로 마법의 힘으로 치료하는 것이로구나!'

이 순간을 못 참고 달려들었다가 물거품이 되면 어떻게 한단 말인가. 그는 결국 그 자리에서 멈추었다. 그사이 아이나도 정신을 차리고 눈을 떴다.

"죄송해요. 갑자기 힘이 안 들어가서……."

그녀는 자신이 그룬터에게 안겨 있음을 알고 재빨리 떨어졌다. 그녀의 체질이 치료된 것은 아니니까. 하지만 그녀는 남자의 손이 몸에 닿았음에도 전보다 덜 불쾌함을 깨달았다.

'집 안이 아니라서?'

지난번 세이린과 닿았을 때 생겼던 일을 생각하던 그녀는 스스로 해답을 찾았다. 그러자 의문이 생겼다. 그룬터가 한 사기꾼적인 행동은 치료와 관계없었음은 물론이거니와 굳이 이렇게 밖으로 나올 필요도 없었던 것이다.

"절 치료하려고 데리고 나온 게 아니죠?"

"치료하려고 이곳에 온 겁니다."

"네?"

마음의 상처만 헤집어놓고 무슨 말이냐는 말에 그룬터는 차분히 답했다.

"혼자 있을 때 괜찮다곤 하지만, 그래도 폐쇄된 곳은 싫지요?"

그녀는 고개를 끄덕였다. 낯선 곳이라 조금 불안하긴 하지만, 그녀는 이 몇 년 만의 외출에 감격하고 있었다.

"그럼 그… 그 이야기는 정말 절 치료하려고 한 건가요? 전 그저 불쾌감만을 느꼈는데……."

"누가 당신을 위해 나섰는지를 말하고 싶었을 뿐입니다."

그 말을 듣고 다시 라이든이 한 일을 떠올린 그녀는 눈물을 흘렸다. 그가 무슨 생각으로 그런 일을 저질렀을지, 그가 어떤 심정으로 집을 나가야 했을지, 그리고 그가 바깥에서 어떻게 생활했을지를 생각하자 울음을 참을 수 없었던 것이다. 그녀는 물었다.

"라이든 오라버니는 어디에서 뭘 하고 계신가요? 아까처럼 다른 말로 도망치지 말고 똑바로 대답해 줘요."

"그는 프리튼의 경비대장으로 일하고 있습니다."

그녀는 그 대답에 환하게 웃었다. 눈물 때문에 화장이 번져 눈가가 흉하지만 그룬터는 그녀의 미소가 마음에 들었다. 그녀는 진심으로 기뻐하고 있었다.

그녀는 가출한 오라버니를 수 년 동안 걱정했던 것이다. 그런 그가 가까운 곳에서 잘 지내고 있단 이야기를 듣자 봇물 터지듯 감정이 격양되어 마침내 앞에 있던 그룬터를 끌어안고야 말았다.

"고마워요. 정말, 정말 고마워요."

그룬터는 그녀가 하는 감사의 인사가 자신에게 하는 것이 아님을 알고 있었다. 자신을 구해주고 쫓겨난, 그럼에도 훌륭하게 성장하여 살고 있는 라이든에게 감사하고 있음을 그는 잘 알고 있었다. 하지만 그는 그녀의 넘치는 기분을 나눠 받는 데 인색하고 싶진 않았다. 그는 손을 들어 그녀를 다독여 주었다.

그 모습을 멀리서 보던 제이미가 경악한 것은 말할 필요도 없었다.

"저럴 수가!"

그는 아이나가 스스로 팔을 벌려 그룬터를 끌어안는 것을 보았다. 그는 당장에라도 달려가 그룬터를 밀쳐내고 그 자리를 대신하고픈 충동을 느꼈다. 그룬터가 손으로 오지 말라고 신호를 보내지 않았다면 틀림없이 달려갔을 것이다.

"아……."

아이나는 한참이나 그룬터를 껴안고 있다가 갑자기 자신이 안고 있는 사람이 남자라는 것을 떠올려 뒤로 물러났다. 그룬터는 그런 그녀를 보고 담담히 말했다.

"제가 하고자 했던 말이 무엇인지 아시겠습니까?"

"모르겠어요. 당신은 제 상처를 헤집었지만, 그보다도 더 기쁜 소식을 가져왔다는 것밖에."

"그날 당신을 구해준 사람이 있었다는 것을 알아달라는 겁니다. 어떻게 받아들이는가는 아이나 양의 몫이지만요."

그룬터는 말을 마치고 일어났다. 이제 그녀의 잠재의식이 변화를 일으키길 바랄 뿐이었다. 남자는 신뢰할 수 없다는 편견이 그녀를 위한 남자도 있다는 걸로 바뀌길 말이다.

"구해준 사람이 있었다……."

그녀는 그 말을 한 번 중얼거리더니 그룬터를 따라 일어났다. 둘이 함께 일어난 것을 보고 제이미는 서둘러 다가왔다.

"괜찮으냐?"

"네."

"병은……?"

"저분 덕분에 조금 나은 것 같아요."

그녀는 떨리는 손으로 제이미의 손을 잡았다. 대번에 피부가 붉어져 위태위태해 보였지만, 놀랍게도 그녀는 기절하거나 하지 않고 지어낸 표정으로나마 웃을 수 있었다. 그것만으로도 제이미의 입은 귀까지 걸릴 정도였다. 그룬터는 지나가듯 말했다.

"제이미님, 약속 잊지 마십시오."

"무, 물론이네!"

그는 아이나가 힘겹게 자신의 손을 잡고 있음을 알기에 서둘러 아이나를 마차로 안내하고 그룬터를 불렀다. 비록 그에게 명시된 보상을 하기로 했지만, 그래도 고맙단 말을 하고 싶었던 것이다. 그런데 정작 그룬터가 도착하자 그에게 말을 건 사람은 제이미가 아니라 아이나였다.

"같이 가주셨으면 좋겠어요."

그녀는 마차 문을 살짝 열고 말했다. 그룬터는 고개를 끄덕이고 마차에 올랐다. 뒤에서 제이미가 놀라 그룬터를 붙잡으려 했지만, 증세가 호전된 아이나가 요청한 일이었다. 그는 혹시 그룬터와 연애 관계가 되진 않을까 걱정했으나, 그녀의 첫걸음을 방해할 수는 없었다. 그는 고뇌하며 허락했다.

아이나의 치료 때문에 나온 길이다. 볼일이 끝나자 일행은 저택으로 마차를 몰았다. 그동안 그룬터는 아이나와 마주 앉아 있었다.

"괜찮습니까?"

그녀는 자신의 한계를 극복하기 위해 그룬터를 들인 것이지만, 물건 수리하듯 치료될 것이 아니었다. 그녀는 살짝 상기된 얼굴로 최대한 창문에 붙어 있었다.

"네. 적어도 세렌스님과 함께 있었을 때보다는 나아요. 버틸 수 있을 것 같아요."

그룬터는 그녀가 헤스티아 이야기를 꺼낼 거라곤 생각하지 않았다. 어찌 되었든 헤스티아는 좋지 못한 일을 당했고, 아이나도 그 사실을 알고 있을 거라 생각했으니까.

"그룬터님이시죠? 아깐 경황이 없어 인사드리지 못했네요. 아이나 스트로입니다."

그가 의중을 읽는 동안 그녀는 고개 숙여 인사했다. 그는 그녀가 갑자기 예를 갖추자 자신에게 부탁할 것이 있음을 알아챘다.

"마법으로 병을 낫게 한다는 말 때문에 기분이 들떠 생각하지 못했어요. 그룬터님은 세렌스님과 함께 오셨던 그분이 맞죠?"

그룬터는 고개를 끄덕였다. 그녀가 자신을 알아보지 못한 것은 놀랄 일이 아니다. 희미한 인상을 준 첫 만남이었으니까.

"여쭐 게 있어요. 그룬터님은 세렌스님의 진짜 정체에 대해 알고 계신가요?"

그룬터는 조금 망설였다. 그녀가 제이미에게 부탁받아 유도심문을 하는 것은 아닌지 의심해야 하는 것이다.

'이건 정말 도박이군.'

그룬터는 그녀가 헤스티아를 납치하는 데 주도적인 위치에 있었을 가능성을 배제하지 않았다. 그녀와 제이미는 누가 뭐라 해도 오누이 관계니까. 그룬터는 아이나의 눈을 바라보았다. 그녀는 눈을 떨고 있었다.

"모릅니다. 오늘 들었지요."

"그런가요?"

그녀는 아쉬움과 함께 고개를 숙였다.

"그럼 그분을 구해줄 사람은 없는 거군요."

"구하다니요?"

"그룬터님은 세렌스님의 정체는 몰라도 그래도 친한 사이셨나요?"

그녀는 한번 실망했으면서도 다시 기대를 가지고 물었다. 그룬터는 그녀의 진심을 읽을 수 있었다.

'어쩌면 병에 차도가 있어 날 이곳에 태운 것이 아니라, 헤스티아 이야기를 하기 위해 참고 있는 것인지도 모르겠군.'

그룬터는 고개를 끄덕였다.

"전 거의 대부분의 시간을 그녀와 함께 보냈습니다. 친한 사이가 아니었다고 할 수는 없겠지요."

"아! 역시 그룬터님이······!"

그녀는 볼을 발그레 붉히며 입을 다물었다. 그룬터는 헤스티아와 아이나 사이에 소녀풍의 이야기가 오갔음을 추측할 수 있었다. 그는 부정하지 않았다. 아이나의 부탁이 무엇인지 이젠 알 수 있었기 때문이다. 그녀는 헤스티아의 구출을 의뢰할 셈인 것이다.

"세렌스가 어디 있는지 아십니까?"

"네. 저택에 감금되어 있어요."

"저택에?"

"오라버니의 침실에 비밀 통로가 있어요."

예상했던 일이다. 다만 이런 식으로 듣게 되리라고 생각하지 못했을 뿐. 그룬터는 물었다.

"그런데… 이런 이야기를 하는 이유가 뭡니까?"

"네?"

"제가 그를 구하러 가는 것은 둘째 치고, 이런 행동은 제이미님을 배신하는 것 아닙니까?"

그녀는 얼굴을 굳히고 입을 다물었다. 그룬터가 자신의 편이 아니라고 생각했기 때문이다. 그룬터도 그 사실을 알고 있었지만 대답이 궁금했기에 변명하지는 않았다.

'제이미가 라이든을 쫓아냈단 것을 알았으니 작은 복수를 할 셈인가?'

그룬터가 생각한 그녀의 원동력은 원한이었다. 하지만 아이나는 다른 대답으로 그룬터를 놀라게 했다.

"세렌스님은 저의 친구예요."

"친구?"

고작 이틀 만난 사이면서 혈육을 배신할 만한 친분을 쌓았단 말인가? 우정의 깊이는 만난 날과 비례하지는 않는다지만, 그런 일이 어디 흔할까. 좀처럼 놀라지 않는 그룬터이지만 이때만큼은 순순히 그 감정을 표현했다.

"고작 하루 이틀 만난 사람을 위해서 혈육을 배신하겠단 겁니까?"

"이 일로 오라버니가 얼마나 화를 낼지는 잘 모르겠어요. 하지만 세렌스님에겐 목숨이 걸린 일이에요. 어떻게 해야 할지 그동안 고민했지만… 이젠 제가 어떻게 해야 할지 알겠어요. 라이든 오라버니가 했던 것처럼 그 사람을 구하고 싶어요."

물론 그녀가 제이미를 죽이고 헤스티아를 구하겠단 것은 아닐 것이다. 하지만 제이미에게 반항하지 못해 몇 년 간 집 밖으로 나오지도 못한 그녀다. 이런 마음을 먹는 것만으로도 그녀로서는 뼈를 깎는 고통을 느꼈을 것이다.

"그 사람을 구하고 싶어요."

그녀는 그 말을 되풀이했다. 그룬터는 잠깐 그녀를 바라보다 마침내 고개를 저었다.

"저는 제이미님과 계약을 했습니다. 그를 거스르는 짓은 하고 싶지 않군요."

"그런가요."

그녀는 실망한 얼굴로 고개를 떨어뜨렸다.

돌아가는 길. 상점가를 지날 무렵이었다. 그룬터는 마부에게 양해를 구해 마차를 세웠다. 아이나는 영문을 모르는 표정으로 마차 안에서 기다렸는데, 앞에서 먼저 가고 있던 제이미도 마찬가지였다. 제이미는 마차를 세우고 아이나의 마차로 다가왔다.

"무슨 일이냐?"

"그룬터님이 볼일이 있다 하셔서……."

"이런 상점가에 말이냐?"

의아한 얼굴로 둘이 기다리고 있으니 그룬터가 가방 하나를 들고 왔다. 제이미가 그에게 무슨 일로 내렸냐고 묻자, 그는 아이나에게 줄 것이 있다며 가방에서 물건을 꺼냈다. 시장에서 쉽게 볼 수 있는 과일 사탕이었다.

"이게 뭔가?"

"아이나님은 밖에서 이런 것들을 먹어본 적이 없다고 하더군요."

"그야 당연하잖나. 내 동생이 이런 걸 먹을 리가……."

제이미는 화를 냈지만 아이나의 반응은 달랐다. 그녀는 호기심 가득한 눈으로 알록달록한 과일 사탕을 쳐다보고 있었다. 열기가 느껴질 정도로 쳐다보고 있으니 제이미도 함부로 그룬터의 선물을 내치진 못했다.

"아이나님도 몸이 괜찮아지면 외출하곤 할 텐데, 알려드려야 하지 않겠습니까?"

"끄응."

결국 제이미는 투덜거리며 자기 마차로 돌아갔고, 그룬터와 아이나는 마차에 올랐다. 아이나는 그룬터가 준 사탕을 종이째로 받아 손가락으로 하나씩 들어보며 구경했다. 마치 먹는 것이 아깝다는 듯.

그룬터는 그녀의 행동을 가만히 지켜보았다. 그러다 눈이 마주치자 아이나는 살짝 얼굴을 붉히며 내려놓았다.

"세렌스님이 왜 반했는지 알 것 같네요."

뚱딴지같은 소리다. 방금 전 헤스티아의 구조 요청을 거절한 상황이기에 더욱 그렇다. 그룬터는 대답하지 않았고, 아이나의 한숨 소리를 들을 수 있었다. 그렇게 둘은 입을 닫았다.

저택에 도착하자 그룬터는 제이미의 집무실로 불려갔다. 그의 침실 옆에 붙어 있는 집무실에서 추천장을 받은 그룬터는 연신 감사하다는 말을 하며 집무실에서 물러났다.

"그룬터라……."

제이미는 길게 한숨을 내쉬었다. 유능한 청년임엔 분명했다. 하지만 마음에 들지 않는 것은 어쩔 수 없었다. 그것은 그의 출신이 뒷골목 사기꾼이기 때문일 것이다.

"그것만 아니라면 우리 아이나와 짝을 지어줘도 될 터인데……"

그는 혼잣말을 중얼거리다 생각보다 괜찮다는 느낌이 들었다. 어차피 자신은 결혼도 하지 않아 자식이 없으니 가문을 잇기 위해선 양자가 필요하다. 만약 그룬터를 데릴사위로 데려온다면 어떨까? 나쁜 버릇은 때려서 고치면 되니 말이다.

"흐음, 하긴 둘의 분위기도 나쁘지 않았고… 가만, 이 사기꾼 놈. 아이나한테 수작을 부린 거 아니야?"

그룬터라는 놈의 세 치 혀는 워낙 유명하니 바깥물정 모르는 아이나를 구워삶는 것은 일도 아닐 것이다.

"아뿔싸! 아이나가 그놈을 마차에 태웠을 때 깨달았어야 하는데!"

그는 벌떡 일어나 2층 아이나의 방으로 향했다.

헐레벌떡 아이나의 방에 들어서니 그녀는 막 평상복으로 갈아입고 휴식을 취하고 있었다. 제이미는 의자를 끌어다 앉은 다음 아이나도 맞은편에 앉혔다.

"기분은 어떠냐? 이제 남자는 아무렇지도 않느냐?"

"네? 아… 아직은 조금 거부감이 있어요. 이전보단 훨씬 덜하지만요."

"오, 그러냐?"

제이미를 기쁘게 하는 말이다. 하지만 그가 듣고 싶었던 말은 그걸로 끝이 아니었다.

"그룬터 놈이 혹시 마차 안에서 이상한 짓 하지 않더냐?"

"네?"

"네 몸을 더듬었다든가… 아니면 장래를 약속했다든가… 나중에 만나자든가……."

"아뇨. 그런 일은 없었어요. 그리고 전 그 남자가 싫어요."

아이나는 제이미의 의도를 눈치채고 의사를 표현했다. 제이미의 입이 귀에 걸렸음은 말할 것도 없었다.

'자기 안위만 걱정하는 남자 따위…….'

아이나는 속으로 그렇게 생각하다 그룬터에 대한 혐오감이 극에 다다르자 마침내 자신도 같음을 깨달았다. 그녀도 헤스티아가 붙잡혀 있다는 것을 알고 있지 않은가. 그런데도 행동에 옮기지 않고 있는 것은 똑같다. 그녀는 입술을 깨물다 마침내 용기를 내었다.

"오라버니."

"응?"

"세렌스님… 아직 지하실에 있죠?"

아이나도 스트로 가문 사람이다. 그녀가 지하실의 존재를 아는 것은 이상한 일이 아니다.

제이미의 표정은 굳어갔다.

"무슨 말을 하는지 모르겠구나."

"제 병도 나았는데 그녀를 용서해 주시면 안 될까요?"

쾅!

제이미는 손바닥으로 탁자를 내려쳐 자신의 분노를 표현했다. 한창 기분이 좋았는데, 그것을 잡치는 이름을 들은 것이다. 그는 벌떡 자리에서 일어났다.

"네가 상관할 일이 아니다!"

"하지만… 그 사람은 제 친구예요! 아무리 오라버니라도 제 친구에게 그런 짓을 할 수는 없어요!"

"친구?"

제이미는 어이가 없어 헛웃음을 터뜨리더니 곧 말을 이었다.

"아이나, 네가 사람이 얼마나 간악한 존재인지를 모르기에 하는 말이다! 그년은 영주의 몸종이야! 널 속여서 여기에 들어왔고, 널 속여 친분을 얻은 것이다! 그년의 말은 모두 거짓이야!"

그의 호통 소리에 놀란 아이나는 입을 막았다. 그녀는 속으론 제이미의 말을 부정했다. 처음부터 그 사실을 알고 있었다고. 그녀가 여자이고, 정체를 숨기고 있었다는 것도 알고 있다고. 하지만 제이미의 기세에 눌린 그녀는 그 말을 입 밖으로 내지 못했다.

'내가 가진 용기는 겨우…….'

그녀는 처음으로 제이미에게 든 반기가 허물어지는 것을 느꼈다. 그 어린 나이에 칼을 든 라이든의 행동이 새삼스러웠다.

'어쩌면 난 그때의 오라버니보다 더 나약할지도 몰라.'

그녀는 자책했고, 제이미는 그런 그녀를 더 이상 볼 수 없어 서둘러 1층 그의 침실로 내려왔다.

"제기랄!"

그 첩자 년 때문에 기분이 이렇게 엉망이 되어야 한단 말인가? 그는 침실에 들어가자마자 문을 걸어 잠그고 벽 한쪽에 놓인 책장을 밀었다. 그러자 음습한 지하실의 냄새가 올라왔다.

"친구? 하!"

그는 서둘러 계단을 내려갔다. 잠시 후 그는 헤스티아가 묶여 있는 장소에 도달했다. 그녀는 전날과 마찬가지로 나무 기둥에 묶여 있었고, 하루 종일 아무것도 먹지 못해 기운이 빠져 잠이 든 상태였다.

"이년! 여기가 어디라고!"

그는 당장 옆에 놓인 채찍을 들어 헤스티아의 얼굴에 휘둘렀다.

"아……."

헤스티아는 눈을 떴다. 잠결에 얻어맞은 것이라 아프지 않았지만, 서서히 얼굴 전체가 화끈거리며 쓰라리기 시작했다. 그녀는 그제야 제이미가 서 있음을 알 수 있었다. 침실에서 내려오는 역광 때문에 표정은 볼 수 없었지만, 그래도 그녀는 그가 머리끝까지 화가 났다는 것만큼은 알 수 있었다.

"감히 아이나를 홀리려 해? 친구? 네년이 누구의 몸종인데

감히?'

　'이대로 죽을지도 모르겠구나.'

　전날 살려주겠다 말했지만 오늘 저 모습을 보니 그것은 잊어야 할 것 같았다. 그사이 제이미는 채찍을 휘둘렀고, 그것은 얇은 헤스티아의 목에 감겨 피부를 찢었다. 그녀는 신음한 방울 흘리지 않고 정면을 노려보았다.

　"그래, 그렇지! 어디 그 눈깔이 언제까지 그렇게 날 쳐다볼 수 있는지 두고 보자!"

　제이미는 손을 번쩍 들었다. 저 눈깔에 채찍을 쑤셔 버릴 생각으로 팔을 휘두르려는데, 갑자기 헤스티아의 표정이 묘하게 변했다. 그녀는 전날 병사들의 외침을 들었을 때처럼 웃고 있었다.

　'이년이 미쳤나?'

　헤스티아는 거기서 멈추지 않고 소릴 내며 웃는데, 그 모습이 영락없이 실성한 자의 모습이라 제이미는 머뭇거렸다. 그러다 문득 그녀의 눈동자가 자신의 어깨너머로 가 있음을 깨달았다. 그는 소름이 돋는 것을 느끼며 천천히 뒤를 돌아보았다.

　"어… 어떻게 여기에……."

　사람이 서 있었다, 결코 이곳에 있을 수 없는 사람이.

　그가 정문을 통과하면 무조건 보고가 들어오기 때문에 제이미가 모를 수가 없고, 침실 문을 걸어 잠갔으니 물리적으로는 불가능한데 그가 서 있었다.

"당신이 어떻게……."

검은 투구. 프리든의 영주가 가만히 그를 노려보고 있었다. 비록 시장에서 파는 천민들의 옷을 입고 있지만 그의 정체성은 검은 투구다. 제이미는 그가 영주라는 사실을 한치의 의심도 없이 받아들였다.

제이미는 자신의 손엔 채찍이 들려 있다는 것도 잊고 그저 멍하니 서 있었다. 절대로 이곳에 있을 수 없는 자가 나타났다는 것 하나만으로도 그는 넋이 나가 버렸다.

"반드시 돌아온다고 하지 않았나?"

영주는 천천히 다가가 그의 급소를 눌렀다. 피하거나 막을 겨를도 없이 그는 급소를 빼앗겨 수 초 후 의식을 잃었다.

"괜찮으냐?"

그룬터는 품에서 칼을 꺼내 헤스티아의 재갈과 밧줄을 풀었다.

"영주님……."

헤스티아는 영주를 불렀다. 그러나 그룬터는 대답없이 그녀를 어깨에 들쳐 메고 뛰기 시작했다. 기력이 다 빠진 그녀의 걸음 속도는 탈출에 어울리는 것이 아니었다.

아이나는 창가에 앉아 멍하니 정원을 내려다보았다.

손엔 그룬터가 건네준 과일 사탕이 들려 있었다.

"그 사람을 욕했지만… 나한테 자격이 있는 걸까?"

용기라는 것을 내보긴 했지만, 제이미의 단 한 마디에 일축당해 고개를 숙였다. 생색내기조차 하지 못한 자신이 '나는 그런 놈이다'라고 말하는 그룬터보다 나은 걸까? 자신의 한계를 알고 이득을 취한 그룬터가 더 현명한 것 아닐까?

"그래도… 그래도 백마 탄 왕자님처럼 구해주겠다고 할 수도 있는 거잖아."

어쩌면 그녀는 그런 연애소설을 현실에서 보고 싶었던 것뿐인지도 모른다. 헤스티아를 구하고 싶다는 것보다 그룬터라는 남자가 용기있게 행동하는 모습을 보고 싶었던 것인지도 모른다. 마치 수년 전의 라이든처럼.

"어?"

그렇게 자신의 행동을 비하하던 그녀의 시야에 정원을 가로지는 사람이 보였다. 검은 투구를 쓰고 어깨엔 낯익은 사람을 멘 남자. 아이나는 짐처럼 매달린 사람을 알아보고 벌떡 일어났다.

"세렌스님?"

아이나의 시선이 저절로 투구 남자에게 향했다. 그녀는 이 프리든의 영주가 투구를 쓰고 있다는 사실을 알지 못했다. 그래서 그녀는 자연스럽게 그 이름을 말할 수 있었다.

"그룬터님……."

그녀는 그 이름을 작게 말했다. 그가 정문의 경비를 때려눕히고 사라질 때까지 그녀는 그 자리에 못 박힌 듯 가만히 그의 이름을 몇 번이나 중얼거렸다.

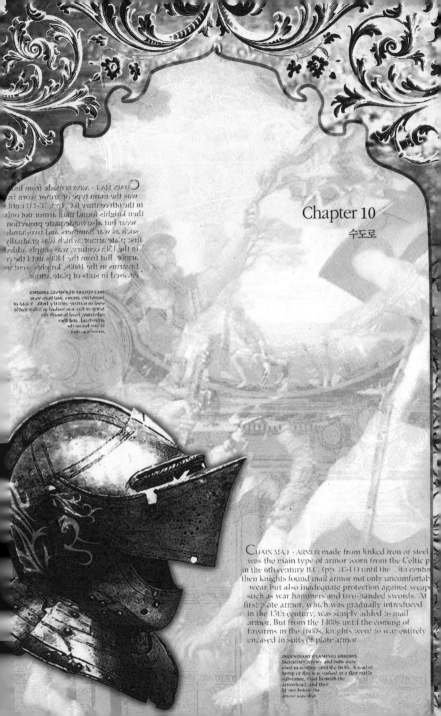

CHAIN MAIL - ARMOR made from linked iron or steel
was the main type of armor worn from the Celtic p
in the 6th century B.C. (pp. IC-D) until the 14th centur
then knights found mail armor not only uncomfortab
wear but also inadequate protection against weapo
such as war hammers and two-handed swords. At
first plate armor, which was gradually introduced
in the 13th century, was simply added to mail
armor. But from the 1400s until the coming of
firearms in the 1600s, knights went to war entirely
encased in suits of plate armor.

INCENDIARY FLAMING ARROWS
Incendiary arrows and bolts were
used in warfare until the 1600s. A wad of
hemp or flax was soaked in a flammable
substance, fixed beneath the
arrowhead, and then
lit just before the
arrow was shot

그룬터의 어깨에 업혀 가는 동안 헤스티아는 살짝 투구를 만졌다. 그리고 그것이 평소 영주의 그것이 아님을 알고는 어깨에서 굴러 떨어졌다.

"걸어갈 수 있겠느냐?"

그룬터가 물었으나 그녀는 평소와 달리 대답하지 않고 그를 경계했다.

"그 투구는 영주님의 것이 아닌데… 어떻게 된 거죠?"

"네가 주문한 것이 아니냐?"

주변에 사람이 없다는 것을 확인한 그룬터는 투구를 벗었다. 헤스티아는 그의 얼굴이 영주의 얼굴과 일치한다는 것과 자신이 대장간에 투구 제작을 맡긴 것이 생각나 안도의 숨을 내쉬었다.

그룬터는 투구를 가방에 넣은 다음 걷기 시작했다. 헤스티아는 힘든 것을 내색하지 않고 그 뒤를 따라 몇 걸음 걸었지만, 이내 쓰러져 결국 그룬터가 그녀를 업어야 했다.

"죄송합니다."

평소 같으면 부끄러워하며 그룬터를 밀쳐냈을지도 모르지만 지금은 그럴 여력도 없었다. 그녀는 얌전히 실려 업혀 갔다.

"영주님, 그런데 제가 그곳에 있는지는 어떻게 아신 거예요?"

"아이나가 알려주었다."

그룬터는 자세히 말하지 않았다. 하지만 헤스티아에겐 충분했다. 그녀는 어색하게 안은 팔에 힘을 주며 그룬터의 등에 얼굴을 파묻었다.

* * *

다음날 아침 그룬터는 제이미에게 편지를 보냈다.

그룬터는 제이미의 급소를 눌렀지만 그를 죽이지는 않았다. 그는 지역의 유지다. 그런 자를 '암살' 했다간 어떤 후폭풍을 맞을지 알 수 없었다. 전 영주의 아들 플렉스 오렐리가 사라진 지 얼마나 되었다고 다시 자리를 위협받는 짓을 하겠는가.

제이미는 지하실에서 깨어나 영주의 생각을 읽었다. 그가 아무리 분노해도 자신을 죽이지 않을, 상식을, 아량을 가지고 있다는 것을 확인한 것이다. 그는 여유있게 기다렸다. 멋지게 몸종을 데려갔으니 반드시 연락이 올 것이다.

아무것도 모르는 하인은 그의 저택에 편지를 전달했고, 제이미는 아침 식사를 끝마치는 시점에 그 편지를 받았다. 제이미는 가만히 그 편지를 내려다보았다.

'생각보단 일찍 왔군.'

그는 천천히 편지의 겉봉을 뜯어 열었다. 과연 어떤 말로 자신의 치부를 숨길지 기대된 것이다. 그러나 의외로 편지 내용은 단순했다.

"협상을 재개할 때가 되지 않았나? 이번엔 협상단의 주민들도 함께 왔으면 좋겠군… 이라고?"

제이미는 편지 내용을 한 번 더 읽은 다음 웃음을 터뜨렸다.

"그렇군. 몸종 납치는 없던 일로 하겠단 건가? 기사 출신이라 하여 성격이 불같을 거라 생각했는데… 실망이로군."

차라리 몸종은 어떻게 되든 상관없다는 쪽이라면 이해하련만, 힘들게 구해 놓고 없던 일로 하겠다는 이런 반응은 하수들이나 쓸 법한 관용이다. 분노할 때는 분노해야 한다. 그것이 지도자의 자세.

제이미는 상대의 그릇을 봤단 생각에 혀를 차며 일어났다.

"이런 자에게 더 이상 시간 끌 필요는 없겠지. 지금 당장 쳐들어가 그 놀라는 얼굴이나 봐야겠군."

그는 집사를 불러 마차를 준비시켰다.

"마차 말입니까? 답장을 주시는 것이 아닙니까?"

"그럴 필요는 없다. 어쨌든 난 지금 당장 갈 생각이니 주민 대표들을 데려오너라. 답장이나 기다리며 느긋하게 있을 영주의 허점을 찌를 생각이니 말이다. 아참, 그룬터도 잊지 말거라."

"네, 알겠습니다."

집사는 대답 후 물러났고, 제이미는 가만히 앉아 준비를 기다렸다.

그 시각 그룬터는 샌더슨의 연구실에 앉아 있었다. 어제저녁 헤스티아가 도착했을 때, 하루 정도는 상황을 보자며 그의 연구실에 입실했기 때문이다. 그녀는 침대 위에서 내려오며 쑥스럽게 말했다.

"영주님이 이렇게 마중 나오실 줄은 몰랐어요."

그녀는 확실히 놀라운 일이라고 생각했다. 몸종을 직접 구출한 것만으로도 놀라운데, 병문안까지 올 줄이야.

하지만 그룬터는 대답하지 않았다. 그것이 쑥스러움의 표현이라고 생각한 헤스티아는 보이지 않게 살짝 웃었다.

"아이고, 영주님! 아무리 급하셔도 정말 제가 작업하는 곳까지 찾아와서 재촉하시는 건 좀……."

연구실 안쪽 독방에서 샌더슨이 투덜거리며 걸어나왔다. 그는 밤새 작업한 서찰을 그룬터에게 전달했다. 그룬터는 그것을 건네 받았다. 그 광경을 헤스티아가 못 볼 리가 있나.

"어… 영주님, 그럼 절 마중 나오신 것이 아니라 그걸 받으러……."

착각도 이런 착각이 없다. 헤스티아는 얼굴이 벌게져 입을 다물었다. 그룬터는 그녀를 잠깐 보다 샌더슨에게 물었다.

"헤스티아는 괜찮나?"

"뼈 부러진 건 맞췄으니 괜찮긴 합니다만… 그래도 며칠 아무것도 하지 않고 가만히 있는 것이 좋을 겁니다."

"그렇다는군, 헤스티아. 당분간은 여기서 지내라."

그룬터는 그렇게 말하고 몸을 돌려 연구실을 나갔다. 헤스티아는 벌게진 얼굴로 그 뒷모습을 바라보다 샌더슨에게 말했다.

"샌더슨, 오늘 일, 다른 사람들에겐 말하지 않을 거죠?"

"무, 물론이지!"

헤스티아는 세운 무릎에 얼굴을 파묻으며 작게 혼잣말을 중얼거렸다. 샌더슨은 그녀를 불쌍하다는 듯이 바라보았다.

'영주님이 직접 오신 건 당연히 네 상태 확인도 겸한 거지, 이 눈치없는 아가씨야.'

그는 그 말을 하려다 나이도 어리고 신분도 몸종에 불과한 그녀가 자신을 이름으로 불렀다는 것이 떠올랐다. 그는 심술이 나 아무 말 없이 연구실 밖으로 나가버렸다.

그룬터가 집무실로 돌아오자 세이린과 라이든, 엘린이 기다리고 있었다. 엘린은 세이린을 그냥 둘 수 없다는 이유로, 그리고 헤스티아가 누워 있는 동안 몸종 노릇을 하겠단 이유로 자리를 지키는 중이었다. 하지만 세이린과 라이든은 세금 협상을 위해 다시 서 있었다.

"아침에 편지를 보냈는데 정말 오늘 찾아올까요?"

"그는 그런 사람이다."

그룬터는 탁자에 서류를 올려둔 상태로 기다렸다. 세이린이나 라이든은 반신반의하는 상태였는데, 잠시 뒤 사람이 와 제이미와 협상단이 도착했다고 알리자 놀란 얼굴이 되었다. 공식적으로는 단 두 번 만난 사람인데 어떻게 예상한 건지 궁금하지만 물어볼 시간은 없었다. 그들은 협상을 어떻게 진행할지 물어봐야 했기 때문이다.

"영주님, 협상은 어떻게 하실 생각입니까?"

"협상할 생각은 없다. 나는 제시를 할 뿐이다. 청지기장, 그들이 가져온 조건 중에서 우리가 수락할 수 있는 것은 뭐가 있지?"

"노역과 제분소 이용 관련은 모두 허무맹랑한 말이라 들어줄 수가 없습니다. 세율은⋯ 영주님이 수도로 보내는 돈을 줄이겠다 하시면 조금 내릴 수도 있습니다만⋯ 그래도 좀⋯⋯."

"역시 그렇군. 알겠다."

협상 직전에 묻는 걸로 봐선 영주도 이미 생각을 했고, 확인 차 물었음이 드러난다.

세이린은 생각했다. 요 며칠 동안 그가 협상과 관련하여 자신을 부른 적이 없다.

'미리 세율을 정해 두신 건가? 하지만 최소한 사전에 통보 정도는 해 주실 것 같은데⋯⋯.'

정말 협상을 할 생각이었다면 세이린을 빼놓고 진행할 수는 없는데 말이다. 그렇게 그녀가 고개를 갸웃하는 동안 문이 열리더니 정말로 제이미를 비롯한 두 명의 주민 대표가 협상단으로 모습을 드러냈다.

"제이미 스트로 외 두 명이 영주님을 뵙습니다."

"오느라 수고했네. 생각보다 일찍 왔군. 수행원도 한 명 늘었고 말이야."

세이린의 표정이 눈에 띄게 굳었지만 누구도 그것을 보진 못했다. 그룬터와 제이미가 노려보는 분위기가 심상치 않았기 때문이다.

"예상은 했지만 이렇게 반겨 주실 거라곤 생각하지 못했군요. 설마 오늘도 저 병자를 시켜 칼로 위협할 생각은 아니시겠지요?"

그는 머리에 붕대를 감은 라이든을 가리켰다. 라이든은 그의 얼굴을 보고 미간에 골이 보일 만큼 인상을 찌푸렸지만 역시나 이쪽에 눈을 주는 사람은 없었다. 그룬터는 웃으며 대답했다.

"그럴 리가 있나. 이전 일은 잊고 협상을 재개하지."

그는 웃으며 자리에 앉길 권했지만, 태연한 것은 오로지 제이미뿐이었다. 평범한 주민에 불과한 다른 이들은 눈치를 보다 감히 앉지 못하고 결국 제이미의 뒤에 섰다.

'대체 그룬터는 어딜 간 거지?'

제이미는 주민들의 소극적인 모습을 보며 그룬터를 아쉬워했다. 집사 루크는 여관에서 그룬터를 찾았으나, 여관 주인은 '그 사람은 최근에 머문 적이 없다'고 말할 뿐이었다. 결국 루크는 빈손으로 돌아왔고, 제이미는 그룬터 없이 이곳에 도착했다.

'이 협상에 주도적인 역할을 맡길 생각은 없었지만 그래도 아쉽군.'

그는 전에 가져왔던 협상문의 내용을 읽었다. 조건은 전과 조금도 다름이 없어 듣고 있던 세이린이나 라이든은 얼굴을 굳혔다. 지난번에 좋지 않게 끝났던 협상의 원인이나 다름없는 조건을 그대로 가져오는 것. 그것은 일종의 도발이니 말이다.

하지만 그룬터는 말없이 낭독이 끝나길 기다렸다. 그리고 끝나자 갑자기 생각난 듯 엘린을 불렀다.

"엘린, 저분들에게 좋은 술이라도 한잔씩 대접하는 것이 어떤가?"

"네?"

"비록 이 자리는 협상하는 자리지만, 다르게 보면 자식이 부모에게 말하러 온 것이나 다름없어. 그런데 이렇게 딱딱한 분위기에서 서로 잡아먹을 듯 이야기하는 것은 우습지 않나?"

엘린은 그건 좀 아니란 생각이 들었지만 이 자리에서 그에게 반문할 수는 없었다.

그녀는 곧 준비하겠다고 말한 다음 준비를 위해 물러났다. 제이미와 주민들도 마찬가지였다.

'말이야 그럴싸하지만 사실 우리는 영주의 재산을 내놓으라고 온 것 아닌가? 어째서 저런 행동을 하는 거지?'

제이미는 고개를 갸웃했다. 그동안 영주는 뒤에 서 있던 주민들더러 의자에 앉으라고 말했고, 주민들은 어색한 자세로 그 명령에 따랐다.

'가족이라는 것처럼 말하더니 하는 행동은 그대로이지 않은가?'

그룬터의 권위적인 자세엔 모순이 있다. 제이미는 눈치챘지만 주민들은 그렇지 못했다. 그들은 영주에게 협상할 마음이 있는가 보다 하고 기뻐하고 있었다.

"준비가 늦어 죄송합니다."

잠시 뒤 엘린이 돌아와 고급술과 과일 안주를 협상 테이블 위에 올렸다. 주민들에게 술을 한 잔씩 돌린 그녀는 영주의 곁으로 돌아왔다. 영주는 잔을 들고 말했다.

"지난번엔 막 좋지 못한 일을 처리하고 돌아온 참이라 부족한 모습을 보였네. 알다시피 용의 마을 사건이 작은 일은 아니었잖은가. 다들 이 잔을 비우며 그때의 못난 모습을 용서해 주게나."

그는 그리 말하고 잔을 비웠다. 주민들은 좋은 술 향기에 취해 있다 마찬가지로 잔을 비웠다. 그러자 즉시 엘린이 그들의 빈 잔에 술을 채웠다. 제이미는 입술에만 술을 축이며 그를 바라보았다.

'저자가 왜 저런 행동을 하는 걸까? 납치된 몸종을 직접 구할 정도라면 그만큼 소중히 생각한다는 것인데, 그걸 없었던 일로 하겠단 건가? 저런 술 한잔으로 잊자는 건가?'

비록 그가 잊자고 한 것은 그 이야기가 아니지만, 제이미는 이상하다고 생각했다. 그렇게 잔이 두세 번 비워지자 취기가 오른 주민들은 경계를 풀었다. 그들은 전과 달리 편한 자세로 의자에 앉았고, 그 모습을 본 그룬터는 술을 물리고 협상을 시작했다.

"생각 같아선 더 대접하고 싶지만 오늘은 이쯤 하세. 협상을 하는 자리이니 말이야."

"네, 영주님!"

살짝 취기가 오른 주민들은 호기롭게 외치며 대답했다. 영주가 자신들에게 술을 대접하고 말투도 점잖게 하니 완전히 경계심이 풀어진 것이다. 제이미는 사태를 깨달았다.

'아뿔싸! 이건 그룬터가 이야기했던 같은 편이 되는 방법 아닌가!'

협상에 노련한 제이미가 이런 수법을 모를 리가 없지만, 전날 몸종 일 때문에 의문만 가졌던 것이 화근이었다. 평소 영주에게 강제로 존경심을 갖도록 교육받은 주민들이 이런 호의에 어떤 생각을 가지게 될지는 뻔한 것인데 말이다.

'하지만 이 자리에서 주민들을 자기편으로 만든다 한들 무슨 이득이지? 이 협상은 주민들이 영주에게 재산을 빼앗아오는 것이다. 주민들이 영주의 편이 될 수는 없어.'

그는 별것 아니라 생각하며 고개를 젓고 영주를 노려보았다. 그는 세이린으로부터 문서를 받아 읽고 있었다. 이전에 이미 이야기가 오간 내용이므로 그의 행동은 그저 보여주기 위한 용도였다.

"주민 여러분은 이 협상 내용에 대해 얼마나 알고 계십니까?"

그룬터는 자신이 들고 있는 문서를 주민들이 볼 수 있도록 세이린에게 전달했다. 세이린은 문서를 그들에게 전했으나, 까막눈인 그들이 복잡한 문서를 볼 수 있을 리가 없었다. 그들은 고개를 저었다.

"저흰 잘……."

"그들은 저에게 협상을 일임하였습니다. 영주님이 데려오라 하셔서 데려왔습니다만 이런 속셈이었습니까? 그들이 이런 일에 익숙하지 않다는 점을 이용할 모양이신가 보군요."

재빨리 제이미가 끼어들었다. 주민들과 그룬터를 제외한 이들 모두가 같은 생각을 하고 있었으므로 그 말에 이의를 제기하진 않았다. 세이린은 그룬터에게 고개를 돌렸다.

'영주님은 혹시 주민들에게 기대어 이 협상을 타개할 생각이셨던 걸까? 그렇다면 너무 어수룩하다고밖엔…….'

그녀는 다시 회의를 중지시켜서라도 그룬터와 똑바로 이야기해야 한다고 생각했다.

'내가 어제 그 소동만 일으키지 않았어도 충분히 준비할 수 있었을 텐데…….'

그녀는 자책하며 영주에게 신호를 보냈다. 조금 쉬는 시간을 갖자는 의미였다. 그러나 그룬터는 그 신호를 무시했다. 그는 제이미에게 시선을 고정하고 있었다.

"자넨 주민의 대표라고 하지만 독단적으로 회의를 진행하고 있단 말인가?"

"일부러 그런 단어를 고르신 겁니까? 저는 그들의 대표로서 그들의 권익을 위해 애쓰고 있을 뿐입니다."

"그들의 권익을 위해 일하고 있다고? 정말인가?"

그는 확인하듯 물었다. 제이미는 이런 질문에 답하는 자체가 모욕이라 느꼈다. 하지만 상대는 영주. 그는 불쾌감을 감추고 대답했다. 자신은 주민들의 권익을 위해 나선 자일 뿐이라는 것을 강조했다. 그러자 그룬터는 라이든을 불렀다.

"데리고 오게."

그가 명령하자 라이든은 방을 나가더니 열 명이 넘는 사람들을 데리고 왔다. 그들은 성을 빠져나가려다 붙잡힌 사람들. 협상단에 참가한 주민 둘은 놀란 얼굴이 되었지만, 제이미는 가만히 그들을 바라보았다.

'저들을 볼모로 협박할 셈인가?'

예상하긴 했지만 치졸한 수법이다. 제이미는 그룬터의 그릇 크기에 다시 실망하며 그에게 고개를 돌렸다. 그룬터는 말했다.

"이들은 프리든을 떠나 오라클이라는 도시로 가려던 자들이네. 지난밤 프리든의 경비대가 붙잡았지. 처분을 어찌할지 생각 중이네."

그룬터는 말을 마친 후 협상단을 한 명씩 바라보았다. 협상단의 주민이 깜짝 놀라 말했다.

"영주님, 설마 저들을 크게 처벌하실 생각이십니까?"

여기서 영주가 그렇다고 대답하면 주민들은 두려움을 가질 것이고, 이후 협상에서 내부의 적이 될 수도 있었다. 제이미는 재빨리 그들 사이에 끼어들었다.

"영주님, 이것이 우리가 협상을 하는 이유입니다. 저들이 악하기 때문이 이런 일을 저지른 것이 아닙니다. 이 프리든의 살인적인 세금이 저들을 밖으로 내몬 것입니다. 영주님은 설마 이 프리든의 규제가 만들어낸 피해자들을 벌하실 생각은 아니시겠지요?"

제이미는 속으로 웃으며 그룬터를 바라보았다.

'저들을 이용해 우리를 압박할 생각이었나 보지만, 이젠 어쩔 수 없을 거다. 처벌할 거라고 말하면 그 규제를 옹호한다는 꼴이 되니까. 주민들을 같은 편으로 만들려는 수작은 완전히 박살 났단 말이다.'

그러나 그룬터는 제이미의 예상을 벗어나 고개를 저었다.

"내가 어찌 이들을 처벌할 수 있겠는가?"

"그럼 영주님은 프리든의 세율이 살인적이라는 데 동의하시는 겁니까?"

의외로 일은 쉽게 풀리는 듯했다. 제이미는 그가 고개를 끄덕여 주면 다시 한 번 협상 문서를 읽을 생각이었다.

'그룬터 놈 말대로 하길 잘했군.'

분명 그룬터의 말대로 이야기가 진행되고 있다. 그런데 영주는 엉뚱하게도 또다시 고개를 저었다.

"그건 아니네."

"방금 저들을 처벌하지 않겠다고 하지 않았습니까?"

"물론이네. 하지만 이들은 프리든의 세율 때문에 탈주한 것이 아닌데 세율 이야기를 어찌 연결하겠나?"

협상단의 주민들이 놀라며 물었다.

"다른 이유가 있습니까?"

"저기 앉아 있는 제이미 스트로라는 자가 이들의 탈주를 사주했는데 어찌 이들을 벌할 수 있겠나?"

집무실이 쥐 죽은 듯 조용해졌다. 제이미는 하마터면 '내 이름을 대고 명령한 적 없는데 어떻게 그걸 안단 말이냐!' 라고 외칠 뻔했다. 그러나 그는 잘 참아 넘겼고, 그룬터를 노려 보기만 했다. 그 와중에 방에 들어온 탈주민 중 평소 제이미를 존경하던 자가 앞으로 나서며 말했다.

"영주님, 외람되나 저흰 누구에게 돈을 받은 것인지는 모릅니다. 처음 보는 자가 저희에게 돈을 주며 설득하여……"

그 병사 덕분이다. 고문을 당한 병사가 돌아와 결국 돈을 받았다고 털어놨다 말하자, 주민이 그 사실을 비밀로 할 이유가 없었다.

제이미는 이렇게 쉽게 사주가 드러나자 놀랐으나 한편으론 안심하기도 했다. 부하를 변장시켜 보낸 것은 탁월한 선택이었다.

'그래도 그룬터 놈 말대로 했더니 내 꼬리가 붙잡히는 일은 없군.'

제이미는 그나마 다행이라고 생각하며 탈주민들을 노려보았다.

"영주님은 설마 제가 돈을 줘 저들을 밖으로 내보내는 조야한 짓을 저질렀다 생각하는 겁니까?"

"물론이네."

"하! 증거가 있습니까?"

그러자 그룬터는 고개를 끄덕이며 품에서 편지 하나를 꺼냈다. 그것은 오늘 아침 샌더슨에게 받은 물건으로 겉엔 스트로 가문의 인장이 찍혀 있었다. 그 인장은 뜯어져 있었지만, 그렇다 쳐도 겉봉의 문양이나 인장으로 볼 때 스트로 가문에서 나온 것임이 분명했다.

"오늘 아침 성을 빠져나가려는 외지인이 있더군. 그의 짐에서 발견했네."

'가만, 저 편지는 그룬터 놈에게 준 것이 아닌가?'

제이미는 봉투를 알아보고 깜짝 놀랐다. 그의 말대로라면 오늘 아침 그룬터는 성벽을 넘다 붙잡혔단 말이다.

'그래서 그룬터를 찾을 수 없었던 것인가?'

그놈이 무슨 생각으로 성 밖으로 나가려 했는지는 모르겠지만 말이다. 그렇게 그가 그룬터를 걱정하는 동안 눈앞의 그룬터는 봉투 속에서 편지를 꺼내 읽기 시작했다.

"친애하는 러스티 가문의 가주 헤리드님, 영주를 압박하기 위해 탈주민을 만드는 일은 순조롭게 진행되었습니다. 이제 영주는 좋든 싫든 저를 협상에 부를 수밖에 없습니다."

주민들은 놀란 눈으로 제이미를 보기 시작했다. 제이미는 황당함을 느끼며 벌떡 일어나 그룬터의 낭독을 막으려 했는데 라이든이 가만있지 않았다. 그는 칼을 뽑아 들었다.

"이번엔 그 수행원이 없군, 제이미 스트로."

"이놈 라이든! 감히 가주인 나에게……!"

라이든의 말에 제이미는 이를 빠득빠득 갈았으나 여긴 스트로 가문의 저택이 아니었다. 그는 다시 자리에 앉을 수밖에 없었다. 그사이 그룬터는 편지의 마지막 문장을 읽고 있었다.

"협상이 완료되면 영주는 미네스덴 가문에 바치는 돈을 줄일 수밖에 없을 겁니다. 저의 작은 선물은 반드시 러스티 가문의 승리에 일조할 것입니다. 러스티 가문을 위하여!"

그룬터는 감동적이라는 듯 힘줘 마지막 문장을 읽은 다음 편지를 접었다. 편지는 알기 쉬운 말로 적혀 있어 이곳에 서 있던 누구라도 이해할 수 있었다.

수도의 미네스덴 가문과 러스티라는 가문이 싸우고 있는데, 영주는 미네스덴 가문에 돈을 바치고 있고 제이미는 러스티라는 가문에 돈을 대주고 있다. 그런 상황에서 영주가 미네스덴 가문에 바치는 돈을 줄이기 위해 이번에 세금을 줄이자는 협상을 하고 있다는 그런 내용이었다.

"제, 제이미님, 사실입니까?"

주민들은 떨리는 목소리로 물었다. 협상의 목적에 다른 이
유가 있다는 것은 그들에게 큰 혼란을 불러일으켰다. 그들의
표정은 불신으로 가득했고, 그 눈빛은 이미 아군을 보는 동지
의 것이 아니었다. 제이미는 그제야 그룬터가 처음에 술을 돌
린 이유를 깨달았다.

'그렇구나. 저 영주 놈은 협상에서 자기편으로 끌어들이기
위해서가 아니라 날 비난할 때 같은 편이 되도록 하려는 속셈
이었구나.'

제이미는 이를 갈며 말했다.

"그 편지는 제가 쓴 것이 아닙니다!"

"이 인장과 필체는 어떻게 변명할 건가?"

그룬터가 든 편지를 세이린이 전달했다. 제이미는 편지를
받아 펼쳤다. 자신의 필체와 가문의 인장이 찍힌 편지가 틀림
없었다.

'모조다. 모조일 것이다. 하지만 대체 어떻게 증명한단 말
인가?'

그는 떨리는 손으로 편지를 돌려주었다. 그는 사지의 힘이
빠져나가는 기분을 느끼며 그룬터를 노려보았다.

"편, 편지는 조작된 것입니다."

"증명해 보게. 하지만 저기 서 있는 탈주자들은 정체불명
의 사람들로부터 돈을 받았다고 하고, 자네 필체가 틀림없는

스트로 가문의 편지는 그 내용을 뒷받침하는군. 내가 어떻게 생각해야 하나?"

주민들이 수군거리기 시작했다. 탈주자들도 고개를 끄덕이며 제이미가 저지른 일이라고 인정하기 시작했다.

"그러고 보면 그 돈을 준 녀석, 왠지 루크와 닮았지 않아?"

"아! 나도 그 생각했어!"

갑자기 탈주민들 사이에서 웅성거림이 커지더니 마침내 스트로 가문의 집사 루크의 이름이 나오기에 이르렀다. 루크의 변장은 나쁘지 않았을 것이다. 다만 이 일이 제이미의 짓으로 밝혀지자 끼워 맞추듯 논리가 형성되기 시작했을 뿐이었다.

제이미는 이를 갈며 그룬터를 노려보았으나 다른 방법이 없다. 그는 결국 자리에서 일어났다.

"전 급한 일이 있어 먼저 일어나겠습니다."

그는 그룬터의 대답은 기다리지도 않고 도망치듯 그 자리를 빠져나갔다. 그 모습이 패배를 인정하는 것임은 말할 것도 없었다. 예의를 따지자면 분명 그를 붙잡아올 수도 있겠지만, 그룬터는 라이든에게 신호해 그를 놓아주었다. 그렇게 그가 나가고 문이 닫히자 슬슬 탈주민들이 불안해하기 시작했다.

제이미에게 돈을 받은 것이 사실로 드러난 이상, 주민들도 처벌을 피할 수는 없는 것이다. 그러나 그룬터는 탈주민들을 놀라게 하는 명령을 내렸다.

"경비대장, 탈주민들은 풀어주게."

"네?"

"제이미의 사주로 어쩔 수 없이 일을 한 자들이야. 하지만 그런 유혹에 걸려들었단 것은 다시 말해 그만큼 힘들었다는 것 아니겠나?"

"아, 네……."

"그럼 대체 뭘 망설이나? 배가 불러 수도의 귀족을 도울 여유가 있는 제이미 스트로 따위와 협상하고 있어야 되겠나? 저들을 바로 이 협상 테이블에 앉히게. 그것이 진정 주민들을 생각하는 협상이 아니겠나?"

"네?"

대답은 라이든이 아니라 세이린이 했다. 그녀는 일단 범법자들을 단 한 마디 말로 풀어주는 것에 반대하는 입장이었고, 그들을 협상대에 오르게 하는 것도 반대였다. 그러나 그것이 그룬터의 계획이었다.

"일단 다들 술을 한잔씩 하세."

그는 전처럼 엘린을 시켜 술을 따르게 했다. 감옥에 갇혀 전전긍긍하던 사람들은 갑작스런 변화에 적응하지 못해 머뭇거렸지만, 협상단의 주민들은 달랐다. 한 번 경험이 있는 그들은 으스대며 다른 주민들에게 마시라 권했고, 결국 각자의 잔에 술이 채워졌다. 그룬터는 머뭇거리면서도 그 술잔을 비우는 주민들을 보며 미소지었다.

협상이라고 불리기도 민망한 대화는 금방 끝났다. 평소 영주에게 예의를 갖추어야 한다고 교육받고 자라난 이들과 제대로 된 토론이 있을 수가 없었다.

그들은 얼큰하게 취해 성을 나갔고, 세율은 조금도 변하지 않았다. 하지만 그들은 웃고 떠들며 영주님 만세를 외치고 있었다.

그룬터는 그들이 모두 돌아갔다는 보고를 듣고 나서야 집무실에서 일어났다. 세이린은 빈자리, 빈 잔을 보다 그룬터를 불렀다.

"영주님, 이건 옳은 일이 아니라고 생각합니다."

"무엇이? 내가 그들을 풀어준 것이? 아니면 저들이 밖에 나가 죄인을 풀어주고 주민과 일일이 대화를 나누는 영주라고 퍼뜨릴 것을 허락한 것이?"

세이린은 일부러 그가 대답을 피하고 있음을 깨달았다. 그녀는 망설이다 대답했다.

"그들과 협상한 것 말입니다."

"난 그들에게 기회를 주었을 뿐이다."

"그들은 기회를 잡아도 쓸 줄 모르는 사람들입니다. 비록 제이미 스트로가 납득할 수 없는 조건을 들고 왔지만, 영주님이 정말 주민들을 생각하셨다면… 아닙니다. 죄송합니다. 제가 실언을 했습니다."

그녀는 황급히 고개를 숙이며 사과했다. 그리고 그 자리에서 물러났다.

그룬터는 문이 닫히자 그녀가 자신의 앞에 그대로 서 있는 것처럼 말했다.

"하지만 이것이 정치고, 이것이 권력 아닌가?"

그는 허공을 잠시 바라보다 자리에서 일어나 침실로 향했다.

그 뒤 제이미는 성을 찾지 않았다. 그것은 자신이 이 협상에서 손을 떼겠단 패배 선언이었다. 한편 주민들은 이 일화를 두고 영주를 칭송하기에 바빴다. 탈주민들을 데려다 세금 관련 협상을 한 일을 말이다. 영주는 관대하며 주민들을 존중한다는 평이 퍼졌다.

그렇게 세율 문제는 마무리되는 듯했다. 수도에서 편지가 날아오지 않았다면 말이다.

세이린이 집무실에서 용의 마을 이주민과 관련된 작업을 하며 골머리를 앓고 있을 때였다. 벌컥 집무실 문이 열리며 엘린이 들어왔다.

"청지기장님, 수도에서 사람이 찾아왔어요."

수도를 생각하면 괜히 마음이 쓰리다. 세이린은 불편한 표정이 되어 입실을 허락했다. 엘린은 문을 활짝 열며 심부름꾼을 안으로 들여보냈다.

"영주는 없나?"

심부름꾼은 영락없는 여행자 차림이었다. 그런 자가 대뜸 영주를 찾으니 청지기장으로서 심기가 편할 리가 없었다. 그녀는 이마를 찌푸리며 말했다.

"누구신데 감히 영주님을 찾으시죠?"

"형편없군. 같은 말을 또 하게 하는 건가? 나는 고귀하며 영원히 지지 않을 별 센이르이나의 마리 루이스 카타리나님의 서신을 지닌 전령이로다!"

그는 비단에 싼 편지를 꺼냈다. 그 비단엔 왕가의 문양이 수놓아져 있었다. 수도에서 문장을 공부한 세이린이 그것을 못 알아볼 리가 없었다. 그녀는 황급히 고개를 숙여 예를 갖추고 그것을 두 손으로 받으며 말했다.

"프리든의 세이린, 여왕님의 편지를 받았습니다."

"히익? 그거 여왕님이었어요?"

엘린의 반응에 세이린이나 전령 모두 눈치를 주었지만, 그녀는 당당하게 자신이 뭘 잘못했냐고 물었다. 세이린은 한숨을 내쉬며 전령을 잘 대접해 주라 이른 다음 편지를 가지고 영주의 침실로 향했다.

그룬터는 최근 대부분의 시간을 침실에서 빈둥거리고 있었다. 딱딱한 의자에 앉아 업무를 보는 것이 귀찮단 이유였다. 세이린은 손에 들린 편지를 떨어뜨릴까 벌벌 떨면서 영주의 입실 허락을 구해 편지를 전했다.

"이 문양은 낯이 익군."

그룬터는 세이린이 벌벌 떨며 양손으로 내민 편지를 낚아채고 간단히 소감을 말했다. 그는 아무렇지도 않게 비단을 풀고 인장을 뜯은 다음 편지를 읽었다.

"사랑하는 나의 클라우츠 베이른 경에게. 그대를 마지막으로 대한 지 너무나 오랜 시간이 지났군요. 당신과 나눈 그 밤의 기억은 영원히 저의 가슴속에……."

"여, 영주님, 전 나가서 기다리겠습니다."

세이린은 얼굴을 붉히며 뒷걸음질쳤다. 누가 봐도 여왕과 영주 사이의 연서니까.

하지만 그룬터에겐 남의 연서였다. 그것도 묘한 인연이 있는 두 사람 간의 사랑 놀음.

"재미있군."

"네?"

"수도에서 프리튼 근처의 도시 오라클의 도시법을 강화하려는 움직임이 있다고 하는군. 그러니 수도로 와서 대책을 마련하란 이야기다."

"도시법 강화요? 설마 탈주민들을 흡수하기 위한 것인가요?"

그룬터는 고개를 끄덕였다. 제이미가 쉽게 물러날 거라고 생각하진 않았다. 이런 극단적인 방법을 쓸 거라곤 예상하지 못했지만.

"제이미가 아직 이곳에 있나?"

"네? 아뇨. 자신이 운영하는 지점들을 둘러보러 간다고 성을 나간 것을 확인했습니다."

"그렇군. 그렇게 해놓고 수도로 갔단 말이지?"

그는 책상을 손가락으로 몇 번 두들기다 벌떡 일어났다.

"수도로 가야겠군."

"네?"

"청지기장도 준비하도록. 미네스덴가에 바칠 재물도 준비하게."

세이린의 얼굴이 딱딱하게 굳었다. 미네스덴 가문. 그것은 선대 영주가 제 집인 양 들락날락한 바로 그 수도의 귀족 가문이다. 그 영주의 뒤를 이은 그룬터가 미네스덴에 인사하러 가겠다는 것은 자연스러운 일이었다. 하지만 세이린에게 그 가문은 의미가 달랐다.

'니첸 미네스덴.'

자신을 가지고 논 사내가 태어난 곳 아닌가. 그쪽으론 고개도 돌리고 싶지 않은 곳이었다.

그러나 그룬터의 명령은 합당하다. 그녀는 어두운 얼굴로 물러났다.

"당신이 날 부르는 날이 올 줄이야……."

그룬터는 그녀가 물러나며 문을 닫자 편지를 잘게 찢어 쓰레기통에 버렸다. 자신이 영주로서 권력을 쥐며 하늘의 뜻이라 생각한 그때, 왕성으로 돌아가는 일은 예정된 수순이었다.

다만 생각보다 훨씬 빨리 기회가 왔을 뿐이었다.

'하늘이 돕는 거군.'

그는 분노를 머금은 눈으로 북쪽을 노려보았다.

수도, 셴이르이나의 방향을 말이다.

『프리든의 영주』 3권에서 계속…

용호객잔
龍虎客棧

설경구 新무협 판타지 소설

낙양 변두리에 위치한 허름한 용호객잔.
폐업 직전까지 몰렸던 용호객잔에 복덩이,
천유강이 저절로 굴러 들어왔다.
그런데… 이 객잔 좀 수상하다?

독문병기는 낡은 주판, 중원상왕을 꿈꾸는 객잔주인, 용사등.
독문병기는 마른 걸레, 끔찍이 못생긴 점소이, 용팔.
독문병기는 식칼, 긴 독수공방 끝에 요리와 혼인한 숙수, 장유걸.
독문병기는 이 빠진 도끼, 사연 많은 남장여인, 문우령.
독문병기는 얼굴, 기억을 잃어버린 절세미남 신입 점소이, 천유강.

"중원의 상왕이 되리라!"

현실감각이라고는 찾아보기 힘든
용사등의 허황된 선언이 천하를 혼란에 빠뜨린다.
바람 잘 날 없는 용호객잔의 평범한(?) 일상에
중원의 이목이 집중된다.

Book Publishing CHUNGEORAM

유행이 아닌 자유추구 -
WWW.chungeoram.com

GOD BREAKER

Unterbaum

이상혁 판타지 장편 소설

운터바움
신들의 파괴자

나를 세기한 자, 그를 다스리는 한 권의 책
찾아 멸으리. 그리하지 않으면 나는 붙타리.

세계의 근거, 그 자체인 거대한 나무, 바움.
그 아래에서 살아가는 생명들의 세상, 운터바움.
윈델은 신탁에 따라 바움을 파괴할 책을 찾아 떠나고
맨 처음 그의 손이 책에 닿는 순간 운명이 격변한다.

십 년을 모신 주인이자 친구, 세베리아를 비롯
세상 모든 것이 자신의 존재를 잊어버린 상황에서
윈델은 존재의 증명을 위하여 운명과 싸우기 시작한다!

나무의 파괴자 '엠베르크' 란 무엇인가?
모두가 잊어버린 '나' 는 대체 누구인가?

「데로드 앤드 데블랑」, 「카르마 마스터」의 뒤를 잇는
이상혁 작가의 정통 판타지 대작!

「운터바움-신들의 파괴자」!

Book Publishing CHUNGEORAM

유행이 아닌 자유추구 -
www.chungeoram.com

守護武士
수호무사

각사 新무협 판타지 소설

소년은 오직 소녀를 위하여 검을 들었다
가슴에 담긴 지키고자 하는 뜨거운 열망.

"이제는 지킬 것이다."

단 하나 남은 소중한 인연. 무유화를 지키려
악의에 휩싸인 무림을 수호하기 위하여
윤, 세상에 서다!

그의 용혈검이 떨치는 무상류와 구천류가
모든 악을 쓸어내리라!

지키는 자!
수호무사 윤, 그를 기억하라.

Book Publishing CHUNGEORAM

유행이끄는 자유추구
WWW.chungeoram.com